DU MÊME AUTEUR

Aux Éditions Gallimard

L'ENFANT ÉTERNEL, coll. « L'Infini », 1997. Prix Femina du premier roman (Folio
   n° 3115).

TOUTE LA NUIT, coll. « Blanche », 1999. Prix Grinzane Cavour 2007 (Folio n° 5514).

RAYMOND HAINS, UNS ROMANS, coll. « Art et Artistes », 2004.

SARINAGARA, coll. « Blanche », 2004. Prix Décembre (Folio n° 4361).

TOUS LES ENFANTS SAUF UN, coll. « Blanche », 2007 (Folio n° 4775).

LE NOUVEL AMOUR, coll. « Blanche », 2007 (Folio n° 4829).

ARAKI ENFIN, L'HOMME QUI NE VÉCUT QUE POUR AIMER, coll.
   « Art et Artistes », 2008.

LE SIÈCLE DES NUAGES, coll. « Blanche », 2010. Grand Prix littéraire de l'Aéro-Club
   de France, Grand Prix littéraire de l'Académie de Bretagne et des Pays de la Loire (Folio
   n° 5364).

Chez d'autres éditeurs

PHILIPPE SOLLERS, coll. « Les contemporains », Seuil, 1992.

CAMUS, *Marabout*, 1992.

LE MOUVEMENT SURRÉALISTE, *Vuibert*, 1994.

TEXTES ET LABYRINTHES : Joyce/Kafka/Muir/Borges/Butor/Robbe-Grillet, *Éditions
   Inter-Universitaires*, 1995.

HISTOIRE DE « TEL QUEL », coll. « Fiction & Cie », *Seuil*, 1995.

PRÈS DES ACACIAS : l'autisme une énigme, en collaboration avec Olivier Menanteau,
   Actes Sud, 2002.

LA BEAUTÉ DU CONTRESENS ET AUTRES ESSAIS SUR LA LITTÉ-
   RATURE JAPONAISE, Allaphbed 1, *Éditions Cécile Defaut*, 2005.

DE TEL QUEL À L'INFINI, NOUVEAUX ESSAIS, Allaphbed 2, *Éditions Cécile
   Defaut*, 2006.

LE ROMAN, LE RÉEL ET AUTRES ESSAIS, Allaphbed 3, *Éditions Cécile Defaut*,
   2007.

HAIKUS, ETC. suivi de 43 SECONDES, Allaphbed 4, *Éditions Cécile Defaut*, 2008.

LE ROMAN INFANTICIDE : DOSTOÏEVSKI, FAULKNER, CAMUS.
   ESSAIS SUR LA LITTÉRATURE ET LE DEUIL, Allaphbed 5, *Éditions Cécile
   Defaut*, 2010.

Suite des œuvres de Philippe Forest en fin de volume

LE CHAT DE SCHRÖDINGER

PHILIPPE FOREST

LE CHAT DE SCHRÖDINGER

roman

GALLIMARD

Aux scientifiques
Avec toutes mes excuses

« Quand je lis un livre sur la physique d'Einstein auquel je ne comprends rien, ça ne fait rien : ça me fera comprendre *autre chose*. »

Picasso

PROLOGUE

Attraper un chat noir dans l'obscurité de la nuit est, dit-on, la chose la plus difficile qui soit. Surtout s'il n'y en a pas.

Je veux dire : surtout s'il n'y a pas de chat dans la nuit où l'on cherche.

Ainsi parle un vieux proverbe chinois à la paternité incertaine. Du Confucius. Paraît-il. J'aurais plutôt pensé à un moine japonais. Ou bien à un humoriste anglais. Ce qui revient à peu près au même.

Je crois comprendre ce que cette phrase signifie. Elle dit que la sagesse consiste à ne pas se mettre en quête de chimères. Que rien n'est plus vain que de partir à la chasse aux fantômes. Qu'il est absurde de prétendre capturer de ses mains un chat quand nul ne saurait discerner, même vaguement, sa forme absente dans l'épaisseur de la nuit.

Mais Confucius, si c'est de lui qu'il s'agit, ou bien le penseur improbable auquel on a prêté son nom, n'affirme pas que la chose soit impossible. Il dit juste que trouver un chat noir dans la nuit est le comble du difficile.

Et que le comble de ce comble est atteint si le chat n'est pas là.

J'ouvre les yeux dans le noir de la nuit. Des lignes, des taches, des ombres, le scintillement d'une forme qui fuit. Quelque chose qui remue dans un coin et envoie ses ondes ricocher au loin vers le vide qui vibre.

Première partie

Chapitre 1

Il ÉTAIT DEUX FOIS

Le chat de Schrödinger est un peu à la mécanique quantique et à ses lois ce que la pomme de Newton est à la physique classique et à celles de la gravitation : une petite fable destinée aux profanes afin de les éclairer un peu sur ce que, de toute façon, ils ne comprendront pas. Disons : un roman, un poème.

Il s'agit d'une expérience de pensée dont personne, et certainement pas l'homme qui l'a conçue, n'a jamais sérieusement songé que, sous cette forme en tout cas, elle puisse être réalisée. Dans une boîte, on enferme un chat avec à ses côtés un mécanisme plutôt cruel. Celui-ci est constitué d'un dispositif conçu de sorte que l'émission d'une particule consécutive à la désintégration d'un atome, telle que peut l'enregistrer un compteur Geiger repérant la présence d'une source radioactive, entraîne la chute d'un marteau sur une fiole de verre contenant un poison foudroyant dont l'évaporation dans l'espace où il a été confiné fait instantanément passer l'animal de vie à trépas. Je ne dis rien du caractère baroque d'un tel bricolage qui explique pour beaucoup la fascination qu'il a exercée sur les esprits. L'essentiel est ailleurs. Le principe de l'opération se laisse exposer assez simplement : si au cours du temps imparti à l'expérience l'atome se désintègre, le chat meurt ; et, inversement, si l'atome ne se désintègre pas, le chat reste en vie. Sauf que, précisément, le propre du phénomène ainsi étudié conduit à compliquer assez sérieusement la donne de départ : au lieu de s'exclure l'une l'autre, les deux hypothèses envisagées doivent être en effet considérées comme s'appliquant conjointement à la situation concernée. Tant que dure l'opération et que l'observation ne la fait pas s'interrompre, il faut supposer en même temps que l'atome est *et* n'est pas désintégré, que le chat est mort *et* qu'il est vivant.

Dans l'idée de Schrödinger, le scientifique célèbre à qui l'on en doit l'invention, l'expérience visait vraisemblablement à faire apparaître à quels paradoxes intenables mène, si l'on en donne une interprétation trop littérale, la physique quantique avec son « principe de superposition ». Celui-ci affirme en effet que, tant qu'on n'a pas effectué sur elle une mesure qui la détermine et qui arrête ainsi sa position, sa vitesse ou n'importe laquelle de ses autres caractéristiques, une particule peut se trouver simultanément dans plusieurs états différents et qu'on dit : « superposés ». Et qu'ainsi, par exemple, jusqu'à ce que l'observation de celui-ci intervienne, un atome doit être considéré à la fois comme si sa désintégration avait eu *et* n'avait pas eu lieu.

Qu'une chose puisse à la fois être *et* ne pas être, exister simultanément sous différentes formes pourtant incompatibles les unes avec les autres, qu'ainsi être *ou* ne pas être cesse soudainement d'être *la* question, passera à juste titre pour une conception plutôt délirante tant elle va à l'encontre de toute logique, enfreignant les principes de base, ordinairement considérés comme assez intangibles, sur lesquels repose raisonnablement la pensée et qui veulent qu'une chose soit ce qu'elle est (principe d'identité), qu'elle ne soit pas le contraire de ce qu'elle est (principe de non-contradiction), et affirment que si une proposition est vraie il faut que la proposition inverse soit fausse (principe du tiers exclu).

Pourtant, c'est bien à de semblables certitudes que conduit à renoncer l'observation du monde subatomique auquel se consacre la physique quantique, celui où évoluent les particules élémentaires. Pour approcher un tel domaine, il convient d'accepter l'idée qu'il n'en est aucune traduction verbale ou visuelle qui tienne, aucune image qu'on puisse s'en faire et qui permettrait d'en exprimer la réalité sous une forme compatible avec l'expérience que nous nous faisons couramment du monde. Toute représentation est une approximation qui ne vaut guère que par sa valeur pédagogique. Ainsi lorsque, au collège, on figure les atomes à la manière de microscopiques systèmes solaires, avec les électrons gravitant sagement autour du noyau et semblables à des satellites sur leur orbite, comme si de l'infiniment petit à l'infiniment grand le même modèle commandait à l'univers. Personne bien entendu n'a jamais rien vu de tel avec ses yeux. Au mieux, il faudrait plutôt concevoir l'atome comme entouré par une sorte de nuage dont nul ne peut dire vraiment de quoi il se trouve fait : une sorte de minuscule poche de brouillard opaque qui se dérobe à l'intelligence et se défend contre toute velléité d'en construire aucune représentation mentale. Mais il s'agit là encore d'une image malgré tout : une image pour exprimer l'impossibilité de toute image.

Le plus grand des mystères se tient dans le plus petit des replis du réel. Là règnent d'autres lois que celles que nous connaissons. Là s'étend un domaine de poussières où il n'est plus inconcevable qu'une chose soit et son contraire.

Des théories qui conduisent à de telles conclusions, on apprend, il me semble bien, les rudiments au lycée. Ainsi à propos de la lumière dont on enseigne dès les classes terminales qu'elle est constituée à la fois de corpuscules et d'ondes. Ou plutôt qu'elle n'est ni corpusculaire ni ondulatoire mais qu'elle apparaît tantôt sous une forme et tantôt sous l'autre selon le type d'expérience auquel on la soumet.

Pour ce qu'en comprend quelqu'un comme moi d'assez peu versé dans ces disciplines, la physique quantique applique à la matière ce qui vaut pour la lumière et étend cette même manière de concevoir la réalité à toutes les particules. Selon le principe de superposition, celles-ci sont susceptibles d'être dotées de propriétés antagoniques entre lesquelles c'est le protocole expérimental par lequel elles se manifestent qui les force à choisir, leur conférant leur caractère effectif. L'observation seule — dite parfois, ne me demandez pas pourquoi, « réduction du paquet d'ondes » — fait cesser la superposition quantique et permet à la particule d'acquérir tel ou tel des états qui, auparavant, la caractérisaient en même temps.

Quelle que soit la portée qu'on lui donne, une pareille idée heurte bien sûr le *sens commun*, pour lequel il faut qu'une porte soit ouverte ou fermée et qui considère qu'il importe peu pour qu'il en aille ainsi que quelqu'un soit dans la pièce ou pas pour constater la chose. Mais c'est précisément cette logique ordinaire qui cesse de prévaloir dans l'univers quantique de l'infiniment petit dont nous ne pouvons proposer aucune représentation qui soit adéquate mais dont les équations des physiciens réussissent assez bien à rendre compte puisqu'elles parviennent à prédire le comportement des entités qui le constituent.

Pour en revenir à la proposition de Schrödinger, il faut donc supposer que, tant que son état n'a pas été évalué et que la « réduction du paquet d'ondes » n'a pas opéré, l'atome dans sa boîte est *et* n'est pas désintégré. Ce qui signifie que, jusqu'à ce que quelqu'un ouvre le couvercle de ladite boîte et en examine le contenu, le chat qui se trouve à l'intérieur est en même temps mort *et* vivant.

Le bon sens s'insurge. Mais, en matière de sciences, on a fini par admettre qu'il n'était pas toujours de très bon conseil. Car c'est lui aussi qui nous dit, par exemple, que la terre est plate. Et pourtant qu'un chat puisse être à la fois doté *et* privé de vie apparaît bien difficile à avaler. Il y a une contradiction évidente entre ce qu'établit indubitablement la mécanique quantique — pour laquelle un atome peut être à la fois désintégré *et* ne pas l'être — et les lois non moins

incontestables qui régissent l'univers dans lequel nous vivons
— où il faut qu'un chat soit mort *ou* vivant —, lois que la
physique classique nous permet de penser plus ou moins en
accord avec les données immédiates de l'expérience courante.

Pour tenter de réduire ou de résoudre cette contradiction,
l'ingéniosité des savants a cherché toutes sortes d'issues. Je les
évoque telles que je les ai comprises. Certains, on peut les
considérer comme des « réalistes » — et Schrödinger, comme
Einstein, comptait parmi eux —, estiment que, bien que juste
puisque la preuve en a été expérimentalement apportée, la
mécanique quantique doit être considérée comme une
théorie incomplète à laquelle manquent précisément les éléments qui lui permettraient de dépasser et de dissiper les
paradoxes extravagants auxquels elle aboutit autrement. Mais
d'autres — et c'est notamment le cas de Niels Bohr et de ses
collègues de l'école dite de Copenhague — congédient tout
simplement la question en arguant du fait que c'est la notion
même de réalité qui, en sciences, est privée de toute pertinence. La physique, rappellent-ils, n'a pas pour vocation de
produire de ce qui est une représentation conforme à nos
critères spontanés du possible et du vraisemblable. Elle vise
plutôt à trouver des procédures efficaces pour calculer
— fût-ce sur une base apparemment absurde — les phénomènes, afin de les prévoir et d'agir sur eux : peu importe
donc que le « principe de superposition » bafoue si ouverte-
ment toute conception recevable de la réalité puisque s'y
conformer n'a jamais été son ambition ; tout ce qui compte,
c'est qu'il soit opératoire, il suffit qu'il marche pour ce à quoi
on lui demande de servir.

Et c'est le cas.

Semble-t-il.

Tout le problème, on l'a vu, vient de la contradiction qui existe entre les règles qui régissent l'univers quantique et les principes qui valent dans l'univers classique. Sous le nom de « théorie de la décohérence », une solution très élégante par sa simplicité a été apportée à ce problème : elle consiste à expliquer que les objets quantiques perdent leurs propriétés — ou plutôt : acquièrent les propriétés qui leur manquent — en raison des interactions qui s'exercent spontanément avec leur environnement et les forcent à spécifier leur état, ces objets se dépouillant alors de leur caractère d'indétermination, de telle sorte que, lorsque l'on s'éloigne de l'échelle microscopique où il règne pour gagner le niveau macroscopique où s'applique la physique classique, le « principe de superposition » perd progressivement toute sa valeur. Et c'est pourquoi ce qui gouverne le comportement des photons, des électrons, des protons devient assez indifférent lorsqu'il s'agit de considérer la conduite des balles de ping-pong, des boules de pétanque ou des ballons de football. Ainsi cohabiteraient deux mondes avec pour chacun la théorie qui lui convient. Dans le cas du chat de Schrödinger, tout le paradoxe viendrait alors de l'hérésie par laquelle on fait tenir dans la même boîte les deux univers — micro- et macroscopique — en laissant entendre que les mêmes principes s'appliquent à eux alors qu'en fait, par le phénomène de la « décohérence », ils se trouvent totalement indifférents l'un à l'autre : et, dans de semblables conditions, ce qui vaut pour un atome ne saurait valoir pour un chat.

Mais si l'on s'en tient plus littéralement à ce que disent les équations et que l'on prend au sérieux le « principe de superposition », considérant qu'il gouverne tous les phénomènes quelle que soit leur échelle, l'on doit supposer au contraire que toute chose existe simultanément sous des formes opposées au sein de la réalité. On conçoit alors quel étrange sort est celui du chat de Schrödinger : suspendu entre la vie et la mort, ne tenant l'une ou l'autre que du regard qui se pose sur lui, susceptible d'exister ainsi sous deux formes opposées et d'engendrer deux figures de lui-même, comme l'est toute chose dans un univers qui doit nous apparaître alors comme le lieu où toute réalité se dédouble jusqu'à ce que prolifèrent des avatars à l'infini — en l'occurrence, donc, des chats démultipliés comme le serait leur image sous l'effet d'un jeu de miroirs et s'aventurant chacun sur l'un des sentiers divergents d'un temps qui se ramifie sans cesse et recèle alors la somme impensable de tous les possibles.

C'est du moins ce que j'ai compris.

Ou : cru comprendre.

Mais je ne garantis rien quant à l'exactitude de tout ce qui précède. Du reste, on connaît le mot par lequel, au terme d'un exposé portant sur les principes de la physique moderne, l'orateur s'adresse aux auditeurs en leur disant : « Si j'ai été clair, c'est que je me suis mal expliqué. »

La mécanique quantique se développe sur la base d'expériences et d'équations dont seules les prémices sont vaguement intelligibles pour qui n'a pas poussé trop loin l'étude des sciences, elle mobilise des technologies d'une grande sophistication dont rares sont ceux qui possèdent les rudiments, surtout elle repose sur le recours à un langage mathématique qui appréhende les données physiques à partir de pures créations très abstraites qui sont comme des objets mentaux, cohérents les uns par rapport aux autres, totalement justifiés au sein de l'espace formel où ils cohabitent mais dont, jusqu'au moment d'une hypothétique vérification, rien ne garantit *a priori* qu'ils entretiennent, en dehors de celui-ci, une quelconque relation avec la réalité. La seule chose qui ne soit pas explicable dans le monde, selon le mot profond d'Einstein, étant bien que le monde soit explicable et que les choses qui le composent se laissent apparemment convertir selon les termes souverainement arbitraires d'une mathématique pourtant dégagée de toute connivence avec la matière.

Une vraie révolution de pensée a lieu depuis presque un siècle, dont, en vérité, sinon par les effets qu'elle produit, personne n'a proprement conscience. Un peu partout de par le monde, dans les revues, les colloques, les laboratoires, tout un peuple de chercheurs s'affronte en des querelles qui, de loin, paraissent aussi byzantines que celles de la vieille théologie médiévale. Et le sort du chat de Schrödinger n'est pas un rébus moins redoutable pour la réflexion que le problème de l'existence de Dieu au temps où, dans les anciennes facultés, on débattait de celui-ci, cherchant la pierre philosophale d'une improbable preuve ontologique.

Le plus étonnant est que cette construction théorique si nouvelle semble reconduire la pensée du côté des sempiternelles questions que posa autrefois la philosophie et qui concernent le statut du réel, l'opposition de la conscience et de la matière, les relations de l'actuel et du virtuel, les fondements mêmes de la logique. L'opposition de la physique quantique et de la physique classique revêt ainsi parfois l'apparence d'une revanche prise sur la pensée aristotélicienne par la vieille vision héraclitéenne pour laquelle il n'était pas inconcevable qu'une chose soit à la fois elle-même et son contraire dans un univers au cœur duquel tout se transforme et se confond. De même, la question de la réalité qu'il y aurait à chercher — ou pas — derrière l'oracle sibyllin des équations mathématiques semble celle-là même qui, à l'époque de ces « philosophes illustres » dont Diogène Laërce relate les vies et rapporte les opinions, opposait les « dogmatiques » affirmant que le monde est compréhensible et les « éphectiques » leur répliquant qu'il n'en est rien. Aristote usant de son solide bon sens pour réfuter tous les sophismes du scepticisme : « Ceux qui se demandent si la neige est blanche ou non n'ont qu'à regarder. » Sans pour autant que ne désarment les objections de l'infatigable pyrrhonisme qui tient toutes les choses pour « indifférentes, immesurables, indécidables ». Tout cela au fond se trouvant très semblable aux controverses et aux spéculations qu'alimente depuis un siècle la science atomique.

Mais je m'arrête là avant de m'égarer moi-même trop piteusement.

Tout tourne au sein d'un cercle où s'échangent les mêmes arguments qui portent sur ce seul et insoluble problème concernant, en somme, la réalité du réel et la question de savoir si ce dernier existe en dehors de la représentation que s'en fait la conscience et sous quelle forme. Et peut-être se tient-on là devant quelque chose d'impossible à penser, si bien que les philosophes d'autrefois et les physiciens d'aujourd'hui se trouveraient au bout du compte semblablement démunis, parvenus exactement au même point de savoir et d'ignorance, les uns comme les autres exprimant leur impuissance identique dans le langage variable de leur époque. Et si c'est le cas, alors, il n'y a pas lieu d'être trop étonné si, *at the end of the day*, les savants en blouse blanche, au terme de leurs raisonnements, n'ont à produire au sortir de leurs laboratoires qu'une sorte de parabole paradoxale dont le héros est un chat, une petite histoire qui ne diffère pas beaucoup des fables à l'aide desquelles, à deux pas de l'agora, disputaient dans la poussière les penseurs drapés dans leur toge et dont rien n'interdit de penser qu'ils exhibaient également un chat pour démontrer que la réalité n'existait pas. Ou alors : qu'elle existait.

Après tout, ils se servaient bien d'une tortue pour nier, contre toute évidence, que le mouvement fût.

Des contes. Dont l'efficacité, sans doute, n'est pas tout à fait la même pour agir sur la réalité mais qui, lorsqu'on en est à expliquer celle-ci, ne parviennent pas davantage les uns que les autres à en dire le dernier mot et dont la seule sagesse consisterait à reconnaître que tel ne peut pas, ne doit pas, être leur dessein.

Je doute qu'un seul scientifique, à supposer que l'expérience puisse être conduite, prenne vraiment le pari que le chat dans sa boîte est à la fois mort et vivant et que se tiennent ainsi imbriqués deux univers avec à l'intérieur de ceux-ci une créature morte et une autre vivante. Le « principe de superposition » n'a de statut, c'est du moins ainsi que je le comprends, qu'à la manière d'une hypothèse nécessaire afin de décrire une expérience portant exclusivement sur des particules soumises à un protocole très particulier, et de prévoir les résultats qu'elle produit : un pur calcul de probabilité, au fond. Et il perd beaucoup de son mystère lorsque l'on réalise qu'il dépend moins d'une constatation effective — par laquelle on verrait concrètement, comme avec ses yeux et grâce à une sorte de microscope surpuissant, telle réalité sous ses aspects simultanés et cependant opposés puisque cela est impossible — que du fait que les états quantiques sont représentés abstraitement par des entités — en l'occurrence : des vecteurs dits « vecteurs d'état » — dont chacune peut être considérée comme la somme d'une infinité d'autres en lesquelles elle se décompose. Autant dire qu'on déduit de la forme mathématique sous laquelle on les exprime la faculté de superposition qu'on prête aux particules. Mais quant à prendre tout cela au pied de la lettre et se figurer qu'une créature et son double flottent dans les limbes de la même minuscule portion d'espace jusqu'à ce que le hasard décide laquelle des deux accédera à l'existence, c'est autre chose.

Tout se passe *comme si* : c'est tout ce que l'on peut dire.

Comme si cette petite poussière de rien que l'on nomme une particule, et dont l'existence très théorique qu'on lui assigne dépend des élucubrations abstraites de quelques équations, se trouvait suspendue entre deux états dont aucun n'est tout à fait le sien — ou plutôt : dont chacun est tout autant le sien — et qu'il fallait absurdement postuler une telle indétermination pour pouvoir penser jusqu'au bout le processus d'une expérience qui rende compte du comportement insensé et pourtant effectif de la matière.

Comme si : c'est le mot des savants ; c'est celui des enfants et celui des poètes, aussi. Tout se passe *comme si* ce monde dans lequel nous vivons était à la fois le même et un autre, contenu dans la boîte obscure où, comprimées, se tiennent toutes les virtualités de la vie de sorte que chaque chose et son contraire y sont côte à côte à leur place. Un conte ? Il était une fois. Plutôt : il était deux fois. Et puis deux fois deux fois. Ainsi à l'infini, le même vieux récit se multipliant dans la nuit de toujours tant que quelqu'un se trouve là qui lui accorde la créance qu'il faut pour que s'éparpille partout le perpétuel pluriel de tous les possibles.

Une anecdote fameuse rapporte la visite à Niels Bohr que lui fit l'un de ses disciples, un peu indigné de remarquer que le foyer du grand physicien s'ornait d'un fer à cheval en guise de porte-bonheur, faisant observer à celui-ci qu'il était étrange qu'un esprit positif tel que le sien puisse accorder foi à une superstition si puérile, s'attirant cette réponse imparable de la part du savant, Bohr lui déclarant : « Il paraît que cela marche même si l'on n'y croit pas. »

Disons : un poème, un roman. Auquel, sans y croire vraiment, misant sur sa chance, on se confierait pourtant, s'abandonnant ainsi à l'éternel efficace des fables, suivant dans le vide les aventures d'un chat s'engageant vers nulle part sur les sentiers bifurquants du temps.

Chapitre 2

QUAND TOUS LES CHATS
SONT GRIS

Quand ?

À l'heure où, comme on dit, tous les chats sont gris.

Le soleil couché, des nuages masquaient la lune et les étoiles, recouvrant tout le ciel, capturant ce qui lui restait de clarté. Il est apparu quelque part dans un coin du jardin. Disons : près du grand genêt presque sec, à deux pas du lilas. Dissimulé dans un pan d'ombre, là où à l'angle, dans le renfoncement, l'obscurité paraît un peu plus profonde qu'ailleurs.

Je dis que je l'ai aperçu. Mais, en vérité, quand on n'a pas encore fait connaissance avec eux et que la prudence les tient toujours un peu à l'écart des humains, on ne voit jamais les chats. Du moins pas distinctement. Du regard, on attrape seulement le mouvement qu'ils font quand ils fuient : la trace qu'ils semblent laisser dans l'air où ils passent en partant. Si bien que c'est ce mouvement qui vous signale qu'ils étaient là. Mais une fois qu'ils n'y sont plus. Alors qu'ils ont déjà quitté les lieux pour de bon. Quelque chose a bougé par là-bas : une forme qui dévale du sommet d'un arbre, détale sur l'herbe, se faufile derrière un massif, saute sur la pente d'un toit plus bas que les autres puis, s'aidant de cette courte échelle, passe par-dessus le mur.

Puis : plus rien.

On se dit que ce devait être un chat.

Je dis qu'il est apparu. Mais c'est aller un peu vite. Dire le contraire serait plus juste. Aussi illogique que cela puisse paraître, avant même de l'avoir vu arriver, on voit d'abord un chat s'en aller. La règle souffre très peu d'exceptions : sa disparition précède son apparition. On assiste au départ d'un chat avant d'avoir été témoin de son arrivée. C'est ainsi que cela commence. Par la fin. Comme pour cette première fois. Lorsque, sans en avoir au préalable remarqué la présence, j'ai vu quelque chose s'évanouir dans le noir. Mais ce n'était pas le soir. D'ailleurs, cela ne se passait pas dans le jardin. Et ce n'était pas tout à fait la première fois. Ou peut-être si. Il faudrait d'abord s'entendre sur le sens de tous ces mots. Ce n'est pas que j'invente. C'est juste que je ne me rappelle pas. Ou plutôt : que je ne parviens pas à décider laquelle de ces « premières fois » qui ont eu également lieu devrait être considérée comme la première de ces « premières fois ».

Avant que je prête attention au phénomène et que je lui donne un nom, la chose avait dû certainement se produire à plusieurs reprises. Donc, avant celle-ci, il y aurait eu plusieurs

« premières fois ». Et autant d'apparitions. Ou plutôt : de disparitions. Disons : de manifestations. Il en a fallu un certain nombre avant que l'idée me vienne qu'elles étaient toutes de même nature et qu'elles concernaient peut-être un animal unique dont on devait supposer qu'il hantait les parages. Son existence, d'abord, n'était rien de plus qu'une hypothèse. Je n'avais aucune preuve que ce fût bien le même chat. Il pouvait y en avoir plusieurs que je confondais les uns avec les autres. Le plus souvent, je n'étais pas certain d'avoir entrevu autre chose que le frôlement d'une forme dans le soir. Sur la périphérie de mon champ de vision une modification du monde, très légère et tout à fait circonscrite, avait eu lieu, que n'importe quoi aurait pu causer aussi bien : une tache d'ombre un peu plus sombre que les autres, qui se détachait vaguement du fond et filait brusquement d'un côté ou de l'autre, se dérobant immédiatement dans le noir le plus noir de la nuit.

En conséquence, comme l'aurait scientifiquement fait un esprit plus scrupuleux que le mien, plutôt que de parler d'*un chat*, il aurait été plus exact d'affirmer seulement que, sous mes yeux, quelque chose se manifestait *sous forme de chat*. Dans l'espace (celui du jardin) et dans le temps (celui de la nuit), comme sorties du vide et se matérialisant en lui, pareilles à de petites bulles de savon éclatant dans l'air au hasard, se formaient pour se dissoudre aussitôt de minuscules apparences, si incertaines et transitoires que les qualifier d'objets, de faits, ou même de phénomènes, aurait déjà été trop en dire à leur sujet. Quant à déduire de ces événements douteux et se produisant de façon très aléatoire qu'une réalité existait à laquelle ils se rapportaient tous, cela aurait été un pas encore plus hasardeux. Il aurait fallu attribuer à ces événements une origine unique, supposer qu'ils entretenaient un lien logique avec celle-ci et qu'un fil cohérent les reliait alors les uns aux autres. Arrivant à la conclusion que, pour rendre compte de toute cette poussière de petits phénomènes, la solution la plus simple consistait à postuler que ceux-ci renvoyaient tous à une seule et même chose (*un chat*) qui en constituait très banalement l'explication. Ces effets — comme n'importe lesquels — exigeant leur cause.

Puisque rien ne naît de rien et que tout a sa raison sur cette terre.

Du moins, c'est ce qu'on prétend. Et moi aussi, je préfère en général penser qu'il en va ainsi. Comme tout le monde. Me disant simplement qu'un chat avait dû élire domicile dans le voisinage. De telle sorte que bientôt j'en suis venu à le voir. Une fois, d'abord. Mais quand était-ce? Et où? Et puis de plus en plus régulièrement ensuite. Un peu partout.

Les seules choses qui existent sont celles auxquelles, à un moment ou à un autre, on a décidé de croire.

Au téléphone :

— Tu as vu le chat, ce soir?
— J'ai vu un chat.
— Un autre?
— Peut-être le même.

34

— Celui de la dernière fois ?

— Je ne sais pas.

— Tu l'aurais reconnu.

— Il faisait noir.

Nous nous succédions dans la maison plutôt que nous ne l'habitions ensemble. Il était rare que nous nous y trouvions en même temps. Cela arrivait parfois. Ainsi un dimanche après-midi au cours de l'été, plusieurs semaines avant ce que j'appelle : « la première fois », c'était un après-midi très ensoleillé vers la fin du mois d'août alors que nous prenions le café sur la terrasse :

— Là ! Tu l'as vu ?

— Quoi ?

— Mais le chat !

— Où ?

— Par là !

— Je ne vois rien.

— Il est parti.

J'en étais là avec mon chat. Je dis : « mon chat ». Mais à aucun moment je ne l'ai considéré comme étant le mien. Et si je disais : « ton chat », c'était moins pour lui en attribuer à elle la propriété que pour bien marquer que, pour ma part, je ne prétendais pas du tout que ce chat fût à moi. Qu'il était simplement venu de nulle part. Et cela posait forcément la question de savoir d'où.

J'ai toujours eu un tempérament plutôt spéculatif. Dans une autre vie, j'aurais pu faire un savant. Je me flatte. J'aurais certainement manqué du sérieux nécessaire — sans parler de la dose d'intelligence abstraite qui convient. Contempler les nuages ou les étoiles n'a qu'un rapport très lointain, je suppose, avec les calculs auxquels les astronomes se livrent sur les mouvements des astres. Ou les physiciens sur le comportement des particules qu'ils manipulent dans leurs laboratoires.

À ma manière, je ne pouvais cependant me défendre de l'idée que j'étais en train de conduire une sorte d'expérience. Les soirs où j'étais là, je m'installais sur la terrasse qui, à l'arrière de la maison, donne sur le jardin. Après avoir dîné, je buvais un whisky en fumant mon cigare. J'observais. Quoi ? Rien. Juste le vide. Une accumulation d'ombres plus ou moins épaisses dans ce champ que les murs de la propriété délimitaient. « Propriété » est d'ailleurs un bien grand mot pour désigner le petit quadrilatère de sable planté de quatre ou cinq arbres, à la surface duquel, en lieu et place de la pelouse qui sur un tel sol ne poussait pas, s'étendait un mélange de mousse et d'herbes basses et où, au printemps, s'épanouissaient de façon anarchique des coquelicots et des marguerites très robustes aux pétales d'un étrange et intense orange vif, fleurs sans doute semées là par le précédent possesseur des lieux et qui, sans que personne n'en prenne soin, revenaient régulièrement à la vie chaque année sous le soleil.

Une propriété ? Un grand bac à sable, plutôt, comme ceux où, avec une pelle, un seau et un râteau à l'aide desquels ils fabriquent des pâtés qu'ils renversent aussitôt, on fait jouer les enfants désœuvrés, et auquel seule l'obscurité de la nuit, en le dérobant au regard, donnait la profondeur factice d'un territoire infini. J'étais semblable à l'un de ces enfants, construisant et puis détruisant des châteaux de sable pour tromper un peu mon ennui. J'attendais que quelque chose se manifeste. Parfois, rien ne se passait. Parfois, je voyais — ou je croyais voir — une forme disparaître à toute vitesse dans le noir. Il arrivait aussi que, sans l'avoir senti s'approcher, je réalise soudain que le chat se tenait près de moi, appelé sans doute par la lumière restée allumée dans la cuisine. Immobile peut-être depuis de longues minutes. À deux pas de la terrasse. Miaulant enfin pour attirer mon attention.

En quoi l'expérience consistait-elle? Tout bêtement, j'observais comment tombe la nuit et la manière dont l'obscurité prend progressivement possession du monde — exactement comme l'avaient certainement fait tous les hommes depuis ce moment très improbable, cet instant hautement hypothétique, où des yeux avaient vu pour la première fois le soleil s'enfoncer derrière la ligne de l'horizon et se laisser avaler par la terre, cherchant à discerner quelles réalités à peine perceptibles se dessinaient au sein de ce néant nouveau qui s'étendait devant eux à perte de vue.

Je regardais dans le noir. Je guettais. Je me faisais à l'idée que tout l'espace se trouvait contenu dans ce cube à quoi correspondait à peu près le volume du jardin si on en arrêtait la hauteur à celle des arbres les plus hauts et à celle des murs des maisons voisines. Je le voyais se remplir d'une sorte de matière noire qui recelait en elle toutes les formes susceptibles d'en sortir. Un réservoir recueillant l'encre d'une substance venue d'on ne sait où et qui progressivement imprégnait tout.

La consistance quasi liquide de la chose, la manière dont elle se répandait très lentement sur le sable, collait aux formes, sa teinte sombre et sa texture visqueuse, les éclats qu'elle faisait miroiter sur les objets qu'elle engloutissait, tout cela donnait au phénomène l'apparence d'une sorte de marée noire : une eau très sombre et très épaisse inondant au ralenti un rivage, certainement déglutie doucement par cette bouche que faisait au fond du jardin, dans ce recoin le plus obscur où le chat était apparu la première fois, ce qui n'était pas vraiment un trou mais plutôt l'intervalle laissé, dans l'angle où ils se rejoignaient mal, par les murs des maisons adjacentes qui constituaient deux des côtés de la propriété. Au ras du sol, derrière le genêt, une ouverture à la découpe vaguement triangulaire, trop petite pour que, se penchant jusqu'à terre, on puisse y glisser la tête — à supposer qu'on ait eu l'idée plutôt idiote de le faire —, et qui devait déboucher sur un cul-de-sac un ou deux mètres plus loin mais dont on pouvait également imaginer qu'elle donnait sur un autre espace duquel, la nuit venue, s'écoulait tout ce noir.

Il fallait supposer que le chat était sorti de là. De ce trou, de ce noir. Que, quelque part, au cœur de cette obscurité liquide, à la surface de cette nappe déployée dans l'air ou bien juste au-dessous, dans la profondeur qu'elle laissait à peine deviner en transparence, le coude d'un courant tournant sur lui-même, le repli d'un reflet, les rides creusées par l'onde de cette vague très lente déferlant depuis le fond du jardin, avaient pris, sous l'effet du hasard ou sous celui, très concerté, d'une sorte de phénomène semblable à la « généra-tion spontanée », la forme d'un chat conçu dans ces ténèbres et s'extirpant de celles-ci, tirant de lui-même sa silhouette hors du noir pour s'avancer jusque vers la terrasse qu'éclairait la lumière de la maison. Comme une gestation obscure : quelque chose naissant de rien, enfanté mystérieusement par une matrice dont se serait percée la poche d'encre, celle-ci perdant ses eaux noires sur ce sol de sable et expulsant avec elles la figure orpheline d'une créature vivante.

Écarquillant les yeux afin de voir en vain d'où venait cette vie.

Toutes ces idées tournaient dans ma tête. Et j'avais bien conscience de ce qu'elles avaient d'un peu disproportionné par rapport à leur objet. À quoi l'alcool et l'ennui, certainement, n'étaient pas étrangers. La nuit tombait sur le jardin d'une petite maison de bord de mer où un chat, attiré légitimement par la perspective du gîte et du couvert, venait cyniquement tenter sa chance en faisant vibrer la corde sensible chez un homme entre deux âges, pas encore vieux mais plus tout à fait jeune, fumant le cigare, un whisky à la main, personnage assez indifférent sinon qu'il était, ces soirs-là, le seul à pouvoir pousser la porte menant à la cuisine et dont il importait peu que la venue de la nuit lui inspire ou non de mélancoliques méditations sur l'origine des choses et le destin des êtres.

C'était tout.

J'aurais mieux fait de finir mon verre et d'aller me coucher.

Il n'y avait rien de plus à en dire. En même temps, à épier ainsi le noir, à tenter de scruter comment se constituaient en lui des ombres, à guetter comment celles-ci semblaient se remplir d'un contenu jusqu'au moment où, ayant acquis une existence autonome, elles se détachaient du néant et avançaient lentement vers moi, j'avais le sentiment de reprendre par le regard un très lointain travail, abandonné depuis longtemps et dont l'existence m'avait seulement distrait un instant.

C'était une vieille histoire.

J'étais juste un peu surpris qu'elle recommence ainsi.

Chapitre 3

EN CATIMINI

C'était autrefois. J'avais quoi? Cinq ou six ans. Peut-être davantage. Enfant, je restais longtemps allongé dans mon lit attendant le moment avant que le sommeil vienne et que le monde s'éteigne pour de bon. J'épiais. Il fallait d'abord laisser gagner les ténèbres et qu'elles envahissent la chambre. Les zones les plus sombres se trouvaient aux endroits qu'avaient occupés la porte donnant sur le couloir, l'armoire dont les battants fermaient mal et laissaient voir à l'intérieur les rayonnages rangés, la fenêtre avec le drapé théâtral des grands rideaux tirés, la chaise sur laquelle reposait le tas des vêtements affalés en un monceau informe. Dès lors que la lumière manquait, toutes ces choses du jour, le sépia du soir les remplaçait par de vastes amas de rien, d'inépuisables citernes d'encre qui diffusaient lentement leur essence dans l'air, donnant à celui-ci la teinte sinistre d'une sorte de buvard tout imbibé de nuit. Des taches répandues au hasard s'élargissaient très lentement, jusqu'à se rejoindre enfin, flottant d'abord dans le vide, petits nuages de matière noire s'agglutinant en un seul ciel nébuleux prenant toute la place.

Soudain, sans en avoir conscience, j'avais dû cligner des paupières, mes yeux s'étaient fermés, sur lesquels le sommeil appuyait déjà. Il avait suffi de cette seule seconde d'inattention pour, d'un coup, laisser se déplacer un peu dans ma direction des masses sombres, détachées du fond sans que je m'en aperçoive. Une vague montait, lovée à l'intérieur du temps, qui, se déployant dans l'espace, déferlait au point de l'engloutir tout entier. Mais son mouvement était si lent que j'étais incapable de le suivre précisément, d'en distinguer les moments successifs. Je ne discernais rien de la manière dont cette vague avançait vers moi. Réalisant juste qu'elle avait progressé quand elle avait déjà poussé sa pointe un peu plus près de moi. Comme si ce mouvement en avant de l'ombre, au lieu d'être continu, s'accomplissait discrètement par une infinité de sauts minuscules dont aucun n'était perceptible pendant qu'il avait lieu. Quand la vague avait atteint un nouvel objet — le coffre à jouets, la bibliothèque, enfin le pied du lit —, celui-ci se trouvait annexé au grand territoire d'ombre qui grandissait ainsi et dont l'expansion, faisant changer leur apparence, convertissait les formes familières en d'énormes volumes abstraits à la découpe vague dans les ténèbres.

Je me racontais que j'étais couché sur un rocher ou sur un radeau, perdu au milieu d'un océan au moment de la bonace, coincé entre un ciel très bas descendu comme un couvercle et l'eau qui montait vers moi. L'angoissant temps arrêté du grand calme plat entre les tempêtes. Pris entre deux mâchoires d'ombre. Le monde pareil à une boîte en train de se refermer sur soi.

Dans la cour, à l'heure de la récréation, tous les jeux étaient à peu près semblables à celui qu'on appelle : « Un, deux, trois, soleil ! » Le dos tourné, en comptant à voix haute, on frappait trois fois sur le tronc d'un arbre contre lequel, les yeux clos, on s'appuyait. Faisant disparaître et revenir le jour, le temps que les autres avancent subrepticement vers soi. Disant quatre mots sur un air de comptine : le dernier censé rendre la lumière au monde servait de signal pour que celui-ci s'immobilise à nouveau. Les enfants, pour s'approcher en catimini de l'arbre qui était leur but, devaient profiter de ces quelques secondes d'invisibilité. Car être vu en mouvement les éliminait de la partie et les obligeait à regagner le mur de l'autre côté de la cour. Jusqu'à ce que fatalement l'un d'entre eux arrive jusqu'à soi, vous pose la main sur l'épaule et prenne votre place au pied de l'arbre.

Se laisser toucher, c'était se laisser mourir.

La règle était toujours plus ou moins la même quel que soit le jeu. On l'appelait d'autres noms aussi : tantôt le chat, tantôt l'épervier. Ou encore : l'araignée. De l'un à l'autre existaient des variantes. Mais le principe était à peu près identique. Je ne suis pas certain maintenant de ne pas tout mélanger. Celui que l'on nommait le chat (ou : l'épervier ; ou : l'araignée), quand il touchait l'un des enfants, échangeait son rôle avec lui. Et c'était l'autre qui devenait lui. Sans que la réciproque soit possible : puisque, c'est bien connu, telle est la loi, nul ne peut jamais faire chat son propre père. Ou bien : il le capturait et le faisait passer dans son camp.

Parfois, les proies ainsi prises, se tenant par la main, formaient dans un coin de la cour une sorte de chaîne, attendant qu'un joueur encore libre, parvenu jusqu'à elles, les touchant à son tour, annule le charme mauvais qui les retenait prisonnières, les délivre et leur permette de regagner la partie. Mais le plus souvent, les victimes du chat passaient à son service, comme si elles devenaient elles-mêmes autant de chats ou bien comme si le chat se démultipliait en prenant possession du corps de ses proies et que pour son compte celles-ci partaient à la chasse des autres enfants, les traquant comme des souris un peu partout vulnérables — sauf en certains lieux surélevés comme les bancs et les marches de l'escalier, où, à condition de se déclarer « perché! », l'on pouvait se mettre à l'abri. Il arrivait fatalement un moment où l'un des enfants, le dernier survivant, se retrouvait seul face à tous les autres. Et si la cloche ne sonnait pas à temps, annonçant la fin de la récréation et le recommencement de la classe, il ne lui restait plus qu'à recevoir son coup de grâce.

Du moins, c'est ce que je crois me rappeler.

Quand je me trouve aujourd'hui près d'une école à l'heure de la récréation et quand j'entends le bruit de cris qu'y font les enfants, depuis bien longtemps maintenant, je n'ai plus trop le cœur à regarder ce qui se passe à l'intérieur. Je me demande pourtant, je ne peux pas m'empêcher de me demander si ce sont toujours aux mêmes jeux qu'ils jouent et comment, de génération en génération, sans que personne les ait jamais écrites, les règles, que chacun à son tour oublie, s'y sont transmises pour que se perpétue la grande guerre sans fin que, sous leurs apparences d'enfants, se livrent les chats et les souris.

44

Le grand jeu recommençait toujours dans la nuit. Un immense ciel d'encre se déployait au plafond et il rejoignait la nappe noire montée vers lui du sol. Les deux moitiés du monde s'étaient refermées comme des mâchoires. Ou bien : l'inverse. Elles s'étaient écartées comme celles d'une bouche béante dévoilant une gorge avalant tout l'espace dans sa profondeur impensable d'entrailles. Je perdais la moindre idée des dimensions de la pièce. La lumière passant du couloir par la porte entrebâillée avait faibli au point de ne plus rien éclairer. Toutes les formes s'étaient effacées. Les yeux s'accommodant à l'obscurité se mettaient au travail, incapables désormais de restituer leur visage disparu aux choses, imaginant à partir de rien un autre univers, y inventant les contours de créatures inconnues sortant de ce vide qui avait l'allure d'un trou, de l'entrée d'un tunnel qui devait remonter jusqu'en un lieu, le plus dérobé de tous, conduisant nulle part ou alors vers un territoire si lointain qu'il fallait supposer qu'il fût celui-là dont le monde lui-même était issu. Fermant les yeux. Les ouvrant. Plusieurs fois. Comme si je voulais prendre de vitesse tous ces êtres qui rampaient ou qui flottaient vers moi, les surprendre en flagrant délit d'existence, tandis qu'ils progressaient partout autour de mon lit et que se refermait sur mon refuge leur étouffante étreinte d'ouate.

C'est au moment où j'allais m'endormir que surgissait du fond ce quelque chose à quoi je ne pouvais pas donner de nom et qui se réduisait à la simple expression d'une silhouette en morceaux : une sorte de nuage fait d'une matière plus noire que le reste de la nuit, flottant au-dessus du sol, matière légèrement luisante puisqu'elle brillait de vagues reflets. Avançant imperceptiblement dans le silence. Et dont je ne savais pas si j'espérais ou si je redoutais le moment où, finalement, elle parviendrait jusqu'à moi, moment qui n'arrivait jamais puisque c'était à l'instant où je la sentais toute proche que je sombrais tout à fait dans le sommeil.

Vaguement : cette chose qui allait me toucher et me rendre semblable à elle, me « faire chat », et puisque je me trouvais déjà captif de mes premiers rêves, réduit au mutisme, incapable d'articuler un mot ou de pousser un cri, sans même la ressource de me déclarer « perché » dans mon lit.

Chapitre 4

OMBRES CHINOISES

C'est ainsi, sans doute, que les choses se sont passées. En tout cas, le plus simple, pour le moment, est de les présenter comme si elles avaient eu lieu de cette manière-là : un chat était arrivé un soir et dans les conditions que j'ai dites. Et après ? Après, rien. Quand même : si. Ma pensée prenait de plus en plus un tour qui même à moi paraissait plutôt insolite. Je le remarquais bien. Elle se détachait doucement de tous les objets habituels de la vie. Sans que je puisse confier à quiconque ce qui était en train de m'arriver puisque, moi-même, je n'en savais trop rien.

Depuis quand tout cela avait-il lieu ? J'aurais été incapable de le dire aussi. Je ne m'imaginais pas qu'un événement insignifiant comme celui que je viens de décrire avait pu raisonnablement être à l'origine de la minuscule métamorphose que j'observais en moi. Je prêtais attention à des riens : la forme fuyante d'un chat passant dans le fond du jardin avec autour de lui tout un mouvement d'ombres circulant parmi les choses et finissant par concerner tout le contenu de la création.

J'ai fini par dire : « ton chat ». Puisqu'elle l'avait vu en premier. Mais ce n'était pas le sien non plus. Il était à quelqu'un d'autre. Plus probablement : à personne. Petit à petit, il a pris ses habitudes. D'abord dans le jardin. Puis dans la cabane dont la porte restait entrouverte et où elle lui a laissé un panier, une couverture, de quoi boire et de quoi manger. Enfin, fatalement, dans la maison où, un jour que je n'étais pas là, elle l'a fait entrer et où il s'est installé. Et comme cette maison, en somme, nous l'habitions à tour de rôle et seulement par intermittences, tandis que lui, il y passait l'essentiel de son temps, il en est naturellement devenu l'occupant principal. Quand j'y dormais, j'avais le sentiment qu'il était mon hôte. Je veux dire : qu'il me recevait chez lui.

Je vivais l'une des périodes les plus calmes de ma vie. Avec le sentiment d'avoir pris comme des grandes vacances de l'existence. Retiré dans la villégiature très discrète d'une modeste station balnéaire. Une sorte de sabbatique. Hors saison. Un congé négocié avec l'univers et accordé par lui. Même si ce n'était pas tout à fait le cas bien sûr. Ironiquement, d'ailleurs, aux yeux des autres, je passais plutôt pour quelqu'un d'assez occupé. Il suffit souvent de peu pour produire une telle illusion. Et rien n'est plus facile que de se tenir ensuite caché à l'abri de celle-ci, dissimulant derrière une affectation d'agenda très chargé le fait qu'en fait on ne fait rien. Ce qui, inexplicablement, constitue d'ailleurs aussi une activité à temps plein.

Le grand *far niente*. Comme un interminable dimanche. Pour lequel, faute de pouvoir user de son temps à quelque activité avouable, on s'invente toutes sortes de missions essentielles dont on s'imagine mystérieusement investi : comme regarder passer les nuages, écouter l'herbe pousser, aller vérifier le mouvement des marées. Dans mon cas, le soin d'un chat m'accaparait. Les soirs où je dormais dans la maison — parfois deux ou trois la même semaine, parfois aucun pendant plus d'un mois —, je les passais ainsi. Si je ne l'apercevais pas en franchissant le portail, je commençais par inspecter les lieux où il aurait pu chercher refuge, ceux où se trouvaient son bol et sa corbeille et puis les environs immédiats de la maison. Je faisais les deux ou trois cents mètres qui conduisaient à la mer. Je marchais le long de l'avenue plantée d'arbres très hauts et bordée de massifs desquels plusieurs fois je l'avais vu sortir. Et si je n'apercevais pas trace de lui, je reprenais mon poste dans le jardin, près de l'arbre auquel je m'appuyais, planté devant la terrasse avec mon cigare et puis mon verre de whisky, contemplant le fond de la propriété, le mur percé de sa petite ouverture triangulaire derrière le genêt tout sec, debout là d'où je contemplais l'obscurité s'avançant vers moi.

Je ne dis pas que je passais tout mon temps à cela. Mais c'était quand même comme un rendez-vous que je ne manquais pas.

Si j'entreprenais de faire le point sur ma vie, je réalisais quel sens les autres pouvaient donner à celle-ci et qui accréditait automatiquement l'idée que, si je n'étais pas complètement fou, je devais avoir un peu l'esprit dérangé et que cela était bien excusable en somme du fait de ce qu'ils savaient — ou croyaient savoir — de l'existence que je menais depuis plus de quinze ans que ma fille unique était morte maintenant et que, à ma manière, tout en continuant à y paraître et à y jouer mon rôle comme n'importe qui, je m'étais malgré tout vaguement retranché du monde, continuant à commercer avec mes semblables mais en leur faussant compagnie dès que l'occasion se présentait, n'entretenant plus de rapports qu'avec une poignée de personnes, ayant élu domicile dans le cercle d'une solitude certaine dont je ne sortais qu'en me manifestant périodiquement et sous des formes qui, en général, en raison de leur éclat soudain et intempestif, décourageaient plutôt avec succès les éventuelles velléités que certains auraient pu avoir de nouer ou de renouer une relation avec moi.

J'avais l'impression d'avoir fait un pas de côté — plus exactement : un demi-pas de côté — et qu'une moitié de moi-même se tenait désormais hors du monde. Si je voulais comprendre pourquoi, le plus simple était sans doute de considérer que la raison en était celle que j'ai dite. Mais si j'avais réagi ainsi à celle-ci quand, visiblement, il n'en allait pas toujours de même pour toutes les personnes passées par une épreuve semblable, une cause plus lointaine existait peut-être, une prédisposition de mon tempérament à laquelle l'occasion de se manifester avait été donnée par cet événement.

J'étais à la fois à l'intérieur de la vie et en dehors de celle-ci. Mais je m'exagère sans doute la singularité de mon sort. Peut-être en va-t-il ainsi pour chacun.

Fou ? Je veux bien. Mais, pour être honnête, ma tête avait toujours été très solide et elle le restait. Je n'avais aucunement perdu le sens de la réalité. Pas de visions ni de voix. Je ne prêtais aucune valeur surnaturelle aux signes que je passais un peu de mon temps à observer dans le noir. Et d'ailleurs, pour être franc, je le répète, cela ne m'arrivait pas aussi souvent que cela. J'en parle et du coup je donne une importance excessive à ce qui n'avait en vérité pas plus de portée qu'une manie passagère et inoffensive. Raconter sa vie fausse toujours la perspective de cette façon-là et c'est précisément pourquoi rien n'est plus imprudent que d'accorder foi à ce que les autres, aussi sincèrement que cela soit, disent d'eux-mêmes. Tout de suite, on se fait toute une histoire de rien.

Pour essayer d'exprimer les choses au plus près, j'avais seulement le sentiment étrange que quelque chose se répétait dans ma vie qui me ramenait du côté des premières angoisses émerveillées de l'enfance. La mienne, celle de tous les autres hommes, celle du monde. Il y a le jour. Il y a la nuit. Des milliers de fois, des milliards de fois. Et même davantage si l'on considère que cette manière de mesurer le temps vaut pour avant l'époque où s'est mis à tourner le mécanisme régulier de l'horlogerie céleste au sein de notre petit système solaire.

Mais, en un sens, tout se passe comme si cela n'avait lieu qu'une fois. Le jour, la nuit. À jamais. En vérité : l'inverse. La nuit, le jour. Il y eut la nuit puis il y eut le jour. Comme le disent toutes les fables quand elles racontent comment l'obscurité accoucha de la lumière. Si bien que c'est la nuit qui toujours précède le jour. Le second sort de la première. Et puis la nuit revient enfin, qui est le moment le plus vrai de la vie.

J'ai parlé de métamorphose. Là encore, c'est un mot trop grand pour la chose à laquelle je l'applique. Visiblement, je n'avais changé en rien. En tout cas, pas de manière spectaculaire. Il ne s'était trouvé personne autour de moi pour m'en faire la remarque. C'est moi qui prenais note de ces transformations infimes. Et encore. Seulement lorsque j'étais tout à fait seul. C'est pourquoi cela arrivait surtout lors des soirées que je passais sans compagnie dans la maison vide.

J'étais moi-même et puis un autre, mais qui était encore moi-même. Aucun des deux n'était plus vrai que l'autre. Chacun de ces êtres dont je parle était autant moi que l'autre et leur coexistence était pacifique. Ils habitaient tout bêtement deux univers distincts qui, sans doute, n'en formaient qu'un seul mais qui se trouvaient tellement étrangers qu'ils en devenaient presque étanches l'un à l'autre, chacun à peine averti de l'existence de son voisin.

J'emploie les mots que je peux. Ceux dont je viens de faire usage suggèrent à tort que chacun de ces deux mondes se situerait comme à côté de l'autre. D'abord, je dis : deux mondes. Mais c'est une simplification déjà. Il y en avait bien davantage. Rien n'interdisait de penser qu'il en existait une infinité. Et, ensuite, ces mondes en nombre infini dont chacun abritait une figure de moi n'apparaissaient aucunement comme juxtaposés. Ils donnaient plutôt le sentiment d'être, disons, imbriqués, comme s'ils parvenaient au prodige d'occuper le même espace tout en restant légèrement distincts les uns des autres.

La particularité de l'expérience telle que je la considérais consistait précisément en ceci que tous ces univers se situaient sur un plan équivalent, sans aucune hiérarchie entre eux, et qu'aucun ne pouvait se prévaloir d'être doté d'un degré plus grand de réalité — ou d'irréalité — que n'importe quel autre. Et c'est ici, bien sûr, qu'il fallait désespérer un peu du langage. Du langage? Je me trompe, je parle trop vite. Pas du langage. Puisque je me trouvais tout à fait capable d'expliquer avec des mots ce que j'avais en tête. Je ne cessais pas de me l'expliquer à moi-même. J'aurais pu l'expliquer à autrui — s'il y avait eu quelqu'un à qui faire l'aveu de toutes ces méditations dont je n'oubliais pas le caractère très oiseux. Les mots ne manquaient pas. C'étaient les images. Il n'y en avait aucune, tirée de l'expérience courante, pour correspondre à ce que je disais : des milliers de mondes avec autant de moi à l'intérieur de chacun d'entre eux, occupant la même portion d'espace et de temps, imperceptiblement décalés pourtant les uns par rapport aux autres et dont chacun pouvait pareillement prétendre être à la source des suivants. Cela, je pouvais le raconter — même à autrui. Mais je ne pouvais pas le représenter — je ne pouvais même pas me le représenter à moi-même.

Aucune image ne convenait. Je pouvais bien sûr traduire la situation que je vivais dans le langage de la psychologie.

53

Expliquer comment depuis des années, depuis toujours peut-être, j'avais le sentiment d'onduler dans le vide, sans qu'il y ait jamais aucun repère dans l'espace, dans le temps où me situer. Lévitant librement dans un univers aux coordonnées absentes, sans plus de distinction en lui entre le haut et le bas, le proche et le lointain, l'avant et l'après. Avec la conviction de n'être plus qu'une forme creuse flottant dans un univers lui-même totalement désorienté. Je ne dis pas que tout cela fût faux, qui pouvait s'exprimer de façon très claire et très familière : j'avais perdu le nord, égaré ma boussole, comme on dit. Depuis quinze ans, j'avais eu assez le temps de tourner et retourner de telles idées dans ma tête et de comprendre comment l'événement dont j'ai parlé m'avait du même coup fait perdre tout sens commun. J'emploie le mot *sens* dans ses deux acceptions. C'est-à-dire que, se trouvant privée de ce qui aurait dû lui conférer sa signification, mon existence se voyait également ôter ce qui aurait pu lui donner sa direction. Ou vice versa.

En tant que tel, un pareil discours rendait à peu près compte de ma situation de manière satisfaisante. Mais, en tant que représentation, le résultat était très insuffisant. L'image qu'il aurait fallu ne me venait pas et j'en arrivais à penser qu'elle n'existait pas. Je me trouvais un peu dans la position de quelqu'un qui essaye de se figurer mentalement un objet à *n* dimensions — comme disent les mathématiciens — quand notre expérience immédiate, celle de l'espace, nous limite à trois auxquelles on peut à la rigueur en ajouter une quatrième, celle du temps, dont on croit savoir à peu près ce qu'elle est. Mais dès qu'on passe à cinq et *a fortiori* si l'on va au-delà, l'esprit déclare forfait. Ce n'est pas qu'il ne puisse pas concevoir abstraitement un tel espace et les objets qui vont avec. Il y a des démonstrations mathématiques pas si compliquées puisqu'on les enseigne au lycée qui permettent de se faire une idée de tout cela. Mais, aussi loin qu'on pousse sa pensée, il n'y a pas moyen de se faire une image d'une telle chose. Et tenter d'y parvenir vous confronte à des chimères qui sont au moins aussi redoutables que celles des fables les plus épouvantables.

Un vrai casse-tête chinois.

Je crois que ce sont des analogies comme celles-là qui m'ont préparé à l'expérience mentale dont je parlais plus haut. L'inverse plutôt : c'est l'expérience mentale dans laquelle je m'étais engagé qui m'a conduit à faire usage de telles analogies. Je parle très approximativement : car un espace à dimensions multiples n'est pas la même chose que ces univers imbriqués que j'évoquais il y a un instant. Le premier me sert comme équivalent des seconds pour exprimer l'impuissance semblable de l'esprit à en produire une représentation mentale. Je veux dire simplement — simplement, si j'ose dire — que j'ai commencé à concevoir que la situation dans laquelle je me trouvais, je ne pouvais plus me satisfaire de la convertir dans le langage un peu pauvre de la psychologie dont j'avais fait usage jusque-là car une telle traduction, si elle n'était pas fausse, aplatissait assez piteusement la réalité en la forçant à prendre place dans un espace qui, comptant beaucoup moins de dimensions que cette réalité, la réduisait pour n'en retenir qu'une apparence par trop limitée.

Prenez un volume (un objet en trois dimensions). Projetez-le dans un plan (un espace à deux dimensions). Vous obtenez une image fidèle mais incomplète — puisque, la projection effectuée, il lui manque précisément l'une de ses trois dimensions. Ou bien, si vous voulez, c'est la même chose, imaginez que vous jouez aux ombres chinoises. Sur un écran, sur une feuille blanche par exemple, vous faites ainsi se découper la forme d'un objet qu'une source lumineuse éclaire par-derrière. Vous obtenez une silhouette. Mais c'est tout. Elle ne vous dit rien de la profondeur de l'objet que vous tenez dans la clarté. Et l'image ainsi obtenue peut se révéler tout à fait trompeuse. Une même image peut correspondre à plusieurs objets d'apparences différentes. Ou bien le même objet peut prendre plusieurs formes.

Des ombres chinoises.

Je me suis mis à tout regarder d'un autre œil. Cela faisait des années que cela durait. J'étais devenu familier de toutes ces figures fabuleuses que peut produire un tel théâtre. Je me racontais à moi-même leurs histoires dans le noir. Comme cet enfant dont je parlais et que, je le réalisais, je n'avais pas cessé d'être.

À un moment ou à un autre de sa vie, chacun ouvre les yeux dans le noir et commence à s'inquiéter un peu de ce qu'il a devant lui, convaincu alors que tout ce qu'il s'imagine en savoir est à reprendre à partir de rien. Une vision subite vous visite. Le plus souvent extraordinairement fugitive. Le temps d'un clignement d'yeux. Quand les paupières s'abattent et que le lourd rideau de rien qui se tient à l'arrière du monde paraît tout à coup prendre place au premier plan et recouvrir le reste.

Mais je parle de manière trop emphatique. Tout est beaucoup plus simple. On se découvre debout devant le noir de la nuit. Et c'est alors que revient le temps des questions essentielles.

J'ai dit déjà que les choses n'existent qu'à partir de l'instant où l'on décide de croire en elles. Du coup, il faut faire très attention aux histoires que l'on se raconte à soi-même car de toutes celles-là, dès lors qu'elles acquièrent le commencement de consistance d'un récit quelconque, il n'en est aucune qui à un moment ou à un autre ne deviendra vraie.

L'histoire, quand on en prend conscience, a toujours déjà commencé. La mienne avait acquis maintenant une forme plutôt imprévue et assez insolite dans sa banalité même. Il était trop tard pour en changer. Je n'avais plus d'autre choix que d'aller là où elle me conduisait. Un chat était arrivé un soir dans le jardin. Surgi de nulle part dans le noir. Comme si quelque chose en suspension dans le vide s'était soudain matérialisé devant mes yeux sous cette forme.

Je concevais bien que, si j'avais eu la tête d'un philosophe ou d'un savant, il aurait fallu extrapoler l'expérience à laquelle je me livrais. Et que si je m'étais engagé dans une telle voie, il n'y aurait plus eu moyen de m'arrêter. Car tout aurait été à reconsidérer. Il aurait fallu revoir toutes les notions spontanées à l'aide desquelles j'avais toujours pensé. Et cela excédait largement mes facultés intellectuelles et mentales. Sans parler de mon courage et de mon énergie. Si bien que le plus raisonnable consistait à m'en tenir, pour l'instant, à ce que j'avais sous les yeux.

En l'occurrence : ce chat dans le noir de la nuit. Essayant de résoudre au moins les questions qu'il me posait puisqu'elles étaient déjà assez compliquées comme cela et qu'en fin de compte elles valaient pour toutes les autres. Découvrir qui il était, d'où il venait et surtout vers quoi il m'entraînait. Comme s'il avait été une sorte d'éclaireur se faufilant parmi des choses obscures, le messager d'une révélation vague.

Mais le messager de quoi ?

Chapitre 5

NUIT BLANCHE

Revenait ainsi le temps des questions essentielles. Ce sont toujours les enfants qui les posent. Celles que les adultes laissent sans réponse, prétendant qu'elles n'en ont pas. Sauf parfois les philosophes, les savants, les poètes. Aussi démunis que des tout-petits. Arrivant à peu près aux mêmes conclusions — à la même absence de conclusion — qu'eux.

— Où on est avant?
— Avant d'être né?
— Oui.
— Dans le ventre de sa maman.
— Ça, je sais.
— Alors?
— Tout le monde?
— Oui, tout le monde.
— Mais avant?
— Avant quoi?
— Encore avant?

On ne sait pas qui parle. C'est une conversation comme on en entend dans la nuit. Depuis la nuit des temps. Deux voix se répondent. On ne peut pas dire à qui elles appartiennent. Ni même si ce sont des voix d'aujourd'hui ou bien des voix d'autrefois. Des êtres encore à naître ou alors depuis longtemps disparus. Un dialogue entre deux ombres. Dans ma tête, lorsque ma pensée tourne en rond aux moments d'insomnie, je les entends souvent. Un enfant parle à son père. Ou bien : à sa mère. Je parle à quelqu'un. À personne. Sans doute à moi-même. Plutôt : je me tais. Je les écoute. J'essaye de prêter l'oreille à ce qu'ils se disent. C'est un exercice qui m'occupe depuis des années maintenant. Essayer d'attraper des mots dans le noir. Comme pour me convaincre que la vieille conversation de toujours n'est pas terminée, qu'elle se poursuit quelque part.

Pourquoi y a-t-il quelque chose plutôt que rien? La question, paraît-il, est de Leibniz. Il aurait été bien inspiré de s'en tenir à elle et de ne pas lui trouver de réponse, au lieu de déclarer, comme il l'a fait, que puisque, plutôt que rien, quelque chose était, il fallait que quelqu'un en ait d'abord décidé ainsi.

Un enfant en sait davantage.

— Mais avant les hommes?
— Avant les hommes, il y avait les animaux sur la terre. Et sur la terre, avec les animaux, tout ce que nous connaissons encore : les océans, les montagnes, les forêts, les fleuves et les fleurs, avec au-dessus le ciel, les nuages, plus loin le soleil, la lune et toutes les autres étoiles.

— Et encore avant ?

— Encore avant ?

— Oui, avant la terre, le soleil, la lune et toutes les autres étoiles dans le ciel ?

— Avant, je ne sais pas. S'il y avait déjà quelque chose, personne n'était là pour le voir.

— La nuit noire.

— Cela devait ressembler à cela.

— Sans lumière ?

— Sans rien.

— Mais alors d'où sont venus le ciel, le soleil et puis la terre et tout le reste ?

— De nulle part.

— Qui les a mis là ?

— On ne sait pas. Personne, je crois. Certains disent que c'était quelqu'un.

— Qui ?

— Ils l'appellent Dieu.

— Qui est-ce ?

— Personne ne le connaît. Certains croient qu'il existe et d'autres pas.

— Et toi ?

— Moi, je ne crois pas. Je pense juste qu'au début il n'y avait rien que le rien.

Quand ma fille était encore en vie, qu'elle était toute petite, et que la maladie la tenait éveillée dans la nuit, qu'elle appelait, je montais jusqu'à elle, prenant le vieil escalier de bois rouge qui conduisait à sa chambre. Comme la souf-

61

france parfois, malgré la morphine, l'empêchait de dormir, je m'allongeais près d'elle et je lui racontais des histoires. Des contes d'enfants qui lui parlaient d'elle et de nous. Je crois qu'elle n'attendait rien d'autre de moi que la musique régulière d'une voix familière chuchotant pour elle dans le noir. Et quand j'avais épuisé toutes les histoires que je connaissais, nous parlions encore longtemps avant que vienne enfin le répit du sommeil ou que le jour se lève, la lumière passant par l'unique fenêtre qui surplombait la pièce. Maintenant, je me dis, même si je sais que c'est absurde, qu'elle voulait, avant qu'il soit trop tard, que je lui raconte, comme si je les avais sues, toutes les histoires du monde : tout ce qui était, tout ce qui avait été, tout ce qui serait, tout ce qui aurait pu être. Depuis le commencement impensable des choses. Et comme ces histoires, je ne les connaissais pas, je les inventais.

Je crois que c'est à cette époque-là de ma vie que je me suis mis à parler. Il y a plus de quinze ans maintenant. Car avant, je n'avais jamais rien dit. Simplement pour l'accompagner avec les mots d'une voix amie. Incapable de faire autre chose pour elle. Je n'ai pas cessé depuis. Même si c'est d'une autre manière. Je fais les questions et les réponses. Je lui prête ma voix. C'est elle plutôt qui me prête la sienne. Je rêve de moins en moins souvent. Mais la nuit, parfois, cela fait quand même comme une sorte de petit conciliabule dans ma tête. Je reprends là où nous l'avions laissé le fil interrompu de la conversation. Je lui avais promis de lui dire l'histoire jusqu'au bout. Je tiens parole comme je peux. « Tenir parole », c'est drôle comme les mots disent vrai. On ne tient rien d'autre que des mots entre ses mains. Afin qu'ils ne tombent pas à terre avec tout le reste. Ou bien parce qu'il n'y a qu'à eux qu'on peut s'accrocher un peu. Afin de ne pas tomber soi-même dans le vide où tout vous entraîne.

— Et au tout début?
— Rien du tout. Comme quand il fait tout à fait noir.
— Longtemps?
— Très longtemps. Puisqu'il n'y avait pas de soleil, on ne pouvait pas compter les jours. Comme si le temps n'avait pas commencé.
— Où ça?
— Partout. Nulle part. Un grand vide. L'univers avec rien à l'intérieur.
— Et à côté?
— Rien à l'extérieur non plus. Comme un nuage noir pas plus gros qu'un grain de poussière et qui contenait tout.
— Les étoiles, les planètes et tout ce qu'il y a dessus?
— Tout ce avec quoi tout cela se trouverait fait.

Je n'ai jamais su si c'était la morphine — ou bien quelque autre substance dans toute cette pharmacie qu'il lui fallait avaler. Je n'ai jamais vraiment cherché à le savoir. Il suffisait que la souffrance se soit un moment apaisée. Alors, elle donnait l'impression d'être passée dans une sorte de délire très calme. Elle parlait avec une poésie tout à fait étrange. Comme le font tous les enfants de cet âge. Mais avec, chez elle, quelque chose de plus insolite encore. Qui tenait peut-être à l'effet des drogues sur son cerveau. Ou bien aux circonstances dans lesquelles la maladie l'avait jetée et auxquelles elle répondait comme elle le pouvait. S'inventant parfois à voix haute des histoires qui, si on ne leur prêtait pas vraiment l'oreille, paraissaient sans rime ni raison mais au sein desquelles, si l'on entrait en elles à ses côtés, on voyait se dérouler le fil de soie, sinueux mais très suivi, d'une parole progressant à tâtons dans le noir. Comme dans un conte qu'elle fabriquait à sa façon. Semant derrière elle des mots semblables à des cailloux blancs brillant sous la lune afin de marquer le sentier dont elle voulait croire qu'il la conduirait loin de l'ogre et de sa forêt.

Ce qu'elle disait exactement, je l'ai oublié maintenant. Je pense parfois que j'ai dû effacer à dessein ce souvenir. Certainement parce que j'aurais été incapable de le supporter et de continuer à vivre avec lui. Je me demande pourtant comment je peux ne pas me rappeler. Si je retrouvais un mot, une phrase, ce serait comme si, dans ma propre nuit, mon pied heurtait tout à coup l'une des petites pierres qu'elle avait posées autrefois. Alors il ne me resterait plus qu'à suivre le chemin qui me ramènerait auprès d'elle.

On aurait dit qu'elle rêvait à demi éveillée. Dans les moments les plus noirs. Mais, lorsque tout allait un peu mieux, son songe ne la quittait pas. C'était lui qu'elle racontait à tous ceux qui voulaient l'écouter. Et ceux-ci tombaient à leur tour sous son charme. Je ne sais plus lequel de nous deux avait dû prendre à l'autre cette idée absurde, prendre l'autre à cette idée absurde : qu'il fallait coûte que coûte continuer à raconter, que tant que l'histoire ne serait pas terminée rien ne pourrait nous arriver, à elle, à sa mère et à moi. Quitte à devoir se confier au soin d'un récit insensé, assez ample pour contenir en lui toute la mémoire des mondes.

— Et alors?

— Alors cette poussière de nuage est devenue comme un nuage de poussières.

— Il était très froid comme un flocon de neige dans la nuit en hiver?

— Au contraire, très chaud. Comme une braise. Ou bien comme le feu qui brûle sous une marmite qui bout. Avec le couvercle qui se soulève et la vapeur qui sort de partout.

— Une casserole avec le lait qui déborde.

— Mais minuscule et dont le contenu se répand tout autour...

— Qui se renverse et qui remplit tout le ciel...

— Oui.

— Alors, c'est pour ça qu'on dit : la Voie lactée...

— Avec tout ce qu'on voit et qui n'est presque rien. Et tout ce qu'on ne voit pas qui est bien davantage. Parce que tout était prisonnier à l'intérieur du nuage. Même la lumière qui ne pouvait pas en sortir.

— Et après il y a eu les étoiles?

— Très longtemps après. Énormes mais comme des toutes petites taches de blanc par rapport à l'immensité noire du vide tout autour.

— Très loin.

— Si loin que, le temps que leur lumière arrive jusqu'à nous, certaines sont déjà mortes.

— Elles sont mortes depuis longtemps mais on voit encore leur lumière?

— Oui.

— Tu peux l'imaginer?

— Non.

— Moi non plus, c'est une idée trop grande pour tenir dans la tête.

La nuit où elle est morte a été je crois la seule nuit blanche de ma vie. Incapable de dormir, à son chevet. Décidé à ne pas perdre une seule seconde de toutes celles, désormais si rares, qui restaient. Le cancer avait investi l'autre poumon. Intubée. Émergeant vaguement à intervalles très irréguliers du sommeil médicamenteux où elle avait été plongée en attendant que le cœur cesse. Avec cette langue de plastique qui plonge dans la gorge et interdit d'articuler un mot. Alors c'est moi, pendant des heures, assis sur le bord de son lit, dans le service de soins intensifs, qui ai parlé à mon tour. Je n'ai pas arrêté. Sans savoir ce qu'elle entendait. Ou si elle entendait.

Enchaînant de pauvres histoires dont je n'ai plus aucune notion de ce qu'elles pouvaient signifier. N'en gardant plus de souvenir. Pas le moindre. Essayant sans doute de lui expliquer ce que moi-même, bien sûr, je ne comprenais pas davantage qu'elle. Glissant à son oreille quelque chose que je croyais inventer et qui devait certainement beaucoup ressembler à ce que l'on appelait autrefois un viatique. La menue monnaie des mots qu'on confie aux mourants avec l'idée

66

idiote qu'elle leur servira à payer peut-être le prix de leur passage vers ce nulle part qu'on prend pour un autre monde. Parlant pour personne. Au cas où il y aurait eu une chance sur un milliard qu'elle entende tandis que le noir de la nuit montait vers son lit, comme une écœurante nappe de néant que le temps tirait sur son corps, sur son esprit.

Mais à quoi bon raconter tout cela une fois de plus ?

— Elles sont mortes depuis longtemps mais on voit toujours leur lumière ?
— Qui ça ?
— Tu as dit : les étoiles.
— Oui.
— Je croyais qu'être mort, c'était comme dormir dans le noir.
— Oui, c'est ça, je crois.
— Mais sans cauchemar ?
— Non, sans cauchemar.
— Alors ?
— Celui qui est mort dort dans le noir. Mais les autres continuent à voir la lumière qu'il laisse.
— Toujours ?
— Tant que la lumière voyage dans le vide et qu'il y a quelqu'un quelque part qui regarde le ciel où elle passe.
— Alors cela ne s'arrête jamais.
— Non, en un sens, cela ne s'arrête jamais.

J'invente bien sûr tout ce qui précède. Je préférerais pouvoir me rappeler. Dire plutôt quelque chose de vrai. Au lieu de me faire la conversation à moi-même.

Aujourd'hui, je ne sais plus rien ni de ce qu'elle disait ni de ce que je lui disais. Ce sont comme des mots qui flottent dans le vide. Ils n'appartiennent à personne. Ils font comme de petites étoiles dérivant dans le ciel et dont la lumière brille encore alors que cela fait des années désormais qu'elles se sont éteintes.

D'ailleurs on ne sait pas qui parle ainsi dans la nuit. On n'entend plus rien que cette rumeur dans le noir.

Chapitre 6

SANS QUEUE NI TÊTE

Cette nuit-là? Ou bien une autre? Comment savoir au juste quand une histoire commence?

Celle que je me trouve aujourd'hui à raconter avait débuté avec cette « première fois » dont j'ai parlé, lorsque, *sous forme de chat*, quelque chose était apparu dans le fond du jardin. Sauf que cette « première fois », je le savais bien, n'en était pas vraiment une. Je ne l'avais appelée ainsi que longtemps après et lorsque suffisamment d'événements étaient arrivés ensuite qui m'avaient amené à la considérer comme si quelque chose avait commencé avec elle. Je l'avais donc peut-être tout bonnement inventée afin de donner sens à ce qui avait suivi. Et, même à supposer qu'il puisse être considéré comme le premier élément dans la série de ces faits sur lesquels se portait désormais mon attention, il était évident que ce moment, celui de cette apparition *sous forme de chat*, figurait lui-même au titre de énième élément dans toute une série d'autres séries où il occupait des positions variables auxquelles à chaque fois s'attachaient des significations différentes. De telle sorte que, pour comprendre ce qui faisait de lui une « première fois », il fallait chercher avant lui d'où il avait tiré son sens, lui faisant perdre du coup sa valeur de « première fois ».

Ainsi : il n'y avait pas de « première fois ». En l'espèce, il avait fallu toute une accumulation de vagues notations mentales pour que je décide que celles-ci devaient trouver leur cause dans un phénomène dont j'aurais à un moment donné été le témoin : un soir, un chat surgissant dans le fond du jardin. Et, dès que j'avais entrepris de penser la chose, essayant de regarder dans le noir d'où celle-ci était sortie, j'avais été renvoyé vers d'autres nuits semblables dont chacune pouvait être considérée aussi bien comme l'annonce ou comme l'écho de celle-là.

La même nuit depuis la nuit des temps où, parmi des ombres, un enfant écarquillait les yeux.

Alors : il n'y avait que des « premières fois ». C'était toujours la même qui se répétait. À chaque instant, tout recommençait. À partir de rien. Tout ce qui avait été, tout ce qui était, tout ce qui serait, à n'importe quel moment, existait à nouveau comme si c'était pour la première fois. Si bien que cet événement insignifiant par lequel un chat était un soir sorti de l'ombre valait pour tous les autres et qu'avec lui ce à quoi on assistait finissait par se confondre avec un spectacle aussi vieux que le temps qui contient toutes les nuits et aussi neuf que chacune de celles-ci : la perpétuelle naissance du monde, interminablement répétée, comme si, devant soi, il était en train de se former dans le noir.

C'est pourquoi, aussi paradoxal que cela puisse superficiellement paraître, aucune histoire ne commence jamais par son commencement. Après coup, on fait seulement semblant qu'il en est allé ainsi. Disant : « Il était une fois » et pointant du doigt dans le passé un moment dont tous ceux qui suivent sont censés se déduire. Sauf que les effets créent leurs causes autant que les causes créent leurs effets. C'est seulement à partir de l'instant où vous vous mettez à considérer un fait qu'il devient possible — et même nécessaire — de chercher à celui-ci une origine, remontant alors le cours du temps, parcourant inévitablement celui-ci à l'envers.

Sur la scène de ce théâtre d'ombres qu'était devenu le jardin, la nuit que j'épiais me renvoyait alors à d'autres nuits dont celle-ci pouvait être considérée aussi bien comme la dernière (puisqu'elle était la plus récente) que comme la première (puisque c'était par elle que j'avais accès aux autres). Du coup, elles se confondaient toutes. Jusqu'à la plus ancienne.

Je cherchais ainsi le moment dont était sortie ma vie. Chaque image servait d'écran à une autre dont à son tour elle laissait voir l'ombre en transparence si bien que, sur toutes ces surfaces ainsi superposées, c'était un unique noyau de néant, venu de l'enfance, qui projetait son absence d'image au sein de toutes ces nuits dont je parle.

En amont de tout ce que j'avais vécu, passant à travers la scène que j'évoque, il aurait fallu pouvoir remonter jusqu'à la première de toutes les « premières fois ». Une sorte de genèse : dans ma rêverie, c'est bien ainsi que je voyais le spectacle que m'offrait ce chat, issu de nulle part et tirant sa forme du vide. Comme si avec lui, dans la clôture de ce laboratoire à ciel ouvert en lequel s'était transformé le jardin, sous l'apparence d'une expérience de pensée se déroulant dans la nuit, j'assistais à ce phénomène par lequel autrefois quelque chose était sorti de rien.

D'abord, l'absence de tout. L'obscurité impénétrable. Des immensités de matière noire tenant captive la clarté. Un mur infranchissable sur lequel s'arrête le regard. Et puis l'apparition de ce quelque chose dont l'expansion remplissait l'espace et le temps à mesure qu'il les créait, donnant ainsi naissance à tout ce qui est.

Comment ? Bien sûr personne n'en sait rien. Pas même les savants dont c'est pourtant le métier et qui, lorsqu'ils sont honnêtes, avouent que ce sont des fables qu'ils font et ajoutent que ce n'est pas leur faute si les profanes confondent imprudemment de telles fables avec la vérité. Expliquant que tout aurait commencé il y a près de quatorze milliards d'années et remonterait ainsi à un instant premier. Mais précisant aussitôt que celui-ci (le fameux « Big-Bang ») n'aurait d'autre existence que celle que lui donnent des extrapolations très hasardeuses puisqu'elles visent à appliquer à un tel moment originel des théories qui sont précisément incapables d'en rendre compte vu les conditions extrêmes qui caractérisent celui-ci. Inventant pour les besoins de la cause une image (le presque aussi célèbre « mur de Planck ») pour désigner la frontière au-delà de laquelle il est impossible de rien savoir de ce qui fut.

Si bien que l'on peut dire à peu près ce que l'on veut de l'origine de l'univers — et même contester que parler d'origine à son propos ait un sens. Imaginant que tout est sorti d'un infime point contenant en lui la totalité de ce qui est et projetant sa matière aux quatre coins d'un univers en constante expansion. Ou bien, autre hypothèse, que ce fut le vide, comme un champ tout rempli de particules virtuelles, qui, en vertu de sa propre énergie, fit exister celles-ci par sa seule vibration. Sans mentionner d'autres conceptions toutes en contradiction les unes avec les autres et qui, aux yeux de quelqu'un d'aussi peu informé que moi, ne se distinguent guère que par leur plus ou moins grande valeur poétique.

Des fables, rien que des fables, en dépit des observations sur lesquelles elles reposent et des calculs qui les étayent. Des fictions dont il ne faut donc pas trop s'étonner qu'elles prennent exactement la forme des légendes sur le modèle desquelles elles ont été formées et qui s'en tirent plus ou moins avec des images comparables pour indiquer ce qu'elles sont impuissantes à exprimer.

Si bien qu'au bout du compte celui qui se raconte à lui-même tout cela n'est en somme ni plus près ni plus loin du vrai que le plus avancé des savants dès lors que tous se situent à une même distance de ce quelque chose qu'ils considèrent et que leur dérobe un semblable mur infranchissable d'ignorance au pied duquel ils s'arrêtent et devant lequel ils se retrouvent pareillement à rêver.

Dès lors, mon expérience à moi en valait bien une autre. D'ailleurs, elle fournissait de l'univers et de sa naissance une représentation assez conforme à celles que l'on pouvait tirer — à condition de les lire comme je le faisais — des livres savants. Un vide absolu pour lequel les notions mêmes d'espace et de temps avaient cessé d'être très pertinentes comme si celles-ci attendaient que quelque chose soit pour acquérir leur consistance.

De la « première fois », de ce qui l'avait préparée et de la manière dont elle avait eu lieu, le mieux était donc d'en dire le moins possible, renonçant à trouver une origine à ce mouvement de l'ombre vers l'avant par lequel depuis le bout du jardin, *sous forme de chat*, quelque chose était venu jusqu'à moi. C'est pourquoi j'ai baptisé « mur de Planck » et puis, un soir où j'étais de meilleure humeur que d'habitude : « de Planque », le mur qui faisait le fond du jardin et de derrière lequel j'avais supposé que le chat était sorti, donnant du même coup ce surnom de savant allemand au voisin que je n'avais jamais rencontré mais dont je supposais qu'il devait habiter la villa adjacente.

Pas de « première fois » donc.

Même si quand on raconte, bien sûr, on peut fabriquer de toutes pièces toutes les fables que l'on veut et, d'elles-mêmes, quoi qu'on fasse, celles-ci prennent la forme qu'ont toutes les autres. Avec un commencement, un milieu, une fin. Un sens. De sorte que tout le monde s'y retrouve.

C'est bien pourquoi on peut tout raconter comme on veut. Quelque chose a lieu — d'énorme ou d'insignifiant — à partir de quoi, dans le sens que l'on souhaite, sous la forme qu'il faut, se récite presque d'elle-même n'importe quelle histoire qui comprend toutes les autres.

Mais la vie, elle, pourtant, n'a ni queue ni tête. Parfois, les choses se terminent par le début. Alors il n'est plus étonnant que ce soit par la fin qu'elles commencent. Ou bien par le milieu. N'importe quel moment peut prendre la place de n'importe quel autre. Autour d'un événement donné, on peut faire débuter et finir quand on veut un récit, lui conférant l'extension de son choix, ramassant celui-ci pour le réduire aux proportions d'une seule scène (un chat dans un jardin un soir) ou alors l'étirant de manière qu'il comprenne tout ce qui se joue et se représente toujours sur le théâtre du temps. Et si l'on veut aller jusque-là : depuis le moment impensable où le monde sortit du néant jusqu'au moment non moins impensable où, peut-être, il y retournera.

Chapitre 7

NULLE PART

Où?

Nulle part.

Comme une grande étendue de vague au milieu du vide, une nappe de néant épaisse et qui noie tout dans sa nuit, l'espace, le temps, déroulant son tapis de torpeur, si vaste qu'on en imaginerait presque les quatre coins accrochés aux extrémités impensables desquelles peut-être l'univers pend quelque part comme un rideau de rien, tombant de sa tringle et qui flotte sans fin.

Rien qu'un noyau de nuit. Le noir est si noir qu'il paraît se teinter par le milieu de pourpre ou de mauve. Au revers des paupières sur lesquelles on a pressé le bout de ses doigts, on regarde s'épanouir de vastes fleurs, des nénuphars pâles à la surface d'un étang du fond duquel scintille la nacre splendide de quelques clartés minuscules. Une toupie de reflets qui tourne, errant sur sa pointe, dont c'est en milliers de siècles que se mesureraient les cycles mais qui divague plutôt dans l'espace sans jamais regagner sa place ni retrouver l'un ou l'autre des états par lesquels elle a passé, se heurtant contre l'intérieur invisible d'un tambour vibrant où retentit seulement le battement vain du temps.

Rien que le rien sans que le temps en lui puisse s'agripper à quoi que ce soit qui lui donnerait un sens et déciderait de sa direction. Avant, comme on le raconte, que la lumière ait été séparée des ténèbres et qu'il y ait eu un firmament pour que se distinguent les eaux d'en haut et celles d'en bas. Ou bien après : lorsque tout se sera replié au sein de l'infinitésimal, la création réintégrant son royaume de néant de sorte qu'alors tout recommence. Ou pas. Et quand ? Si c'est le début ou la fin, il n'y a pas de moyen de le dire. La nuit, la grande, règne, sans avant ni après, dépourvue d'hier ou de demain.

Le monde sens dessus dessous, sa profondeur de gouffre s'écarquillant au-dessus de soi lorsque le haut, le bas paraissent avoir échangé leur place et qu'on se trouve devant un trou qui se creuse et s'élargit à l'infini. À perte de vue — ou plutôt : sans qu'il y ait quoi que ce soit à voir ni personne pour le voir —, le tohu-bohu d'un désert désolé duquel toutes les formes demeurent captives, l'étendue étale d'un univers auquel une à une manqueraient toutes ses dimensions : un plan, une ligne, un point, oui, un point, où tout s'amasse et s'abîme.

Où ?

C'est ici que j'habite.

Maintenant.

Du moins mes papiers le disent.

En même temps, qui emporterait son passeport à la plage ?

On aperçoit le pont au loin. À droite, vers l'est et l'intérieur des terres. Éclairé un peu dans la nuit. Rouge et blanc sous les lampes, les pylônes — desquels le tablier pend entre les deux viaducs — se dressent comme des antennes pointées vers le ciel par-dessus l'arc de l'édifice dont les extrémités reposent invisibles sur l'une et l'autre rive. Toutes les lumières éteintes de part et d'autre de l'estuaire.

À l'ouest, l'océan. Ou peut-être commence-t-il déjà devant moi. Le fleuve se perd en lui. Quelque part. Sans que l'on puisse dire où. Il pousse vers le large l'eau douce qui lui vient de la terre et à la rencontre de laquelle se heurte la marée qui renverse et remonte le courant.

Ici, en tout cas, on dirait déjà la mer. Elle s'est retirée loin ce soir. On ne voit plus devant soi qu'une grande étendue de sable où les rochers découverts, les flaques qui subsistent dans leurs anfractuosités, font quelques taches d'ombre plus profonde. Et puis comme des créatures somnambules grimpées sur leurs échasses, les silhouettes sur pilotis des cabanes à carrelet régulièrement postées sur le bord : grosses têtes avec le filet replié pendant à la place des mandibules, longues pattes fines comme celles sur lesquelles se juchent certaines espèces de crabes-araignées. Mais, derrière, la ligne de la laisse est tout à fait invisible. On ne distingue qu'une large bande

78

d'ombre, une barre d'encre épaisse où se perd la couture, sur l'horizon, de l'eau et de la terre.

Dans le fond, on dirait que le lointain creuse une dépression vers laquelle tout le paysage pourrait glisser d'un coup, basculant de l'autre côté de la terre, avalé par une grande bouche dont la salive vient mouiller les bords, le revers des dents toutes tachées de tartre. On entend juste le bruit du ressac, les vagues qui claquent, s'effondrent sur elles-mêmes, ou bien rebondissent sur les quelques obstacles des rochers les plus avancés contre lesquels elles se heurtent. Et puis le vent qui souffle l'odeur forte de remugle venue de toute cette matière sale que la mer, en se retirant, dépose et étale partout.

Au-dessus, il n'y a que la nuit. À contre-courant de celui du fleuve, le mouvement des nuages que le ciel pousse depuis l'océan et qui déroulent à toute vitesse leurs formes derrière lesquelles le disque, pourtant immobile, de la lune prend l'air d'une bouée roulée sur leurs crêtes, montant et descendant à leur rythme, apparaissant et puis disparaissant sans cesse parmi des franges de vapeur à l'allure d'écume.

Lorsque j'arrive ici, le soleil est toujours couché déjà depuis longtemps. C'est pourquoi j'ai du mal à me représenter ce paysage en plein jour. J'ai dîné sur la route. Je gare la voiture quelque part sur la longue avenue qui passe parmi les arbres et mène d'un bout à l'autre du village. Ou bien je la conduis sur la piste de sable jusqu'à la barrière de bois qui interdit aux véhicules l'accès de la plage. J'allume un premier cigare et je fais quelques pas dans le noir avant de prendre le chemin de la maison et de son jardin. Je regarde la nuit.

Ce que je fais ici? Je me le demande parfois. Je pense souvent que c'est là le pays où toutes les histoires finissent. La mienne et celle des autres. Un pays inconnu sur les rivages duquel j'ai sans doute échoué autrefois. D'année en année, l'estuaire s'ensable. La Loire pousse vers la mer toute une matière qui se dépose et qui lentement comble le lit de ses sédiments. Si l'on veut se baigner, même à marée haute, il faut marcher sur plusieurs dizaines de mètres avant d'avoir de l'eau à la ceinture. Un jour, c'est ce que je me dis, lorsque la mer est basse, on pourra presque atteindre l'autre rive à pied sec. Un paysage où tout s'immobilise très lentement. Comme si le temps s'était arrêté il y a bien des années et que son grand sablier s'était brisé, versant, avec ses éclats de verre, tout son contenu d'un coup, recouvrant le monde d'une épaisse et irrégulière nappe de sable au sein de laquelle tout s'enlise. La dune plantée d'arbres et où poussent de hautes herbes rares couchées par le vent, la plage dont la mer s'est retirée, l'obscurité qui empêche de distinguer où tout cela commence et où tout cela s'arrête, avec sous les yeux une étendue de sable inondée de nuit qui pourrait aussi bien avoir les proportions d'un Sahara que celles de ce bac dont je parlais dans le jardin et où jouent des enfants.

De l'eau, du sable, sous mes pieds.

La réalité?

Trois fois rien.

Des flocons de néant.

Quoi?

On ne sait pas.

Cela et son contraire.

Ondes ou bien corpuscules?

L'eau et le sable, la mer et la plage, des gouttes et des grains, comme autant de petites sphères de matière dont chacune peut être distinguée des autres mais qui, ensemble, dès qu'elles remuent, paraissent ne plus exister indépendamment du mouvement dans lequel elles se trouvent prises les unes avec les autres. Si bien qu'on ne perçoit plus que le vaste dessin qu'elles font et au sein duquel chacune semble se dissoudre.

Je regarde à mes pieds la plage sur laquelle le vent souffle, dessinant à sa surface des rides en ondulations régulières. Et plus loin, la mer agitée du mouvement des vagues qui la soulèvent avant qu'elle s'abatte en cadence. Avec entre les deux, puisque la marée est basse, la longue étendue de la laisse qui remplit presque toute la profondeur du paysage et où, dans l'obscurité, l'eau et le sable ne se séparent plus, confondus dans les mêmes bizarreries baroques de traînées et de traces s'enroulant et se déroulant en arabesques approximatives, creusant leurs reliefs aux apparences de continents minuscules.

Celui qui raconte se contente de découper dans la réalité une portion d'espace dont il décrète qu'elle recueille, sous forme d'ombres, l'image de tout le reste. Il est comme l'augure des superstitions anciennes qui, à l'aide de son bâton, trace dans le sable ou le ciel une sorte de carré immatériel et déclare qu'il s'agit de l'écran où se projette le grand spectacle du monde auquel lui seul, prétend-il, attribue sa signification souveraine.

Et plutôt qu'un savant dans son laboratoire, selon l'image trop flatteuse que je m'étais faite de moi-même, devant mon jardin ou bien comme ici sur la plage, à observer le mouvement de petits nuages de matière noire, prétendant déchiffrer le message de leurs migrations minuscules comme si je lisais dans les entrailles mêmes du temps, j'avais assez l'air d'un pareil et pathétique petit prophète pratiquant de façon fort douteuse et comme à tâtons l'art désuet de la divination.

Autrefois, comme ils le faisaient dans les viscères des animaux, dans le vol des oiseaux, en observant la foudre et les autres météores, il devait se trouver des augures dont la spécialité consistait à lire l'avenir dans les signes que la mer laisse sur la plage. Certainement. Et comme un idiot, à mon tour, c'est un peu ce que je fais.

Je trace mentalement les lisières d'un espace où passent comme partout les mêmes formes qui fuient dans le soir. Lorsque tout n'est plus que poussières d'ombre autour de soi.

Le monde divisé en milliards d'éléments qui cependant ne forment qu'une seule et unique trame continue de phénomènes à l'intérieur de laquelle aucun ne se laisse complètement isoler des autres. Fixe et fluide à la fois. Toujours identique et sans cesse différent de lui-même. Réintégrant perpétuellement les formes qu'il quitte. Délaissant continuellement celles qu'il vient juste d'investir.

Apparaissant disparaissant.

Et puis recommençant.

Chapitre 8

LA MAISON DU NOYER

Il est tard et je rentre.

Deux ou trois cents mètres séparent la plage de la maison.
Jusqu'à l'avenue où se trouve celle-ci, une seule rue à suivre.
Vaguement éclairée par quelques réverbères et par les rares
lumières qui émanent de celles des maisons que leurs propriétaires n'ont pas quittées pour l'hiver. Je ne croise jamais
personne. En ce mois de l'année, il n'y a pas un chat ici.

Ou plutôt si, justement : il n'y a que des chats. Tout particulièrement à cette heure, maintenant que la nuit est depuis
longtemps tombée. Ils sont si nombreux que l'on a du mal
à y croire. Sur mon chemin, en cinq minutes, j'en croise à
chaque fois au moins trois ou quatre. Il en sort de partout.
On les voit surgir d'un bosquet ou de dessous une voiture,
filer à toute allure à travers la chaussée et puis disparaître
derrière la clôture basse d'une propriété. Ou bien : on en
distingue un, immobile au beau milieu de la rue, en arrêt, et
c'est seulement lorsque l'on s'est approché de quelques pas
que la proximité d'un humain le fait finalement fuir. Aucun
ne s'aventure jamais sur la plage. Pourquoi prendre le risque

de se tremper? Leur domaine, le vrai, est derrière. Parmi les villas et leurs jardins ou encore dans le bois qui, du côté du stade et du collège, s'étend à l'une des extrémités du village, l'autre étant occupée, comme partout désormais, par la hideuse zone commerciale habituelle.

On ne sait pas si ce sont des chats errants, abandonnés ou s'ils profitent de la liberté que leurs propriétaires leur laissent pour se livrer à l'exercice d'une promenade nocturne. Menant leur double vie d'animal. Domestiques le jour. Sauvages la nuit. Montant la garde sur cette portion d'espace qu'ils ont désignée comme leur territoire. Y faisant la chasse aux souris, aux oiseaux et, s'ils sont intrépides, à toutes les autres bestioles dont le gabarit plus sérieux fait d'elles des proies moins faciles. Se battant les uns avec les autres. Ou du moins simulant sagement des combats que personne ne les voit jamais vraiment se livrer : hérissant leur pelage, sortant leurs griffes, crachant en direction de leur adversaire. Et, bien sûr, mais on ne les voit pas davantage, pour ceux que la prévenance de leurs maîtres ne les en a pas définitivement rendus incapables, s'accouplant dans un coin.

Le chat que j'ai vu dans le jardin est l'un d'entre eux. Était l'un d'entre eux avant de prendre pension dans la maison. Sans pour autant renoncer à ses mœurs d'autrefois. Je le croise parfois un peu loin de la maison. Plutôt : j'aperçois un chat dont je me dis qu'il doit s'agir de lui. Sans en être tout à fait sûr. Ils se ressemblent tous et, dans le noir, on ne distingue pas leur couleur. À la distance d'où ils détalent, même leur silhouette n'est pas très visible.

Ce pourrait être n'importe quel autre chat aussi bien.

.

En cette saison, toutes les maisons sont fermées. Ou presque. Elles se ressemblent, construites sur le même modèle il y a un demi-siècle lorsque le village s'est transformé en station balnéaire et qu'il a fallu bâtir à la va-vite les résidences secondaires que réclamait la clientèle venue des grandes villes de la région ou bien de la capitale : leur étrange allure de chalet, en général sans étage, une toiture de bois asymétrique avec, creusés sur la façade, trois ou quatre triangles posés sur leur base qui font partout comme un indéchiffrable fronton de hiéroglyphes identiques ; et puis autour le même petit jardin où la pelouse peine à pousser sur un sable qui laisse en revanche grandir à toute vitesse des pins dont les silhouettes sont les seules à s'élever et à pointer, de loin en loin, vers le ciel.

La maison que j'habite est pareille à celles-ci. Je dis que j'habite cette maison mais, bien qu'il s'agisse de mon domicile officiel, celui dont l'adresse figure sur mes papiers, c'est assez excessif. Disons que c'est un endroit où je passe parfois. C'est sa maison. Je dis : « ta maison » comme je dis : « ton chat ». Elle l'a achetée il y a trois ou quatre ans maintenant. Pour y mettre tout ce que nous possédions. Cela fait longtemps désormais que nous n'avons plus le sentiment d'habiter nulle part. Des nomades. Chassés de chez eux par l'existence. Et qui savent qu'ils n'y retourneront plus jamais. Mais qu'il leur faut un lieu dont ils puissent faire semblant qu'il est à eux.

Au téléphone :

— Tu es bien rentré?
— À l'instant.
— J'ai laissé de quoi dîner et de quoi prendre le petit déjeuner.
— Je me suis arrêté sur la route au restaurant d'à côté.
— S'il fait trop froid, monte le chauffage.
— La chaudière fait un bruit d'enfer.
— Il faudrait qu'elle tienne le coup encore un peu. Il y avait du courrier?
— Rien. Enfin de la publicité et deux ou trois factures.
— Tu vas aller te coucher?
— Je prends un dernier verre et je fume un cigare dans le jardin.

Les gens d'ici — je veux dire : ceux d'avant les spéculateurs et les vacanciers — l'appellent la Maison du Noyer. L'arbre est toujours vivant dans un coin du jardin, à droite de la terrasse. Malgré les parasites qui font s'élargir des taches pâles sur son écorce ridée et creusent dans le tronc des trous profonds qui exigent qu'on panse le bois avec de la chaux. Et malgré la taille assez sauvage à laquelle le propriétaire précédent l'a certainement soumis, décapitant chacune des quatre branches puissantes qui poussaient symétriquement depuis le tronc. Un vrai massacre pratiqué contre toutes les règles de l'art et dont l'arbre ne s'est jamais tout à fait remis, privé de cime, presque dépourvu de feuillage, donnant malgré tout sporadiquement quelques fruits. Cette année, ils ont mûri encore plus tardivement que d'habitude. On en voit encore quelques-uns pendant de l'arbre. Mais la plupart sont déjà tombés par terre et, comme personne n'a pris la peine de les ramasser, ils font en se décomposant sur le sol cette sorte de bouillie noire et épaisse qui vient de leur brou et qui donne à la terre autour du tronc l'aspect glissant d'un buvard tout gorgé d'encre.

Je me suis parfois demandé si la maison ne tirait pas plutôt son nom d'un sinistre jeu de mots. Avant qu'elle ne passe à ses héritiers puis qu'elle ne soit en quelques années revendue une ou deux fois, la maison appartenait à un homme du village que certains des voisins les plus vieux évoquent encore parfois à mots couverts et seulement par allusions très indirectes, se souvenant de lui, lorsque la conversation s'y prête, pour le mur mitoyen qu'il avait construit de ses mains, l'érable qu'il avait planté ou bien pour la cabane qu'il avait installée dans un coin du jardin. C'est peut-être de lui au fond qu'ils parlent quand ils nomment la maison.

Il s'est noyé un soir. Il est parti pour la plage. On ne l'a jamais revu. La mer, quelques jours plus tard, a rejeté son cadavre. Il est possible qu'il soit parti tout bêtement ramasser des coquillages. Ou bien se promener. Mais les promenades ne sont pas vraiment dans les habitudes des gens du pays qui les laissent aux touristes. La marée l'a surpris — encore qu'elle monte ici si lentement qu'une telle hypothèse soit assez peu vraisemblable. Il a dû plus probablement se laisser prendre au piège d'un de ces bancs de sable mouvant que des panneaux — depuis ? — signalent aux imprudents. Rien n'empêche d'imaginer aussi qu'il a marché tout droit vers le large, sachant très bien ce qu'il faisait, l'eau très froide entrant dans les hautes bottes de caoutchouc qu'il avait chaussées, se refermant autour de sa taille, de ses épaules, continuant à avancer, se laissant couler — si une telle chose est possible. On n'a jamais su. S'il s'est suicidé, il n'a rien indiqué des raisons qui auraient pu le pousser à le faire. Mais on a toujours à peu près autant de raisons de mourir que de vivre. Et les unes ne sont jamais vraiment meilleures — ou moins bonnes — que les autres.

Étrangement, parfois, en imagination, je vois cet homme pendu à la branche la plus haute de l'arbre. Son corps se balançant doucement dans le vide, bercé par le vent. Cela tient peut-être à la mauvaise réputation qu'on prête au noyer dont une vieille superstition populaire prétend que son ombre est fatale à celui qui s'y couche et dont des légendes si anciennes que tout le monde en a perdu la mémoire disent qu'il est l'arbre de la mort autour duquel rôdent les chiennes d'Hadès, le rendez-vous des démons pour le sabbat des sorcières. Et puis la pendaison ressemble beaucoup, je le suppose, à la noyade : une main invisible qui se referme sur la gorge et qui serre, le corps qui gigote, cherchant en vain ses appuis dans l'eau ou dans l'air, les pieds qui tentent désespérément de se poser quelque part, la vie qui renonce enfin.

Pour dire la vérité, c'est moi aussi que je vois parfois pendu à sa place. La maison cache le jardin. On ne verrait rien depuis la rue. Il faudrait quelques jours pour qu'on découvre le corps. En ouvrant les volets de l'une ou l'autre des villas adjacentes, un voisin, venu passer le week-end à la mer, l'apercevrait enfin. Ce sont des pensées mauvaises comme celle-là qui s'insinuent aussi dans le soir. Lorsque, la nuit, le monde rend dans l'obscurité toutes les formes que le jour il contient : les souvenirs, les angoisses et, pêle-mêle, les esprits bienveillants avec les esprits malveillants, tout le cortège idiot des monstres et de ces autres fantômes dont je parle.

Ce n'est pas que je croie vraiment aux spectres mais j'ai toujours eu le sentiment irraisonné que j'habitais la maison d'un mort. D'ailleurs, si l'on y réfléchit, dès lors qu'on habite une maison un tout petit peu ancienne, c'est toujours chez des morts au fond que l'on vit. Le énième et très transitoire occupant d'un logement par lequel toutes sortes de spectres ont passé que tôt ou tard, à son tour, on ira rejoindre.

Quelqu'un s'était tué. Pour me laisser sa place. Pour m'éviter d'avoir à le faire à sa place.

— Et le chat?
— Pas là.
— Il est sorti?
— Il faut croire.
— Il a dû aller prendre pension chez un voisin.
— Comme d'habitude.
— Comme d'habitude.
— Ou bien partir se promener. Je crois que je l'ai aperçu dans l'avenue derrière quand je suis revenu de la plage.

— Il en prend à son aise.

— Il aurait tort de se gêner.

Si je m'étais pendu ou noyé, personne non plus n'aurait jamais pu dire pourquoi. Bien sûr, on n'aurait pas manqué d'hypothèses à faire valoir. Il y en aurait même eu tellement avec ce que l'on savait — ou croyait savoir — de ma vie que le problème aurait été de dire laquelle de celles-ci était la bonne. Mais la cause la plus minuscule peut s'avérer parfois plus déterminante qu'une raison majuscule. Le déclic d'un détail. Obscur. Même à celui dans la tête de qui il provoque soudain ses effets de séisme. Ainsi on ne sait jamais pourquoi quelqu'un met fin à ses jours. Ceux qui passent à l'acte ne sont pas toujours ceux qui auraient le plus de raisons de le faire. Et celui qui se tue, je l'imagine, lui-même ne comprend pas vraiment pourquoi.

Il y a bien des raisons de mourir. Sans doute y en a-t-il autant de vivre. C'est pourquoi les unes et les autres se tiennent plus ou moins en équilibre : on ne vit pas, on ne meurt pas, on se laisse vivre et puis on se laisse mourir. Moi, les quelques fois où j'avais pensé à me tuer, je sais ce qui m'avait conservé vivant, le motif vraiment dérisoire au regard de tout le reste et qui pourtant avait fait que j'étais toujours là : la curiosité, le désir très stupide de savoir ce qui allait suivre, l'avidité de connaître ce que serait le lendemain vide qui m'attendait. La cause la plus insignifiante peut vous pousser au suicide. Mais, inversement, c'est aussi la moins importante qui peut vous sauver la vie.

Moi, quelque chose de vivant venait me visiter. Cela me semblait une raison suffisante de ne pas en finir. J'attendais sa venue. J'étais curieux de savoir si ce soir il serait là ou pas, par où il passerait, à quelle heure et à quel endroit exact je verrais sa silhouette se former dans le noir. Et quelle signification nouvelle je pourrais peut-être attribuer au chaos des ombres qui, autour de la sienne, se décantaient dans la nuit. Comme si cette infime énigme valait pour toutes celles, infinies, du monde et de la vie.

Non pas que j'aie eu l'espoir de les résoudre ainsi. Il aurait fallu être bien plus crédule que je ne l'étais pour se figurer qu'un chat pouvait détenir le secret des choses. D'ailleurs, je le savais, il n'y avait pas de secret. Et c'était justement cela, peut-être, que lui il m'enseignait, venu de nulle part, allant n'importe où, splendidement indifférent à tout ce qui l'entourait, passant parmi les phénomènes sans paraître leur accorder la moindre attention.

Messager du rien.

Ange du vide.

Deuxième partie

Chapitre 9

SOUS LE RASOIR D'OCCAM

Lorsqu'il en conçut l'idée, Schrödinger ne pouvait raisonnablement imaginer quelles aventures extraordinaires l'avenir réservait à son chat. Il y a quelque ironie très cruelle à ne rester un peu dans la mémoire des hommes que pour avoir laissé son nom à une expérience de pensée qui, conçue pour servir de réfutation à une théorie, a fini par passer pour la plus géniale et la plus exemplaire illustration de celle-ci. C'est précisément le cas.

En 1935, quand Schrödinger expose le principe de sa célèbre expérience, son objectif est de marquer toutes ses distances à l'égard des interprétations qui s'autorisent alors de sa grande découverte, la « fonction d'onde », pour extrapoler celle-ci à des fins qu'il juge quant à lui tout à fait loufoques. La petite fable qu'il façonne, il la donne lui-même pour « burlesque ». La morale qu'il convient d'en tirer ne souffre à ses yeux d'aucune ambiguïté. Qu'un chat puisse être considéré comme étant à la fois mort *et* vivant lui paraît d'une absurdité assez éclatante pour discréditer toute théorie qui entendrait sérieusement reposer sur une telle hypothèse et déduire de l'indétermination du modèle à l'aide duquel cette théorie rend compte de la réalité l'idée que ce serait la réalité elle-même qui en fait se trouverait indéterminée. Autant admettre qu'une photographie floue faite d'un objet net est en vérité la photographie nette faite d'un objet flou.

Sans le vouloir, comme ce fut le cas avant lui pour Planck ou pour Einstein, Schrödinger a ouvert la boîte de Pandore dont sort sous ses yeux une conception du monde qui ruine toute possibilité d'en produire une représentation raisonnable et qui lui fait horreur. Son apport consiste à reprendre les travaux de Louis de Broglie qui, imposant l'invraisemblable hypothèse que toute matière offre à la fois un caractère corpusculaire et un caractère ondulatoire, associe à chaque électron une onde — ou plus exactement un « paquet d'ondes », c'est-à-dire une superposition d'ondes de longueurs variables dont la mise en phase détermine la position probable de l'électron en question. Schrödinger formalise une telle conception, développant sa mécanique ondulatoire qui donne de l'atome une idée toute nouvelle conduisant à considérer celui-ci comme enveloppé d'une sorte de nuage virtuel correspondant à toutes les positions potentielles qu'un électron donné est susceptible d'occuper au sein de l'atome et permettant de calculer la probabilité qu'a celui-ci de se retrouver en tel ou tel lieu de l'espace concerné.

C'est tout.

Mais cela suffit à faire une révolution qui met à bas toute manière habituelle de penser.

À peu près au moment où Schrödinger résout celui-ci, un autre savant, Heisenberg, prend le même problème par un autre bout, décidant de faire abstraction de toute représentation de l'atome et de ne le considérer qu'à travers les valeurs numériques qu'on peut lui attribuer, valeurs qu'il traite de manière purement mathématique en les soumettant aux règles du calcul dit matriciel. L'inouï, si on y réfléchit, est que la mécanique ondulatoire de Schrödinger et la mécanique matricielle de Heisenberg parviennent en même temps aux mêmes résultats alors qu'elles mettent en œuvre des méthodes très différentes (là où Schrödinger travaille sur des ondes, Heisenberg opère sur des tableaux de nombres) qui elles-mêmes s'appuient sur des conceptions tout à fait opposées : quand Schrödinger ne renonce pas à se faire une certaine idée de la réalité (le « paquet d'ondes » entourant l'atome dans son brouillard statistique), Heisenberg tourne résolument le dos à une telle ambition, considérant que toute tentative pour figurer une quelconque réalité de cet ordre est dépourvue de tout intérêt et de toute nécessité.

Aussi divergentes qu'elles soient, les deux voies suivies mènent cependant à rompre semblablement avec toute conception classique de la matière. D'un côté, approcher les particules par le biais du calcul matriciel, en raison des règles de celui-ci, implique qu'il soit impossible d'arrêter en même temps certaines valeurs propres aux objets considérés et qu'ainsi on ne puisse mesurer à la fois la vitesse et la position d'une particule : c'est le fameux « principe d'indétermination » de Heisenberg. De l'autre, approcher ces mêmes particules à la manière d'ondes suppose qu'on leur en attribue les propriétés et notamment cette faculté qu'elles ont de se combiner, additionnant leurs crêtes, soustrayant leurs creux de telle sorte que chaque état particulier de la matière soit envisagé comme la somme d'une infinité d'autres, le tout ressortissant seulement à un calcul de probabilités : c'est le « principe de superposition » de Schrödinger.

Si j'ai bien compris.

À partir de là, on perd un peu pied. Car, dans un cas comme dans l'autre, il devient alors tout à fait impossible de concevoir les constituants ultimes de la matière comme si ceux-ci étaient soumis aux lois routinières du bon vieux déterminisme pour lequel chaque objet singulier se trouve soumis au mécanisme des causes et des effets et susceptible ainsi de se prêter à un calcul spécifique semblable à celui auquel paraissaient donner prise jusqu'alors tous les phénomènes observables dans la nature. Il n'y a plus de pertinence à parler des « propriétés » d'un objet et à prétendre définir pour celui-ci la trajectoire, la vitesse, la position ou n'importe laquelle de ses caractéristiques. Du coup, c'est l'idée même d'objet qui devient plutôt problématique. Car un objet sans propriétés n'est guère davantage que le fameux couteau sans lame auquel il manque le manche.

De l'univers atomique et de ses particules dont il faut donc considérer que chacune se trouve dans plusieurs états à la fois sans qu'il soit possible d'en déterminer les caractéristiques à tel point que parler encore de particule voire d'atome ne va déjà plus de soi et s'entend plutôt comme une façon de s'exprimer — une figure, une métaphore —, aucune représentation mentale n'est plus concevable. Aucune sinon celle qui peint l'atome à la manière d'un vague nuage électronique tout à fait opaque au sein duquel s'agite une sorte de substance à la fois corpusculaire et ondulatoire dont toute vérité qui la concerne n'a plus de valeur que statistique. Autant dire : une représentation qui n'en est pas une. Ou plus précisément : une représentation qui ne représente rien d'autre que l'impossibilité qu'il y a à en proposer une représentation.

Dans ces conditions, le plus raisonnable sans doute, comme c'est alors le cas du côté de Copenhague et de son école, serait de renoncer à l'idée même de se faire une image de quoi que ce soit et, en lieu et place d'une pareille image impossible, de se contenter d'un modèle dont l'efficacité prédictive suffit. Sans se poser du tout la question de savoir à quelle description de la réalité ce modèle correspond. Sauf qu'ainsi on jette un peu le bébé de la science avec l'eau usée du bain! Car un tel geste revient quand même à abandonner du coup toute velléité de dire le vrai sur un monde à propos duquel on se satisfait de supputer seulement les phénomènes sous l'apparence desquels il se manifeste.

Qu'il puisse y avoir malgré tout une réalité raisonnable qui commande au grand jeu du hasard et dont il ne faille pas désespérer de la penser, on conçoit qu'un savant ait cependant à cœur de le croire encore. D'où les réticences qu'Einstein a toujours exprimées quant à la vision du monde dont la physique quantique était porteuse. Et sa fameuse déclaration :

« Dieu ne joue pas aux dés » qui vise à réfuter toute vision exclusivement probabiliste des phénomènes. D'où la petite fable de Schrödinger aussi, chargée de démontrer par l'absurde que le « principe de superposition » dont il était l'inventeur demandait peut-être à ne pas être pris au pied de la lettre. Ces deux savants devant du coup être définis comme des « réalistes ». Si l'on veut. En tout cas : comme des scientifiques qui, par attachement peut-être à un préjugé du passé ou bien par conviction authentique, ne consentent pas à l'idée que, derrière les formules qui lui donnent son air absurde, ne se tienne pas malgré tout une image sensée de l'univers.

Lorsque Schrödinger invente son fameux chat, son dessein est très explicitement de réagir aux élucubrations auxquelles paraît se prêter son « principe de superposition ». Son petit apologue, il le conçoit afin de rappeler les physiciens au sens de la réalité. Pour lui, il ne fait aucun doute qu'un chat ne peut pas être en même temps mort *et* vivant. Cela signifie que le calcul probabiliste sur les particules, s'il a bien une vertu prédictive, n'infirme pas toute conception raisonnable d'une réalité à l'intérieur de laquelle aucune chose ne peut être à la fois elle-même et son contraire. L'ironie est que sa fable va servir de « *stepping stone* » — c'est-à-dire de point de départ, de tremplin — pour un certain nombre de théories attachées à une conception radicalement autre du monde et qui, pour son chat enfermé dans sa boîte, vont imaginer toutes sortes d'avatars que Schrödinger, s'il avait pu s'en faire la moindre idée, aurait considérés avec la plus grande stupéfaction et, certainement, la plus totale consternation.

Comme on dit familièrement : les bras lui en seraient tombés.

Ou, après tout, peut-être pas.

C'est à un très jeune chercheur, un certain Hugh Everett, qu'on attribue l'invention dans les années 1950 de la thèse des univers parallèles telle que celle-ci se déduit de l'une des interprétations possibles de la mécanique quantique.

Le grand mystère concerne la manière dont cesse la super-position des états pour une particule donnée lorsque celle-ci acquiert devant l'observateur une et une seule des caractéristiques plurielles dont elle se trouvait auparavant simultanément dotée. On nomme ce phénomène : « réduction du paquet d'ondes » et on le lie à la mesure dont la particule en question fait l'objet. Si l'on veut à tout prix une image, il faut se figurer que le « paquet d'ondes » se contracte pour acquérir la forme de la particule singulière finalement obtenue au terme de l'expérience, le nuage électronique se ramenant à l'état unique que lui assigne sa mesure. Cela revient à dire que c'est l'observation du phénomène concerné qui ferait sortir ladite particule de la superposition propre aux objets quantiques.

À partir de là, l'idéalisme le plus extravagant s'en est donné à cœur joie. Suggérant que c'est l'esprit considérant la réalité qui attribuerait à celle-ci ses propriétés. Comme si la conscience commandait ainsi à la matière en la sommant de prendre une forme sous ses yeux. Mais la conscience de qui? Les sceptiques et autres esprits forts n'ont pas manqué d'ironiser. La conscience du chat dans sa boîte suffit-elle? Si c'est le cas il n'y a plus d'expérience de Schrödinger qui tienne puisque l'animal pourrait à lui seul forcer l'hésitant atome censé déclencher la chute du marteau sur la fiole de poison à se décider pour l'un ou l'autre de ses états. Et si c'est une conscience humaine qu'il faut, n'importe laquelle fait-elle l'affaire? On peut en douter tant est complexe le protocole auquel se trouvent soumises les particules. Si bien que la réduction du paquet d'ondes pourrait n'avoir lieu qu'en présence d'un scientifique — et encore à condition que celui-ci soit muni de ses instruments, en mesure de produire devant les atomes en jeu, méfiants de nature, son diplôme en bonne et due forme et qu'il s'agisse au moins d'un Ph.D du MIT en physique fondamentale. À raisonner ainsi, on en arrive forcément à la conclusion que l'univers entier est demeuré pendant des milliards d'années dans une sorte d'état suspendu où toutes les particules attendaient sagement que la mécanique quantique soit inventée et que s'intéressent à elles les savants formés à celle-ci pour décider du comportement qu'il leur faudrait adopter.

Ce qui semble assez peu probable.

Néanmoins, le problème de fond n'en reste pas moins entier. Si l'on s'en tient aux formules de Schrödinger, il n'y a aucune raison en effet que cesse la superposition quantique. De sorte que la théorie la plus rationnelle consiste à accorder tout simplement créance à ce que disent les équations et à considérer que la « réduction du paquet d'ondes » n'a jamais lieu. Ainsi le veut le fameux principe dit du rasoir d'Occam selon lequel, pour un problème donné, la solution la plus simple, comme la raison du plus fort, est toujours la meilleure. Belle preuve d'optimisme ou de pragmatisme — car rien ne dit que l'univers soit nécessairement simple et tout pousse même à penser le contraire! Mais le mérite de la proposition consiste à préférer pour tout problème l'hypothèse la plus économique permettant de résoudre celui-ci. Autrement dit : à élaguer, au rasoir, tout ce qui n'est pas strictement indispensable au règlement de la question soulevée.

En l'occurrence, la solution la plus simple — parce qu'elle n'oblige à ajouter aucune hypothèse nouvelle à celles sur lesquelles repose déjà la fonction d'onde — consiste donc à accepter l'idée que la superposition quantique est et reste la règle. Simple, bien sûr, c'est vite dit. On me l'accordera, je pense. Et si, malgré tout, la solution, dans son principe, est simple au sens où je l'ai dit, ses conséquences, dès lors que l'on veut s'en faire une idée, donnent aussitôt le tournis.

Dans une telle perspective, il convient de jouer jusqu'au bout le jeu de la formalisation mathématique des phénomènes physiques, faisant confiance sans réserve aux équations, tirant de celles-ci toutes les conséquences auxquelles elles conduisent, quitte à devoir s'accommoder du monde radicalement impensable dans lequel elles nous font désormais pénétrer. En admettant alors que la superposition soit le dernier mot de l'univers et que ce mot vaille à tous les niveaux de celui-ci, depuis l'infiniment petit où vacillent dans leur vague nuage des particules virtuelles jusqu'à l'infiniment grand où évoluent de vastes amas de constellations en passant par le plan plus tangible où se tient dans sa boîte le chat de Schrödinger, il faut accepter l'idée que chacun des états multiples de la matière se trouve conservé.

Si bien que, lorsque sous les yeux d'un observateur une particule prend telle valeur donnée, il faut envisager que la même particule prend également et ailleurs la valeur opposée pour un autre observateur. Ailleurs, mais où ? On en arrive ainsi à poser que l'univers se divise en autant de versions différentes de lui-même qu'en demande la fonction d'onde, versions à l'intérieur desquelles l'un ou l'autre des états se réalise sous les yeux d'un observateur qui n'assiste jamais qu'à l'une de ces multiples manifestations qui ont pourtant simultanément lieu. Chaque fois qu'une particule paraît sortir de l'état de suspension au sein duquel elle revêt simultanément ses caractéristiques opposées, se crée du même coup un monde correspondant. Ou plutôt : pour chaque réduction apparente d'une superposition, il faudrait admettre que ce sont deux mondes aux propriétés opposées qui se constituent dont chacun abrite l'une ou l'autre des deux observations possibles.

Pour en revenir au chat dans sa boîte, il faut donc bien considérer qu'il est à la fois mort *et* vivant : mort dans un univers *et* vivant dans l'autre.

La réalité se ramifie donc perpétuellement en autant de branches qu'en exige le déploiement de toutes les virtualités du possible. Et ainsi de suite à l'infini. Car non seulement le phénomène est continuel mais encore il concerne toutes les particules de l'univers et chacune des propriétés qui définissent chacune de celles-ci. Ce sont donc des milliards et des milliards de mondes qui coexistent, plus nombreux que les gouttes d'eau de l'océan ou les grains de sable du désert, mais sans que personne puisse en avoir la moindre conscience bien sûr. Puisque tout en proliférant à vue d'œil, si j'ose dire, les univers ainsi créés s'excluent les uns les autres. Et dans la mesure où chaque observateur se trouve comme prisonnier de son point de vue propre, embarqué sur l'une des voies vertigineuses que son univers emprunte à l'exclusion de toutes les autres, tous ces mondes étant lancés à toute allure dans des directions divergentes — si bien qu'il est plus juste de les dire perpendiculaires les uns aux autres plutôt que parallèles.

On conçoit bien que, définie en ces termes, une telle théorie ne puisse être ni confirmée ni infirmée. Rien n'interdit qu'elle soit totalement vraie. Rien n'interdit non plus qu'elle soit complètement fausse.

À tout moment, partout, le réel bifurque dans tous les sens à la fois. Tout ce qui est possible se trouve simultanément réalisé. Le virtuel et l'actuel ne se distinguent plus. Tout est vrai quelque part. Et faux partout ailleurs. Livré aux pures probabilités. Comme si l'univers était régi par une gigantesque loterie, infinie puisqu'elle compte autant de boules que la série des nombres entiers compte d'éléments et dont il faudrait considérer que tous les tirages se trouvent simultanément obtenus quelque part, c'est-à-dire dans une sorte de casino cosmique cloisonné en une multitude de salles de jeu entre lesquelles n'existerait aucun passage. Ni aucun moyen de communiquer.

Un univers proprement infini se déploie alors en imagination et devant lequel la pensée défaille, plus infini encore que l'univers infini, si une telle expression a un sens quelconque, une sorte de « méta-univers », puisque c'est ainsi qu'on le nomme, fait de la somme de tous les univers qui le composent, que suppose le principe de superposition quantique et qu'engendre la démultiplication permanente de chaque parcelle de la réalité.

Un espace plus vaste que le vaste espace vide à l'assaut duquel se lancèrent autrefois les astronautes et dont le chat de Schrödinger, dans sa boîte aux allures de caisson d'immersion ou de capsule spatiale, mériterait d'être considéré comme le premier des pionniers.

Chapitre 10

LE POINT DE VUE DE SIRIUS

Maintenant que l'hiver est passé, il a pris pour de bon ses quartiers dans la maison. Si l'on y réfléchit, c'est plutôt singulier. Il affrontait tout seul la mauvaise saison. Et ici il pleut souvent. Le vent souffle fort. Avec la mer pas très loin, tout reste humide pendant des semaines et des mois. Le monde trempé jusqu'à l'os et grelottant de froid. Et quand les beaux jours reviennent, que le soleil s'annonce, alors que la nécessité d'un abri se fait certainement moins pressante pour lui, le voilà qui revient plus souvent.

Bien sûr, il disparaît encore. Parfois plusieurs jours de suite sans daigner se manifester. Ou bien il passe par la maison, mais seulement pour quelques minutes, comme s'il inspectait son domaine et s'assurait qu'en son absence tout était resté dans l'ordre qu'il souhaitait. Mais en général, il est là pour la nuit. Dort dans son panier. Et si on lui laisse la porte de la cuisine ouverte, il va s'installer sur le canapé du salon. Ou parfois sur le lit. Réclamant très tôt le matin qu'on lui rende sa liberté — si bien que le plus simple a été de lui faire ouvrir une chatière dans la porte de l'annexe. Filant dans le jardin. Sautant par-dessus le mur ou derrière la clôture.

On ne le revoit que sur le coup de midi — ayant dû enregistrer qu'il s'agissait de l'heure du déjeuner. Il surgit comme il en a l'habitude. C'est-à-dire : d'on ne sait où. On ne l'a pas aperçu tandis qu'il s'approchait. Soudain, il se matérialise sous nos yeux. À nos pieds. Au coin de la terrasse. Ou encore dans le fond du jardin. Comme si, il faut bien l'admettre, il se trouvait doté du pouvoir de se téléporter à sa guise, depuis le nulle part où il vit, exactement comme on le voit faire aux héros des vieilles séries télévisées de science-fiction, « *beam me up, Scotty!* », la grésillante silhouette qui se décompose et se recompose, tel un message faxé qui se reconstitue à l'autre bout de la ligne, les molécules se dispersant dans le vide, portées par une onde indéterminée, et puis se rassemblant au signal pour que le personnage, comme si de rien n'était, s'extirpe lui-même de l'air et réapparaisse là où il lui sied.

Dans son cas : pas trop loin de sa gamelle.

Avant d'aller faire la sieste sur le sable au soleil.

Ce qu'il fait, d'où il vient, où il va?

Mystère.

— Tu crois qu'il appartient au voisin?
— Quel voisin?
— Pas celui d'à côté en tout cas. Je lui ai demandé.
— Et il t'a dit?

— Qu'il le voyait de temps en temps passer. Qu'il n'en savait pas plus.

— On n'est pas plus avancés.

— À mon avis, il vient de la maison d'après.

— Celle qui fait le coin?

— Il y a toute une famille là-dedans, avec des tas d'enfants.

— On ne voit jamais personne.

— Ils doivent se dire la même chose pour nous.

— Personne ne l'a réclamé.

— Et cela fait un moment maintenant.

— Possession vaut titre.

— Quoi?

— Possession vaut titre. C'est un principe de droit, je crois. Si quelqu'un possède quelque chose et que personne ne le réclame, il peut considérer que cette chose lui appartient. Jusqu'à preuve du contraire.

— Et cela vaut aussi pour les chats?

— Je ne vois pas pourquoi cela ne vaudrait pas pour les chats aussi.

Pas de collier, bien sûr. Pas de tatouage. Pas de puce électronique placée dans l'oreille. Quand le vétérinaire l'avait vu, il avait été formel. C'est lui qui l'avait examiné, trouvé en parfaite santé, avait déterminé son sexe et évalué son âge. Parce que, nous, nous en aurions été incapables.

— Vous l'hébergez depuis longtemps?

— En fait…

— Oui?

— C'est difficile à dire… Au début, on ne le voyait

qu'assez rarement. De manière irrégulière, cela fait bientôt six mois qu'il vient. Mais, ces derniers temps, il est là presque tous les soirs.

— Alors vous pouvez considérer qu'il vous appartient.

— Mais il y a des formalités sans doute ?

— Je le vaccine, je l'identifie et je fais les papiers. Il est à vous.

— C'est tout ?

— C'est tout.

À nous ? C'est-à-dire : à elle. Si l'on veut. Mais un chat n'est jamais à personne. Et celui-là encore moins que la plupart des autres.

Un chat à personne. Perdu. Peut-être par des vacanciers. À la fin de l'été précédent puisque c'est à cette période-là qu'il s'était manifesté pour la première fois. Avec le camping au bout de la plage, ses caravanes parmi les pins et ses bungalows en dur construits à deux pas de la mer et tolérés par la municipalité, on pouvait imaginer qu'il était venu de là-bas et que, s'étant absenté un jour pour une promenade un peu plus longue que les autres, lorsqu'il avait retrouvé son chemin, il avait découvert l'emplacement où il avait ses habitudes totalement vide, ses maîtres avaient plié bagage, étaient repartis pour chez eux, leurs congés terminés. Il lui avait alors fallu se mettre en quête d'un autre lieu où loger. Ou bien : il avait été abandonné. Vu la moyenne d'âge très élevée des habitants du quartier, pour la plupart des retraités, il n'était pas impossible aussi qu'il se soit retrouvé à la porte d'une maison où quelqu'un avait été soudainement hospitalisé, était mort subitement, et qu'on avait fermée en attendant de la mettre en vente. Un animal perdu, abandonné, orphelin… Mais la réalité n'a pas forcément un tour aussi mélodramatique et sentimental. Non, il n'y avait aucune raison d'imaginer qu'une tragédie, fût-elle minuscule, avait eu lieu. Le plus probable était qu'il avait de lui-même quitté le foyer où on l'avait élevé. Un jour, une idée avait traversé sa tête de chat et il avait décidé de la suivre, de partir à l'aventure, d'aller chercher fortune ailleurs. Au cas où l'herbe aurait été plus verte de l'autre côté du mur. Et la nourriture meilleure ou plus abondante.

— Mais à ton avis, il vient d'où?

— À mon avis, il vient seulement de la maison d'à côté.

— Celle du coin?

— Oui, ou l'autre un peu plus loin.

— Et personne n'est jamais venu le réclamer? Personne n'a mis de petites affiches chez les commerçants? C'est ce qu'on fait en général.

— Je ne sais pas. Je n'ai jamais perdu de chat.

— Forcément, tu n'en as jamais eu.

— Tu n'as rien vu?

— J'ai regardé. J'ai même demandé. J'ai insisté. J'ai eu l'impression que les gens me considéraient d'un drôle d'air. Comme si je les ennuyais avec mes questions.

— Il y a tellement de chats errants par ici que plus personne ne s'en inquiète.

— Mais ses propriétaires? Quand même!

— Ils sont peut-être bien débarrassés au fond.

Un peu au hasard, il avait jeté son dévolu sur nous. Il s'était résolu à rester. Provisoirement bien sûr.

L'idée ne nous serait jamais venue d'acheter un chat. Ou même : d'en adopter un. Mais là, il ne nous avait pas trop laissé le choix. Il était arrivé un soir, il était revenu plusieurs fois, il s'était installé. Il aurait fallu le chasser. Mais quelque chose nous avait sans doute retenus, nous en avait empêchés.

Pour être fidèle à la vérité, ma responsabilité à moi n'était que faiblement engagée dans toute cette histoire. C'était elle qui l'avait fait entrer dans la maison, dans « sa » maison, qui l'avait nourri. C'est pourquoi je disais : « ton chat ». Mais si je dois être honnête aussi, je dois avouer que j'étais bien content que cela se fût passé ainsi.

Nous ne savions même pas quel était son nom. D'ailleurs, les chats n'ont pas de nom. Ou s'ils en ont un, un nom de chat, ils le gardent secret. Comme c'est l'usage, dit-on, parmi les peuples primitifs qui savent ce que c'est que l'âme d'un nom et quel pouvoir détient celui qui apprend comment l'on s'appelle. D'où la nécessité, afin de se prémunir contre toute éventuelle manœuvre magique dirigée à son encontre, de conserver pour soi celui qu'on porte et avec lequel on retournera dans la terre d'où l'on est sorti. Multipliant, tant que l'on est vivant, comme des masques sur son visage, les faux nez des faux noms avec lesquels on donne aux autres l'illusion en société qu'ils savent qui l'on est.

D'ailleurs, aussi civilisé que je paraisse, je ne suis pas loin de penser pareil. J'ai fini par apprendre à me méfier. Je ne dis pas mon nom. Je ne dis pas le sien (à elle). Ni celui d'aucune autre. Mettre des noms dans une histoire revient à réclamer un peu la propriété de celle-ci. Alors que les seules histoires qui comptent sont celles qui n'appartiennent à personne et qui, à cette condition, ont une petite chance de concerner tout le monde. Je dis : Je. Je dis : Il. Je dis : Elle. Je dis : Elle, encore. Je dis : Nous. On ne sait pas qui parle et de qui Juste des voix, comme celles dont j'ai parlé, qu'on entend dans la nuit et dont rien n'interdit de supposer que leur conciliabule se poursuit au soleil.

Moi ? Si vous voulez. Mais qui moi ?

Je veux bien que chacun prête l'identité de son choix aux personnages dont je parle. Mais, en ce qui me concerne, en réalité, je m'en passe très bien. Je préfère penser qu'il s'agit de personne, de tout le monde, de n'importe qui. Des gens dont les aventures indifférentes qu'ils vivent valent pour toutes les autres et n'ont ni plus ni moins d'importance que chacune de celles-ci.

Alors ?

Alors, avec les chats, faute de nom, on les appelle par les surnoms qu'on leur invente selon l'inspiration du moment. Elle : Minou, Moumoun, Doudou, Griset. Quelques autres encore. Du même genre. Au vétérinaire, quand il avait fallu

113

établir ses papiers et son carnet de vaccination, elle avait donné un de ceux-là. N'importe lequel. Au hasard. Sans renoncer pour autant, lorsque cela lui chantait, à en utiliser un autre. Moi : j'ai plus de mal, même avec les petits noms, avec les noms en général, fussent-ils seulement des surnoms. C'était l'année des S. Enfin, il aurait été de l'année des S. À supposer que l'on ait su avec certitude quand il était né. Ce qui n'était pas le cas. Socrate ou Stephen, si c'est un mâle. Sapho ou Saha, si c'est une femelle.

Je l'aurais bien baptisé : Sirius. Un nom d'étoile pour me rappeler que, la première fois, je l'avais vu sortir du ciel. Et puis : à cause du point de vue depuis lequel il me semblait considérer le monde. De très haut. Comme si tout lui était indifférent sur cette terre. Passant souverain parmi des phénomènes dont aucun — sinon les plus insignifiants : un insecte dans l'herbe, un oiseau sur une branche — ne paraissait en mesure de faire frémir un seul poil de sa moustache. Ayant spontanément accédé à une forme de sagesse suprême pour laquelle chaque chose n'apparaissait plus que sous le jour le plus relatif qui soit.

Mais bon, Sirius était un nom un peu trop prétentieux si on lui accordait la signification à laquelle je songeais. Et puis surtout je ne voulais pas lui donner de nom. Je ne voyais pas de quel droit j'aurais pu me le permettre. Alors, quand j'étais obligé de l'appeler, je disais simplement : « le chat ». Ou bien : « Lechat » en un seul mot, comme s'il s'était agi de celui qui lui aurait servi de nom. Si je l'appelais ainsi, c'était aussi parce que je n'avais pas oublié la première fois où je l'avais vu et comment il m'était apparu dans la nuit : non pas comme *un chat* mais comme une manifestation *sous forme de chat*, à peine distincte des ténèbres dans lesquelles sa silhouette sans contenu s'était d'abord formée, apparence ou apparition à laquelle j'avais eu du mal à concéder une existence et *a fortiori* une identité, son être dans le noir valant pour tous les phénomènes tapissant l'obscurité du monde, si bien que seul le nom le plus général, le plus générique ne trahissait pas trop éhontément ce que la nuit m'avait d'abord dit de lui.

De toute manière, je me creusais inutilement la cervelle. Car à quoi bon lui en trouver un ? De mémoire d'humain, on n'a jamais vu aucun chat qui réponde à son nom.

Nous ne savions pas davantage de quelle race il était.

Le vétérinaire était resté plutôt vague et n'avait pas voulu se prononcer. Sans doute parce que de race, il n'en avait pas. Plusieurs plutôt et donc aucune. Un croisement très douteux des plus communes. À consulter la page correspondante de la vieille encyclopédie qui avait échoué avec tous les livres d'autrefois dans la bibliothèque de la maison, nous nous sommes mis à formuler des hypothèses. Malgré son petit gabarit, en raison de la couleur de sa fourrure grise striée de noir, de son épaisse queue touffue et annelée, s'élargissant au bout comme celle d'un raton laveur, de la forme de sa figure et puis de ses habitudes peu sociables, nous nous sommes décidés pour dire qu'il s'agissait d'un chat forestier ou *Felis silvestris*. C'est-à-dire appartenant à la race la plus sauvage qui soit en Europe. À l'œil nu, se différenciant assez mal du chat domestique le plus ordinaire, même pelage tigré, même silhouette dans le lointain, mêmes attitudes de prédateur désinvolte. Sauf que, s'il s'était agi vraiment d'un chat sauvage, il ne se serait pas résolu aussi facilement à renoncer à une partie de sa liberté et il n'aurait rien accepté du commerce plutôt amical qu'il avait d'ailleurs lui-même établi avec nous. À en croire ce que racontait l'encyclopédie, cela aurait même été complètement exclu. Ou bien : cela aurait obligé à le changer aussitôt de catégorie dans la classification. Le faire passer de celle des chats sauvages à celle des chats domestiques. J'imagine. Car mon ignorance de la zoologie et de ses règles est au moins aussi grande que celle de la physique et de ses principes. Chat forestier ? Pas certain. Pourtant, il y avait comme un incontestable air de famille.

J'avais bien mon idée aussi. Un chat de Schrödinger. Un nom en S. Puisque c'était l'année.

— Un quoi ?
— Un chat de Schrödinger.
— C'est quoi cette race ?
— Une race.
— Tu viens de l'inventer. Elle n'existe pas.
— Bien sûr que si.
— Elle n'est pas dans l'encyclopédie.
— Forcément.
— Alors, monsieur Je-Sais-Tout, à quoi est-ce qu'elle ressemble, cette race que personne ne connaît ?
— Précisément, il n'y a aucun signe extérieur qui permette de la reconnaître. *That's the point!*

116

— Mais tu vas me dire quelles sont ses caractéristiques savantes, sans doute.

— C'est impossible aussi. Je regrette.

— Pourquoi?

— Il faudrait soumettre l'individu en question à une expérience de pensée afin de déterminer s'il s'agit ou non d'un chat de Schrödinger. Et d'ailleurs comme il s'agit d'une expérience de pensée et qu'en conséquence elle n'est pas réalisable dans la pratique, on n'y parviendrait pas.

— Une expérience de pensée, rien que ça!

— Parfaitement.

— Mais bien sûr.

Un chat de Schrödinger pourtant. Là et pas là à la fois. Se formant dans le vide pour se dissoudre aussitôt en lui. Identique à tous ceux de sa race et pourtant davantage séparé de ses semblables que si un continent tout entier l'en tenait éloigné. Chacun évoluant dans un monde à lui. Transportant avec lui une bulle invisible d'être pur vaste comme un univers.

Chapitre 11

LE JOUR DES CHATS

D'où venait-il? La question était sans réponse possible. Sinon, celle-ci : de chez lui. Pour la raison suivante : un chat n'arrive jamais nulle part, il y revient.

Chaque fois que je l'aperçois rentrant de sa promenade, je me fais la même remarque. Tel est le sentiment que toujours donne un chat. Même quand il met ses pattes quelque part où jamais auparavant il n'a été. Cela fait un second principe de phénoménologie féline assez compatible avec le précédent, celui que j'avais établi la nuit de la « première fois » et qui veut que l'on voie disparaître un chat avant que de l'avoir vu apparaître. D'abord, le soir : une forme qui file, une silhouette qui se dissout, si vite qu'on se dit qu'elle n'a jamais été là. Ensuite, au matin : la même forme, la même silhouette qui se recompose, réinvestissant très calmement la place qui depuis toujours aura été marquée comme étant la sienne parmi les apparences.

Il part avant d'arriver. Divisé en deux moitiés de lui-même qui paraissent tout à fait étrangères l'une à l'autre puisqu'elles ne se rencontrent jamais. Comme la lune et le soleil. Deux astres qui se chassent et ne peuvent partager le même ciel. En l'espèce : un chat nocturne qui s'en va, un chat diurne qui s'en revient. Chacun empruntant l'une des portes jumelles par lesquelles on voyage de l'un à l'autre des côtés du mur. Exactement à la manière de ces figures que l'on voit sur les vieux baromètres que l'on vend aux touristes à la montagne et à la mer ou sur les horloges médiévales de certaines cathédrales. Par exemple : l'homme avec son parapluie, la femme avec son ombrelle. Ou d'autres allégories plus sinistres — la mère avec son fils dans son ventre, la mort en squelette avec sa faux à la main — qui signifient à quel triste petit manège ressemble la vie et quel mécanique mouvement de pendule commande au temps. On entre et on sort. C'est le jour et la nuit. Ou plutôt dans cet ordre-là : c'est la nuit et puis c'est le jour. Et de nouveau : la nuit ensuite.

Il avance lentement depuis le fond du jardin. Silencieusement, souplement, simplement, sous le soleil qui, à cette heure de la journée, brille au plus haut du ciel, écrasant toutes les ombres qui dépassent à peine de dessous les objets à la quasi-verticale desquels la lumière se projette. Marchant sur l'espace de sable qui s'étend depuis le mur du fond jusqu'à la terrasse, parmi les herbes basses. Prenant son temps. Avec l'allure de ne douter de rien. De se sentir partout chez soi. Comme si de rien n'était.

L'air de revenir chez lui. Tranquille. Sans s'en faire. L'impression tient certainement à cette assurance dont fait preuve un chat lorsqu'il pénètre dans le domaine dont il a décidé qu'il était le sien. Connaissant parfaitement, semble-t-il, les lieux pour y avoir déjà habité. Reprenant le fil inchangé de ses anciennes habitudes. Comme s'il en avait toujours été l'unique et légitime propriétaire. Et ne s'était absenté que pour un instant — même si cet instant de quelques secondes, aux yeux des humains, a semblé long comme une éternité de siècles.

Qu'il revienne, c'est peut-être le cas après tout.

Au lieu de celui des voisins, ce serait alors le chat des précédents propriétaires. De telles choses arrivent, dit-on. Rentré chez lui après quelques années d'absence et ne daignant même pas s'apercevoir du changement qui a eu lieu alors qu'il était loin. Considérant qu'un tel changement est insignifiant et ne le concerne en aucune manière. À ses yeux de chat à lui, les humains apparaissant comme des créatures tout à fait interchangeables. Au point que peut-être il ne parvenait pas vraiment à les distinguer, ne se donnait même pas la peine de les reconnaître, confondant les visages, ne retenant pas les noms, ne se souciant pas de ce que c'est qu'un nom ou un visage tant qu'il se trouve quelqu'un pour que les commodités de l'existence lui soient assurées. Notant juste un peu distraitement que chez lui, sous ses yeux, du côté de la terrasse et derrière les fenêtres éclairées de la cuisine ou de la chambre, comme des ombres chinoises sur un écran, quelque chose se manifestait parfois de l'autre côté du jardin *sous forme d'humain*. Selon un principe, très légitime car strictement réciproque, d'indifférence mutuelle entre les espèces.

Et si c'était le chat du noyer? Je veux dire : du noyé. Reprenant sa place dans l'arbre où il aimait à se coucher, confortablement installé dans le creux que font les quatre branches principales quand elles s'éloignent du tronc, et parfois un peu plus haut, escaladant vers ce qui en était autrefois la cime et dont ne restent plus que quelques moignons de bois se déployant vers le ciel. Cela paraît assez peu vraisemblable, il faut l'admettre, car il a l'air trop jeune. Mais comme on ne connaît ni l'année où il est né — le vétérinaire n'a pas voulu vraiment se prononcer — ni celle où l'autre est mort — les voisins ne se sont pas montrés beaucoup plus précis —, cela n'est pas complètement impossible. Alors ce serait lui. Reprenant possession de son ancienne maison. Le chat du noyé. Dépêché depuis l'au-delà. L'émissaire du disparu, chargé par lui de la mission d'inspecter muettement les lieux où il avait vécu, de faire en sorte que secrètement s'y continue l'histoire qui, dans une autre existence, avait été la sienne.

Car on ne sait jamais quand une histoire débute. À défaut, on la fait commencer avec le dernier récit raconté. Sans même imaginer que celui-ci prend la suite d'un autre, et puis d'un autre avant lui, et qu'il s'insère ainsi comme un élément parmi d'autres encore dans la série de tous les précédents. Par manque de mémoire ne se représentant pas tout ce qui a été auparavant. Depuis très longtemps. Remontant aux temps originels dont parlent les légendes.

Ainsi, celle qui dit que la terre appartenait autrefois au peuple des chats et que celui-ci l'a quittée il y a des millénaires pour une toute petite promenade, en laissant aux humains la jouissance passagère de son domaine. Mais que le temps, un jour, viendra où les chats rentreront et réclameront leur bien. Conquérants silencieux.

Si bien que tous les chats qui aujourd'hui semblent surgir de nulle part, pénétrant partout comme s'ils y étaient chez eux, seraient des sortes d'éclaireurs, préparant pour leur espèce le moment de son légitime rétablissement dans ses droits.

Ce jour-là : le jour des chats.

J'avais lu autrefois une histoire semblable. Ce n'était pas exactement la même histoire mais elle lui ressemblait beaucoup. Disons qu'elles avaient quelque chose en commun qui me faisait les confondre. Dans quel livre ? Comme l'ancienne encyclopédie, désormais désuète, que nous avions consultée, tous les livres que j'avais possédés avaient fini là, dans « sa » maison, rangés dans la grande bibliothèque du bureau. Accumulés depuis l'enfance, datant de toutes les périodes de ma vie de lecteur, disparates, usés, dans tous les formats, sans aucun lien logique entre eux. Si bien que moi-même j'avais du mal à imaginer qu'ils avaient pu appartenir à une seule et unique personne — qui devait être moi, mais qui moi ? — et à me faire une idée du goût qu'avait pu avoir d'eux cet inconnu qui avait décidé de leur acquisition. M'étonnant maintenant, quand je vais souvent les regarder, de ces objets de papier dont la plupart ne me disent plus rien du tout. Ne me rappelant plus aucune des histoires qu'ils racontent ni de les avoir eus un jour entre les mains. Parfois j'en tire un au hasard comme on consulte un oracle. Je l'ouvre à n'importe quelle page. C'est ainsi que j'ai retrouvé le conte dont je parle.

Une légende chinoise, je crois. Elle relate qu'autrefois notre monde et celui des miroirs — entre lesquels on pouvait aller librement — vivaient en parfaite intelligence. Aussi différents l'un de l'autre que deux univers peuvent l'être et sans que l'un soit alors aucunement le reflet de l'autre. Jusqu'à ce que le peuple des miroirs entreprenne d'envahir le nôtre et que s'ensuive une longue et terrible guerre où notre camp fut finalement victorieux. L'invasion repoussée et l'agresseur refoulé dans son domaine. C'est alors que, afin d'obstruer le passage entre les deux mondes et d'interdire qu'un nouvel affrontement ait lieu, on avait érigé partout les impénétrables parois de métal ou de verre auxquelles on donne désormais le nom de miroirs. Un charme puissant avait été jeté par les vainqueurs sur les vaincus afin de forcer les seconds à adopter l'apparence des premiers et à imiter servilement chacun de leurs gestes.

J'y repensais maintenant. Je n'avais oublié ni cette fable ni la perplexité dans laquelle elle m'avait plongé quand je l'avais lue car elle avait réveillé certaines de mes interrogations d'enfant. Envisageant toutes les hypothèses auxquelles elle se prêtait naturellement. Puisque, bien sûr, la question se posait immédiatement de savoir duquel des deux côtés du miroir chacun se trouvait en fait. Pensant parfois que si c'était du mauvais côté, j'appartenais alors au peuple des perdants. Le temps passant, celui-ci avait oublié le sort qui lui avait été autrefois jeté, sans aucune conscience de la peine perpétuelle qu'il purgeait depuis, soumis à un esclavage éternel, contraint à copier, sans s'en douter et sans avoir aucune idée de ce qu'elles signifiaient, les attitudes de ceux-là seuls qui vivaient vraiment de l'autre côté.

Petit, ainsi, je regardais souvent les miroirs. Pour essayer par surprise de prendre en faute celui dont je partageais les traits. Afin de découvrir qui de lui ou de moi était la copie de l'autre. Inventant toutes sortes d'expériences optiques pour connaître le dernier mot de l'affaire. Usant du meuble de la salle de bains, accroché au-dessus du lavabo et qui avec ses trois miroirs pivotants, chacun monté sur sa charnière, permettait de faire se démultiplier à l'infini toute image : la mienne, vue de côté, et derrière elle celle de la pièce se prolongeant par le couloir vers le fond de l'appartement et plus loin encore en direction de l'espace auquel je tournais le dos et qui se confondait avec la profondeur du monde.

Me demandant si le reflet d'un reflet constituait la réalité, la restituait, la somme de deux illusions produisant une vérité, comme le produit de deux valeurs négatives en donne une qui est positive, ou bien si ce reflet d'un reflet faisait au contraire apparaître au sein de cette réalité un autre univers qui aurait du coup été la copie d'une copie. Et ainsi de suite. De telle sorte qu'il n'y aurait pas eu deux mondes mais à l'intérieur de chacun de ceux-ci deux mondes à nouveau et, de proche en proche, une multitude inimaginable de réalités se perdant enfin dans le flou inscrutable d'un fond inaccessible.

Devant la glace, je guettais un signe, tout à fait semblable, ainsi, à ceux que j'épiais enfant dans le noir. Quelque chose qui, depuis le lointain des choses, serait remonté lentement vers moi.

La légende racontait enfin qu'un jour viendrait pour le peuple des miroirs de sa revanche. À quelques indices infimes s'annoncerait le moment de la révolte des reflets, ceux-ci s'émancipant lentement de leur servitude, se refusant d'abord une première fois à obéir aux ordres, puis une deuxième, cessant ensuite complètement d'imiter leur modèle, puis brisant les parois transparentes de leur prison pour reprendre possession de l'univers. Mais d'abord, dans l'épaisseur de la glace, apparaîtrait le signe précurseur d'une très discrète anomalie : une onde minuscule se mettant à vibrer, une ride troublant la surface, d'une couleur inconnue, s'élargissant pour qu'y surgisse la première des créatures de l'autre monde, de nouveau libre, à l'avant-garde de toutes les autres prêtes à sa suite à investir le visible, à envahir l'univers.

Une sorte d'animal, disait le conte, dont la silhouette surgirait dans le lointain très vague, dans l'eau profonde et encore calme d'un premier miroir : selon les versions de l'histoire, un poisson, un tigre ou un chat. Franchissant la frontière, poreuse à nouveau, séparant les deux mondes, sans pouvoir dire du tout bien sûr, puisque j'étais incertain du côté où moi-même je me trouvais, si cet éclaireur inquiétant indiquerait pour moi le moment de mon asservissement ou celui de ma délivrance. Quelque chose s'en revenant et guidant le cortège de toutes les créatures bannies de la vie.

Un chat, le premier, s'installant sur la lisière en train de s'abolir où se mélangeraient bientôt toutes les formes autrefois séparées du monde.

Chapitre 12

APPELEZ-MOI SCHRÖDINGER

Qui?

Personne.

Mais, au fait, s'il vous faut quand même un nom, appelez-moi Schrödinger!

C'est un nom qui me va. Avec l'avantage de préserver bien mieux mon anonymat que celui que je porte officiellement. Car, dans ce tout petit village où, sauf aux vacances scolaires, personne ne vient jamais ni ne vit vraiment, le risque est à peu près nul qu'il se trouve quelqu'un qui soit susceptible d'identifier le génial et glorieux inventeur de l'incompréhensible fonction d'onde.

En général, ce sont les maîtres qui baptisent leur chat. Il me plaît que, pour moi, cela soit le contraire. J'aurais pu m'appeler aussi bien : Félix Sylvestre. D'ailleurs, comme on n'aura pas manqué déjà de le remarquer, c'est un nom qui ressemble assez à celui qu'on me donne d'ordinaire.

Chacun porte plusieurs noms. Prenez mon cas. À l'étranger surtout, on me donne parfois du « professeur ». Il est même arrivé dans certaines circonstances, j'ai eu du mal à garder mon sérieux, qu'on m'appelle « maître », me témoignant une admiration pour le moins démesurée, de celles qu'on exprime sentencieusement à l'intention des artistes et des sages. Et puis comme à tous les hommes, des femmes m'ont dit : « mon amour », « mon cœur », « ma vie ». Ou bien, et c'étaient les mêmes : « pauvre type », « sale mec », « minable » — comme dans la phrase : « Tu n'es vraiment qu'un pauvre type, un sale mec, un minable... »

Que le même individu puisse être simultanément désigné de manières aussi différentes vient assez confirmer que la loi qui vaut pour les particules élémentaires, en dépit du principe de « décohérence », s'applique très semblablement aux créatures vivantes dont les propriétés prétendument objectives dépendent exclusivement de l'observation à laquelle elles se trouvent soumises et qui, dans l'état « suspendu » où elles sont, présentent à peu près toutes les caractéristiques à la fois.

— Monsieur Schrödinger ! Monsieur Schrödinger !

Un homme m'interpelle ainsi dans la rue. Tandis que je me dirige vers ma voiture garée sous les pins.

— Monsieur Schrödinger !
— Oui.

— Je suis monsieur Planck.

— Monsieur Planck?

— Vous savez, votre voisin. La maison de derrière, celle qui fait le fond de votre jardin.

— Ah oui… Enchanté!

— Je n'espérais plus vous trouver. Cela fait des semaines que je vous guette. Vous n'êtes jamais chez vous.

— Disons que j'y reste rarement très longtemps.

— Enfin, je voulais vous avertir. J'en ai déjà parlé à madame de Broglie et à monsieur Heisenberg…

— Qui ça?

— Vous savez, vos deux autres voisins.

— Bien sûr.

— Je me prépare à faire agrandir la villa. Construire un garage. Rajouter un étage. Pour pouvoir accueillir les enfants et les petits-enfants quand ils viennent pour les vacances. La famille! Enfin, vous savez ce que c'est.

— Naturellement.

— Du coup, j'ai déposé les papiers à la mairie. La procédure pour le permis de construire va commencer. C'est trois fois rien. Les travaux seront finis en deux semaines. Et puis pour vous, cela ne fera pas de différence. On va juste rehausser un peu le mur. J'espère que vous n'avez pas d'objections.

— Vous savez, il faudrait voir cela plutôt avec ma femme. C'est sa maison à elle.

— Mais votre dame, c'est comme vous, je ne la vois jamais. La seule fois où elle m'a parlé, c'était à propos du chat. Il est chez vous maintenant?

— Il va et il vient. Il vit sa vie.

— Il a ses habitudes. À ce propos, comme je vous disais,

je vais faire refaire le mur et donc certainement combler du coup le trou par lequel il passe.

— Je ne m'en fais pas : il trouvera un autre chemin.

Qui ?

J'ouvre la vieille encyclopédie pour savoir qui je suis. Bien sûr, ce genre de livres est plus prolixe sur les chats que sur les savants. C'est justice. Une toute petite notice de quelques lignes. Avec une photo grande comme un timbre-poste.

Erwin Schrödinger. Né à Vienne le 12 août 1887. Décédé le 4 janvier 1961. Savant autrichien. Il reçoit le prix Nobel de physique en 1933. (Pas mal !) Il est l'inventeur de la fonction d'onde et, à ce titre, l'un des principaux fondateurs et théoriciens de la mécanique quantique. (C'est moi !) Mais son insatiable curiosité (n'en jetez plus !) le conduit vers la fin de sa vie à s'intéresser à la biologie, formulant l'hypothèse du code génétique qui conduira à la découverte de l'ADN. (Pas moins !) Il est également l'auteur de plusieurs livres de philosophie et de poésie. (Personne n'est parfait !) Il quitte sa patrie pour fuir les persécutions dont il est victime et s'installe en Irlande. (Quelle bonne idée !)

Du coup, je me suis procuré la plupart des livres de moi ou des livres sur moi qui sont encore disponibles. À ma surprise, il y en a beaucoup. Un grand nombre d'entre eux ayant été réédités l'an passé en collection de poche. Sans doute afin de célébrer le cinquantième anniversaire de ma disparition.

L'attention me touche. Dans de très intelligentes éditions où un philosophe français me commente, m'annote, m'explique. Il faudrait que je songe à lui adresser un mot de remercie-ment. Mais, pour dire la vérité, je commence à ne plus très bien comprendre moi-même les découvertes dont j'ai été l'auteur. C'est fou ce qu'on oublie vite toutes les choses que l'on a sues. Je reste devant mes propres équations embarrassé comme un poisson l'est d'une pomme. Fasciné par la beauté formelle de la chose. Vaguement averti encore de ce que celle-ci signifie mais tout à fait incapable de suivre jusqu'au bout le long et fastidieux raisonnement dont elle est le résultat. Je saute des pages.

Ma préférence va plutôt à la grosse biographie, *Schrödinger, Life and Thought*, que les Presses universitaires de Cambridge m'ont consacrée il y a vingt ans. L'auteur, un certain Walter Moore, y fait, dans l'introduction, une présentation de moi que j'aime assez et qui, si on m'avait demandé mon avis, m'aurait parfaitement convenu pour servir d'épitaphe sur la tombe au Tyrol où mon corps se décompose doucement depuis un demi-siècle. Je traduis à peu près : « Erwin Schrödinger était la personnalité la plus complexe parmi les grands créateurs de la physique moderne. Il était un adver-saire passionné de l'injustice et pourtant il considérait toute activité politique comme dégradante. Il méprisait la pompe et l'apparence mais il prenait un plaisir puéril aux honneurs et aux médailles. Il accordait toute sa foi à la conception des Veda qui veut que tous les hommes n'en soient qu'un et pourtant il ne supportait pas de collaborer à quelque travail collectif que ce soit. Son esprit était celui d'un rationaliste précis mais son tempérament en faisait une créature aussi versatile qu'une prima donna. Il se proclamait athée mais il usait volontiers de symboles religieux et était convaincu que la méthode scientifique menait à la foi. »

Ce qui reste de soi dans le souvenir des autres ! Quelqu'un et le contraire de quelqu'un. C'était moi.

Une poignée de petites anecdotes. En lisant, j'aime bien me souvenir des plus pittoresques. Comment, par exemple, pendant la Première Guerre mondiale, lorsque j'étais lieutenant d'artillerie sur le front italien, entre deux salves avec lesquelles j'exerçais mon habileté sur les lignes adverses, je regardais les feux follets qui flottaient sur les fils de fer barbelé à deux pas des tranchées. Je retrouve quelques histoires comme celle-là dans le livre de Moore. Mais c'est bien sûr la question des femmes, surtout, qui le préoccupe. « Erwin, écrit-il (quelle familiarité !), était intensément préoccupé par la sexualité — on peut même dire qu'il s'est consacré à celle-ci comme à la principale des activités non scientifiques de sa vie. » Plutôt bien vu et assez joliment tourné : « la principale des activités non scientifiques de sa vie ». Encore qu'assez vite dit : qui sait si le sexe n'est pas l'une des formes de la science ? Je m'arrête surtout aux illustrations du livre, les portraits photographiques de Felicie, de Lotte, d'Annemarie, de Withi et d'Ithi, d'Hildegunde, d'Hansi, de Sheila. Les prénoms font sourire aujourd'hui. Mais elles étaient toutes très belles, chacune dans son genre, des beautés dans le goût de leur époque. J'ai été un homme chanceux.

Mon biographe ne le dit pas mais, en ce qui me concerne, je suis convaincu que j'aurais une place plus importante dans les encyclopédies si j'avais mieux correspondu à l'idée respectable que l'on se fait d'un savant. Comme mon ami Einstein, tout le contraire de moi, un franc-tireur de la science, passant presque pour un modeste autodidacte, arrivé par la seule puissance de son génie, la grande conscience de notre temps, pacifiste et végétarien, l'homme au cerveau hypertrophié, avec le talent de publicitaire qu'il faut pour avoir accroché son nom à une formule ($E=mc^2$) et à une théorie (la relativité) dont tout le monde s'imagine pouvoir comprendre le principe (tu parles!). Tandis que moi! Allez expliquer à quelqu'un en deux mots ce qu'est la fonction d'onde!

Mais Einstein, paraît-il, faisait chambre à part, traitait son épouse comme une domestique et l'a rendue fort malheureuse. Moi, au moins, j'ai rendu plusieurs femmes heureuses. Parfois en même temps, c'est vrai. Ce qui n'est pas allé, bien entendu, sans poser quelques problèmes en passant. Il faut bien qu'il y ait un hic! Je ne vais pas prétendre le contraire. Mais je crois qu'elles ont toutes apprécié ma gentillesse. Je n'avais pas à forcer mon tempérament. J'étais tout le contraire d'un libertin cynique. Un perpétuel amoureux. J'aimais la compagnie des femmes. Ma sentimentalité me poussait vers elles. Je les aimais et, je crois, elles m'aimaient.

Ainsi, j'ai toujours donné la priorité à ma vie d'amant sur ma vie de savant. J'ai renoncé au poste qu'on m'offrait aux États-Unis car je me méfiais du puritanisme américain et j'avais peur de tomber là-bas sous le coup de la loi proscrivant la bigamie. J'ai fui la Grande-Bretagne quand j'ai vu à quoi ressemblait Oxford, une congrégation de vieux garçons en toge, prenant tous leurs dîners ensemble, tolérant tout à fait l'amour des garçons encore que trop chastes et trop fatigués pour le pratiquer vraiment mais regardant d'un assez mauvais œil qu'on puisse avoir une femme. Alors deux, vous pensez!

Il ne faut pas chercher ailleurs la raison qui m'a poussé à revenir en Autriche — où je croyais, me souvenant de mes jeunes années à Vienne, que j'aurais la vie plus facile. J'avais assez mal choisi mon moment, il est vrai. 1936 : pas loin de l'Anschluss. Surtout pour quelqu'un comme moi qui, sans avoir jamais fait de politique, avait pourtant exprimé les convictions les plus explicitement antifascistes. L'un des rares à avoir protesté contre l'exclusion des professeurs juifs quand tout le ban et l'arrière-ban de l'université germanique jurait, avec un certain Heidegger au premier rang, allégeance enthousiaste au Reich. Je me suis retrouvé pris au piège. Alors j'ai signé sans trop d'état d'âme une lettre ouverte dans laquelle j'abjurais toutes mes convictions anciennes et témoignais de ma conversion sans réserve aux valeurs de l'Allemagne nouvelle. Le ton en était si exagéré, si délirant que j'avais bon espoir qu'on lirait entre les lignes de ma profession de foi, qu'on en percevrait l'intention ironique, qu'on interpréterait mon manifeste de ralliement hyperbolique au Reich comme une sorte de protestation dadaïste. Mais l'époque commençait à manquer cruellement du sens de l'humour.

Je voulais qu'on me laisse tranquille. J'en avais besoin. Une autre femme... Je ne dis pas qu'écrire cette lettre ait été la chose la plus intelligente que j'ai faite. Il est certain que si j'avais été déporté, ce qui serait certainement arrivé, si j'étais mort en martyr, ma renommée aurait été assurée, on se souviendrait mieux de ma fonction d'onde et l'on prêterait même à mes équations une édifiante signification morale et politique. D'ailleurs, tout cela n'a servi à rien. Les nazis, au moins, savaient lire. Ils n'ont pas été dupes. Je me suis retrouvé du jour au lendemain comme un paria dans mon propre pays. J'ai dû fuir en laissant tout ce que je possédais derrière moi, sans un sou en poche. Je suis passé clandestinement en Italie. Et, de là, je suis parti pour l'Irlande qui est devenue ma seconde patrie.

Moore raconte tout cela assez justement. Il y a cependant une chose qu'il ne sait pas, qu'il ne comprend pas, qui lui échappe. C'est pourtant le point essentiel puisqu'il concerne ce moment de ma vie qui fut celui de la découverte à laquelle j'ai laissé mon nom, la fonction d'onde, l'équation dite de Schrödinger. À la Noël de 1925. Une illumination soudaine. En quelques jours, tout est devenu limpide. Les équations s'enchaînaient avec une fluidité dont je n'avais jamais eu idée. Les problèmes tombaient les uns après les autres. Je voyais devant moi se disposer, comme si je les avais déjà résolues, toutes les questions auxquelles en un an j'allais apporter la série des réponses qui manquaient aux savants de mon temps.

Une telle expérience, en soi, n'a rien d'exceptionnel. C'est ainsi qu'en sciences se font le plus souvent les découvertes. On avance à tâtons pendant des années, on progresse très laborieusement avec la sensation de se trouver dans un brouillard opaque d'hypothèses fastidieuses et peu convaincantes auxquelles on renonce les unes après les autres. Et soudain : l'éclaircie de l'eurêka ! Non, dans mon cas, le mystère tient à autre chose. J'avais pris des vacances à la neige. Une chambre à la Villa Herwig, un hôtel d'Arosa. Avec une femme, bien sûr. Même Moore n'a pas découvert de qui il s'agissait. Je ne vais pas révéler ce secret. Ce serait très indiscret. Mon biographe l'appelle la « dame d'Arosa » et il la compare, c'est très aimable à lui, à la « *dark lady* » qui fut l'inspiratrice des sonnets de Shakespeare.

Je revois la chambre de ce chalet à flanc de montagne, perché parmi les sapins, les pentes couvertes de neige, le balcon qui donnait sur la vallée au soleil. Nous passions tout notre temps au lit. Nous ne cessions pas de faire l'amour. Je veux dire : dans la mesure de ce qui est humainement possible. Je ne veux pas peindre de moi un portrait plus flatteur qu'il ne serait décent de le faire. Comme tous les hommes, selon les circonstances, l'inspiration du moment, le goût plus ou moins fort que j'avais de celle que j'aimais, j'ai été un amant tantôt magnifique et tantôt pitoyable. Le grand tournis des premières nuits lorsque celles-ci se succèdent et se confondent, qu'on en arrive à perdre tout sentiment du temps, comme si une seule étreinte se poursuivait sans presque aucun répit. Je passe. Tous ceux qui ont aimé savent de quoi je parle.

Lorsque je me levais du lit — et cela ne se produisait pas très souvent —, je m'asseyais à mon bureau et, magiquement, en quelques minutes, je venais à bout de l'étape suivante de mon raisonnement. Dire que je continuais à penser à ma fonction d'onde tandis que je faisais l'amour serait assez peu délicat. Et de plus : tout à fait inexact. Mais une partie de mon cerveau, stimulée peut-être par mes sens et par cet afflux de substances que le plaisir libère dans l'organisme, devait fonctionner toute seule dans un coin de ma tête et poursuivre son travail. Si bien que je n'avais plus qu'à recopier le résultat auquel, sans moi, mon esprit était parvenu.

Moore, d'après ce que je devine de lui en le lisant, est assez malin pour avoir compris tout cela. Mais il est assez rusé pour ne pas en faire trop état. Il ne veut pas nuire à ma réputation. Je lui en sais gré. Sans doute a-t-il aussi le souci légitime de ne pas compromettre inutilement ses propres intérêts. Si l'on veut faire carrière dans l'université, soutenir la thèse que l'ingéniosité scientifique puisse être liée à l'exubérance érotique n'est guère susceptible de faciliter l'élection à une chaire d'épistémologie. Il préfère rester dans le vague. Je ne vais pas lui jeter la pierre. Il est entendu une fois pour toutes que le génie doit être l'enfant de la frustration, de la sublimation : on ne crée, dit-on, que dans la misère affective, par compensation. Certains, on se doute pourquoi, préfèrent s'imaginer qu'il en va ainsi. Mais moi, j'ai toujours pensé le contraire. Mieux : je l'ai prouvé.

J'avais presque quarante ans. Autant dire que j'étais pratiquement fini. En sciences, les grandes découvertes sont toujours le fait de très jeunes gens. Ce qui est d'ailleurs un argument de plus à mettre au compte de la thèse précédente qui lie le taux hormonal à la faculté spéculative. Passé la trentaine, la puissance érotique décline et les savants se contentent en général de gérer les intuitions de leur jeunesse. En ce qui me concerne, jusque-là, j'avais été un chercheur très médiocre. Que la physique quantique soit née dans les draps d'une chambre d'hôtel et à la faveur d'une liaison adultère plutôt que dans un laboratoire ou devant un tableau noir couvert d'équations à la craie est, j'en conviens, une hypothèse très douteuse. Voire : très scabreuse. La dame d'Arosa fut ma muse. Je lui dois le sentiment de revivre que j'ai connu alors que j'avais déjà dépassé le milieu de ma vie. Et accessoirement : la découverte de la fonction d'onde. C'est à elle, en toute équité, qu'on aurait dû remettre le prix Nobel. Mais allez expliquer cela à un jury d'académiciens !

Un autre bon point pour Moore : il n'accorde que deux ou trois pages au milieu de son livre (qui en compte cinq cents !) à mon trop célèbre chat. Ce qui est déjà beaucoup pour ce qui ne fut, au fond, qu'une blague. J'ai eu beau présenter comme telle cette petite expérience de pensée, insister sur sa dimension burlesque, on m'a pris au sérieux bien davantage que je ne l'aurais pensé. Que voulez-vous ? Je suis un humoriste dont l'esprit est resté assez incompris de ses contemporains. J'aurais dû me souvenir de cette leçon lorsque j'ai signé ma malheureuse profession de foi en faveur des nazis. Vous dites une chose de façon que l'on entende le contraire de celle-ci, et on vous attribue exactement la conviction dont vous aviez le dessein de faire éclater l'absurdité. Voilà ce qui m'est arrivé.

Sous forme de farce, j'avais à cœur de me livrer à une grande confession et de signifier que je condamnais les extrapolations aberrantes que d'aucuns prétendaient déduire de la mécanique quantique, j'allais écrire : de *ma* mécanique quantique, en affirmant qu'à l'indétermination du domaine microscopique on puisse associer une indétermination identique du monde macroscopique. Hérésie, bien sûr! J'ai défendu la thèse inverse afin qu'il ne puisse pas être dit de moi que je n'avais pas parlé quand il le fallait en faveur de la vérité. En vain. Puisqu'il en va toujours ainsi.

Mon chat est devenu plus célèbre que moi. Un peu comme l'âne de Buridan, éclipsant le philosophe de l'esprit duquel il était sorti, animal fabuleux qui, soit dit en passant, ressemble assez à mon chat : hésitant entre l'avoine et l'eau, jusqu'à mourir à la fois de soif et de faim. En général, les historiens des sciences expliquent que j'ai simplement donné une forme un peu plus amusante à une proposition d'Einstein qui, lui, imaginait que, plutôt que d'être relié à une fiole de poison *via* un marteau monté sur ressort, le compteur Geiger de l'expérience déclencherait un détonateur fixé à un baril de poudre. Boum ou pas boum ! À l'époque, il venait de rendre public ce que l'on a nommé le « paradoxe EPR » destiné à dénoncer, contre Bohr, le tournant idiot que la physique quantique était en train de prendre à ses yeux. Sur le fond, j'étais assez d'accord avec Einstein, j'ai toujours été plus ou moins d'accord avec lui — pour autant que je me rappelle maintenant les tenants et les aboutissants de cette querelle très complexe.

On se pose rarement les bonnes questions au sujet des savants. À mon propos, s'est-on jamais demandé d'où me venait ma prédilection constante et jamais démentie pour les modèles qui rendent compte de la réalité comme si celle-ci était composée d'ondes plutôt que de corpuscules ? On est de droite ou de gauche. Il y a des hommes qui préfèrent les blondes et d'autres qui préfèrent les brunes. Des gens vont à la montagne et d'autres à la mer. Quoi qu'on fasse, sur n'importe quelle question, l'humanité se divise toujours en deux. Comme s'il y avait deux points de vue sur toutes choses. Irréconciliables. Et aussi justifiés l'un que l'autre. Deux manières opposées de voir le même monde et donc de décider de ce qu'il est pour soi. Ondes ou corpuscules ? Vous pouvez classer les humains en deux types selon celle de ces conceptions à laquelle ils reconnaissent le plus de charme. Moi ? Les ondes, bien sûr ! L'idée que l'univers n'est pas constitué de minuscules particules solides qui s'assembleraient comme des briques au sein d'un jeu de construction mais que la réalité flotte et fluctue, pareille à une substance immatérielle qui vibre dans le vide et résonne en échos dans le lointain.

Un chat mort *et* vivant à la fois. Même si je n'y croyais pas, l'idée m'est bien venue de quelque part. Qu'une chose puisse être elle-même et son contraire, j'en étais moi-même la preuve. L'un de vos poètes a écrit : « Les amoureux fervents et les savants austères / Aiment également, dans leur mûre saison, / Les chats puissants et doux, orgueils de la maison… » Comme si « amoureux fervents » et « savants austères » composaient deux espèces nécessairement différentes d'hommes. On peut être l'un et l'autre à la fois : quelqu'un et le contraire de quelqu'un, comme le dit si bien Moore à mon sujet. Amoureux et savant, fervent et austère, athée et croyant, physicien et poète. Et ainsi de suite. Amoureux de l'une et amoureux de l'autre. La double vie que j'ai toujours menée, si vous voulez que je vous avoue le fond de l'affaire et que je vous révèle une vérité que vous ne trouverez dans aucun manuel de physique atomique, est, je crois bien, ce qui m'a d'abord donné l'idée du « principe de superposition ». Elle m'en a appris beaucoup sur le genre de situations impossibles que j'ai illustrées avec ma petite fable quantique et pour lesquelles il vaut mieux savoir être à la fois là et pas là si l'on veut pouvoir échapper au poison et ne pas devenir trop marteau. Faire le mort pour rester en vie.

Je sais bien : Schrödinger est dans sa tombe depuis cinquante ans. Si bien qu'il est très improbable qu'il ait pris une sorte de retraite du côté d'une station balnéaire de l'Atlantique et qu'il se mette maintenant à raconter sa vie, plutôt content de ce qu'elle fut et de lui-même, évoquant avec une fatuité malgré tout sympathique ses grands exploits scientifiques et ses bonnes fortunes sentimentales. Et il est plus invraisemblable encore qu'il se souvienne de son existence passée en mêlant à celle-ci des éléments qui appartiennent explicitement à la vie d'un autre homme né un an après sa mort.

Mais le temps et l'espace, la vie et la mort, à quoi servirait d'avoir inventé la fonction d'onde si, du coup, on ne prenait pas quelque distance avec de telles catégories et si on ne les considérait pas à la manière de préjugés plutôt grossiers? Il n'y a qu'une réalité, ne cesse de répéter Schrödinger. Du début à la fin, il reste fidèle à ce credo qui interdit de discriminer parmi les choses et les êtres. Convaincu ainsi que tous les hommes ne sont qu'un. Et si c'est le cas, chacun est n'importe qui, aussi bien. Alors, je ne vois pas pourquoi un individu né un an après la disparition d'un grand scientifique ne pourrait être considéré comme la réincarnation de celui-ci.

— Monsieur Schrödinger!
— Oui.
— Je vous remercie d'abord de me recevoir et de répondre aux questions du modeste journaliste que je suis pour l'édition de notre journal local. Puisque vous nous faites l'honneur désormais de résider parmi nous.
— Je vous en prie. C'est la moindre des choses.
— Je vois ce chat assis sur vos genoux. Et je ne résiste pas au désir de vous interroger en premier lieu à son propos. Il s'agit, j'imagine, de votre chat, le célèbre chat de Schrödinger?
— En réalité, ce chat est celui de mon épouse. Mais si vous voulez...
— L'énigme est donc enfin résolue. Il est bien vivant!
— C'est vous qui le dites!
— Pourtant...
— Sait-on qui est mort et qui est vivant?
— Mais...
— Vous par exemple?
— Vivant, bien sûr!
— Vraiment? Et moi-même? D'après vous? Suis-je mort? Suis-je vivant?
— Mais vivant, naturellement!
— Ou bien suis-je mort *et* vivant?

Chapitre 13

LA CHATTE MÉTAMORPHOSÉE
EN FEMME

Bien sûr, après l'avoir examiné, et afin d'établir son carnet de vaccination en bonne et due forme, le vétérinaire nous avait tout dit de lui. Enfin, tout ce qu'il était en mesure de déduire de l'examen rapide auquel il s'était livré devant nous. Et notamment : son sexe. Mais, avant même qu'il se prononce, sur ce point, ma religion était faite.

C'est que j'ai ma théorie sur le sexe des chats. Je n'en livre que le principe essentiel : même les mâles sont des femelles. C'est une théorie qui, loin de se limiter aux chats, vaut pour tout ce qui vit et elle s'applique donc à l'ensemble de ce qui respire sur la terre. Pour les chiens, en revanche, c'est l'inverse qui est vrai : même les femelles sont des mâles. Elle est donc dotée d'une très grande puissance explicative, ma théorie. Il y a des espèces mâles et des espèces femelles. Le monde se trouvant divisé en deux, selon la loi d'une parfaite symétrie qui en garantit l'équilibre et en assure la perpétuation. Avec, au sommet, l'animal humain chez qui, puisqu'il récapitule et accomplit le règne auquel toutes les autres créatures appartiennent, l'on trouve les deux sexes. Mais bien sûr, pas toujours, pour un individu donné, celui qui correspond à son anatomie ou même à sa psychologie apparentes. Avec, du masculin au féminin, toute la gamme des situations intermédiaires. Et toutes les combinaisons possibles. Chacun, quel que soit son sexe, se trouvant semblablement suspendu entre plusieurs états de telle sorte que son identité reste tout à fait indéterminée jusqu'à ce que le hasard d'une réaction quelconque lui donne l'occasion de revêtir telle ou telle des propriétés entre lesquelles, comme tout le monde, il se partage autrement.

J'ai ma théorie sur le sexe des chats. Mais, bien que je sois convaincu de sa rigoureuse validité, je la garde pour moi. Tout comme je ne dis rien des extrapolations légitimes auxquelles elle se prêterait pourtant. La divulguer risquerait de me fâcher avec trop de gens. Parce que, pour les raisons que j'ai déjà dites, sur toutes les questions essentielles, et particulièrement celles qui concernent ses goûts, comme pour ce qui touche aux ondes et aux corpuscules, l'humanité se divise toujours en deux et qu'il ne sert à rien de prétendre expliquer à quelqu'un pourquoi il appartient à un camp plutôt qu'au camp d'en face. Certains préfèrent les chats, d'autres préfèrent les chiens, c'est ainsi, et les seconds considèrent comme totalement irrecevables les arguments — surtout s'ils sont sexuels — à l'aide desquels les premiers justifient leur prédilection. L'inverse, également. De même, chez les humains, puisque ma théorie s'applique aussi à eux, certains aiment les hommes, d'autres aiment les femmes et tous ils déduisent de cette inclination l'idée qu'ils se font de leur propre identité, considérant en général tout naturel d'avoir un sexe et un seul, celui-là plutôt qu'un autre, et de s'en servir exclusivement avec les partenaires du genre, hommes ou femmes, qu'appellent leurs penchants.

144

Tout se tient, j'en suis certain. Du coup, dans l'intérêt de la science, il est regrettable que je doive m'abstenir de révéler ma théorie. J'en ai d'ailleurs déjà trop dit, donnant à penser toutes sortes de choses inexactes sur mon compte alors que mon ambition était d'attirer l'attention sur cette seule loi : l'amour des chats va, toujours et partout, avec l'amour des femmes, quelle que soit la forme que tous deux ils empruntent. On peut se récrier. Je n'y suis pour rien. Mais comme en de telles matières il n'y a pas de discussion possible, chacun se retranchant sur ses positions, étant disposé à les défendre avec une violence inversement proportionnelle à la capacité qu'il aurait de les justifier, et comme il est inutile de heurter le monde et de se le mettre à dos si l'on est persuadé de le faire sans effet, je préfère me taire.

En ce domaine, je m'en tiens alors à ce seul et nouveau principe de phénoménologie féline qui s'ajoute aux deux précédents que j'ai déjà établis : tous les chats sont des chattes. Principe d'ailleurs assez universellement admis à en juger par les légendes qui concernent la gent féline et lui trouvent toutes sortes d'affinités avec la gent féminine. Des histoires de chatte transformée en femme. Ou le contraire. Comme si une telle métamorphose tombait sous le sens et n'allait pas trop scandaleusement à l'encontre des lois de la nature et de la frontière en théorie infranchissable que celle-ci trace entre les espèces.

Point de vue d'homme ? Je veux bien. Prompt à considérer une femme, dira-t-on, comme un animal de compagnie et à l'apprécier en fonction de ses plus ou moins grandes vertus décoratives et domestiques. Je plaide coupable. Sauf que ce sont le plus souvent les femmes qui se plaisent elles-mêmes à se prendre pour des chattes — jamais, par exemple, on l'aura remarqué, pour des chiennes. Et le vrai préjugé à leur encontre consisterait à penser qu'elles se livrent à cette comparaison sans savoir ce qu'elles font vraiment et en reprenant servilement à leur compte les stéréotypes qui, comme le prétendent les idéologues de la bonne cause, les soumettent à l'aliénation propre à leur condition. Il y a de la raison dans toute folie. Si une femme se prend elle-même pour une chatte, pourquoi faudrait-il que cela soit afin de se conformer au point de vue qu'un homme — moi par exemple — aurait d'elle?

Un point de vue d'homme, c'est vite dit, d'ailleurs. Suis-je bien un homme, moi-même? Afin d'y voir un peu plus clair, il faudrait fonder une mécanique ondulatoire des sexes. Soumise, comme il se doit, au bon vieux « principe de superposition » qui veut que chaque chose soit à la fois elle-même et son contraire. C'est un champ qui reste à explorer et auquel votre génie conceptuel ne saurait rester indifférent, monsieur Schrödinger.

Homme ou femme, c'est encore trop simple, du reste. Pourquoi pas microbe, rongeur, oiseau, baleine ou éléphant? Et encore : caillou, rivière, nuage ou plante verte? Toutes les créatures se trouvant originellement dans un même état d'indétermination où se superposent les formes possibles de ce qui est, enveloppées dans leur paquet d'ondes, dans l'attente de bifurquer, sous l'effet du hasard, vers l'apparence qui va leur échoir. L'établissement de la fonction d'onde ne serait ainsi qu'une première étape vers la grande théorie générale dont les savants ont toujours rêvé et qui comprendrait tout : depuis la physique quantique jusqu'à la cosmologie en passant par toutes les sciences du vivant, la biologie, la psychologie, la sociologie et sans ignorer l'astrologie, de telle sorte que chacun puisse se situer enfin — dans son état suspendu — parmi les éléments, les planètes, les espèces qui lui diront enfin qui il est.

— Ton signe?
— Gémeaux.
— Gémeaux moi aussi.
— Un signe d'air.
— Avec la lune en Capricorne.
— Moi aussi : la lune en Capricorne.
— Un bouc…
— … et sa biquette!
— Mais chez les Chinois, je suis Coq.
— Une poule, quoi!
— Et toi?
— Moi : Tigre. Tigre de feu.
— Rien que ça!
— Eh oui.
— Je t'aurais vu en ours.
— Un gros grizzli?
— Plutôt entre Balou et Winnie.
— Trop aimable.
— Et moi, si j'étais un animal…
— Une chatte, bien sûr.
— Oui, une chatte, cela me va. J'étais sûre que tu dirais cela.

147

— Je savais que cela te ferait plaisir.

Je dis : « le chat ». Je dis : « il ». Mais c'est « elle » que je pense. Comme si tout chat, au fond, était une chatte.

Il le faut bien, au fond, pour que j'en sois tombé ainsi amoureux. Exactement comme dans la vieille fable de La Fontaine : « plus fou que les fous », dit le poète. À la trouver toute belle, m'émerveillant de sa silhouette, de ses attitudes, de la douceur et de la couleur de sa fourrure. À passer des heures à guetter son retour dans le noir, à m'inquiéter de son absence, à feindre un peu l'indifférence quand elle revient. Mais sans parvenir à lui donner le change sur mes sentiments. À jouer avec elle en faisant passer sous son nez une balle ou un hochet bricolé avec un bâton, de la ficelle et du papier, n'importe quoi qui bouge et qui brille. À la gâter avec les mets qu'elle préfère et que je prends dans mon assiette. L'invitant à grimper sur mes genoux, à sauter sur le bureau où je travaille, l'autorisant à se prélasser dans le lit, ayant pris l'habitude de dormir avec ce corps soyeux auprès du mien qui le dérange gentiment dans le sommeil et suscite, sans le réveiller tout à fait, une longue série discontinue de songes assez suaves.

Frappé, il faut bien l'admettre, par tous les symptômes les plus affligeants de la grande sénilité sentimentale.

J'aime ce chat comme j'aimerais aimer une femme et être aimé d'elle.

On prête en général les mêmes traits de caractère aux femmes et aux chats. Et le plus souvent on leur attribue la même duplicité. Une certaine faculté à être une chose et son contraire. Le même animal qui vient de se frotter à vos jambes en miaulant vous envoie un coup de griffes s'il estime que le moment des caresses est passé. Il joue avec la même indifférence avec un bout de lacet pendant dans le vide et avec le corps encore agité de spasmes d'un oiseau qu'il serre entre ses dents. Sans que l'on puisse du tout décider laquelle de ces attitudes exprime sa vraie nature. Les hommes se représentent assez volontiers les femmes ainsi. Et, bien sûr, cela en dit plus long sur la psychologie des premiers que sur celle des secondes. Une propension à prêter du mystère à ce que l'on ne comprend pas. Et à tirer aussitôt le mystère au clair en le transposant dans les termes convenus et assez affligeants d'une interprétation rassurante.

Ce chat, je le prends comme professeur de désir. J'apprends de lui ce que c'est qu'aimer. Il m'enseigne qu'aimer vraiment, c'est aimer pour rien. D'un amour très sensuel mais totalement délivré, ou presque, de tout souci de réciprocité. Où personne ne se considère jamais comme le propriétaire d'autrui et n'estime en conséquence que l'affection qu'il donne doive être payée en retour d'une affection égale. Car il ne viendrait à l'esprit de quiconque qu'il est en droit d'exiger d'un chat une preuve d'amour. Ni même une marque d'affection. Ce qui n'ôte rien à l'intensité de l'affaire, au contraire, mais la libère seulement de tout le marchandage de l'émotion. L'extorsion sentimentale.

— Tu m'aimes?
— Je t'aime.
— Tu m'aimes vraiment?
— Je t'aime vraiment.
— Tu n'aimes que moi?
— Je n'aime que toi.
— Tu es toute à moi?
— Toute à toi.

Des choses qui se disent entre un homme et une femme. Même quand ceux-ci ont assez vécu pour savoir qu'elles ne signifient rien, que ces mots ont été dits déjà des milliers de fois. Et que, même si elles sont vraies, de telles paroles sont faites seulement pour la nuit où elles se perdent.

J'ai souvent de pareilles conversations avec elle. Qui elle? La même ou une autre? Des voix, je l'ai dit. Qui flottent dans le vide. Avec des mots qui voyagent de bouche en bouche. Les paroles restent, ce qui passe ce sont ceux et celles qui les prononcent dans le noir.

Mais demander : « Tu m'aimes? », je dois l'avouer, est de mon fait. Pas du sien. Pour me faire plaisir, elle me donne la réplique. Cela me suffit. Quant à savoir ce qu'elle pense vraiment... Elle répète aimablement les choses que je lui dis. Celles-là et d'autres que la décence m'interdit de répéter ici.

Il y a des mots qui ne valent que dans la nuit. Si on les traduit dans le langage du jour, ils se mettent à signifier le contraire de ce qu'ils voulaient dire, des choses un peu sales et très idiotes que les autres croient comprendre mais qui sont sans rapport avec ce à quoi ils les appliquent.

La langue du lit, celle des amants, est une langue secrète. Elle s'apprend tout seul. Il faut simplement avoir le don. Savoir jouer juste. Comme au théâtre. Instruit du fameux paradoxe qui veut que l'on ne soit jamais aussi sincère que lorsque l'on simule. Susceptible d'endosser tous les rôles, de prendre le texte à n'importe laquelle des lignes du dialogue. À l'aise dans la tragédie comme dans la comédie. Sachant faire vibrer quand il faut la corde sensible. Aussi.

— Tu te rappelles?
— Je me rappelle.
— Nous étions comme des dieux.
— Comme des dieux?
— C'est ce que les autres disaient.
— Ils disaient cela?
— Oui, qu'une lumière brillait dans nos yeux, que nous paraissions soudainement plus beaux, plus grands, plus forts. Comme si plus rien ne pouvait nous toucher, nous arriver.
— Indestructibles et heureux.
— Quoi?
— C'est ce que l'on disait des dieux : qu'ils étaient des animaux indestructibles et heureux.
— Alors, oui, exactement cela : nous étions des animaux indestructibles et heureux.
— Et plus maintenant?

— Plus tout à fait. Disons : des demi-dieux.
— C'est déjà pas mal, non ?

Elle est entrée dans ma vie comme un chat. Sortie du noir. À ce moment le plus obscur de l'existence. Venue d'on ne sait où. S'en allant à sa guise. Revenant quand cela lui chante. Sans donner jamais d'explication à son départ ni à son retour. Se réinstallant auprès de moi comme si elle y était naturellement chez elle. De sorte que chacune de ses apparitions prend l'allure d'un miracle. Ou : d'un mirage. C'est la même chose. Une manifestation. Entre les draps. *Sous forme de femme.*

Une chatte, vraiment. Quand on le traduit dans le langage du jour, et même s'il y en a de pires, le mot est très vulgaire. Mais lorsqu'on le prononce dans un lit, il a l'air tout naturel et retrouve sa poésie. C'est une image — à la fois une métaphore et une métonymie, il me semble, comme disent les gens instruits — qui désigne en même temps son sexe et tout son être. Les dictionnaires expliquent qu'il s'agit d'une affaire d'homonymes d'où vient la vieille confusion : entre le « chas » — celui par lequel on fait glisser un fil — et la « chatte » — l'animal. Mais je ne connais pas de méprise plus juste que celle-là. Comme l'affirme le poète : « Jamais une erreur les mots ne mentent pas. » Il est plus difficile, prétend-on, à certains d'accéder au paradis qu'à un chameau de passer par le chas d'une aiguille. Je suis ce vieux chameau qui passe sans peine par le chas enchanté de l'aiguille et qui parvient ainsi au paradis.

Apparaissant. Disparaissant. L'air de ne pas être là quand elle y est. Laissant toujours un peu d'elle quand elle est partie. Formidablement affairée à des riens. Splendidement oisive. Souveraine. Avec toutes les qualités que la grande sentimentalité des hommes prête niaisement aux créatures qu'ils aiment.

— C'est ainsi que tu me vois?
— Oui, c'est assez ainsi.
— Comme une chatte…
— Qui vient chercher les caresses quand elle veut…
— Et qui ronronne…
— … quand elle jouit.
— Je miaule aussi.
— Cela arrive.
— Une chatte qui s'en va…
— …et puis qui revient.
— Oui, qui revient quand elle en a envie.
— Quelle sorte de chatte?
— Je ne sais pas. J'ai bien une idée…
— Alors?
— C'est une trop longue histoire à raconter. Choisis.
— Un chartreux, alors.
— Une déesse chat.
— Une demi-déesse chat.

Chapitre 14

QUI A DEUX MAISONS..

— Tiens, un revenant!

En général, c'est en ces termes que je salue le retour de celui que je nomme : « le chat ». Lorsque, après plusieurs heures, plusieurs jours de vadrouille, il se manifeste tout à coup, réclame qu'on lui ouvre la porte de la cuisine, se dirige vers sa gamelle, exige qu'on la lui remplisse, comme s'il exerçait très naturellement les prérogatives qui lui appartiennent de plein droit.

« Revenant » : certainement, c'est l'expression qui convient. Chaque fois une apparition. Rien de vraiment surnaturel, bien sûr. Comme si une chatière invisible semblable à la trappe grâce à laquelle l'illusionniste accomplit son numéro autorisait d'incessantes allées et venues. Un chat passé par on ne sait où et se faufilant par une fente ouverte dans l'air, une sorte de regard, là où le visible vibre et où se trouble l'image dans le miroir, se glissant dans cette brèche pour reprendre sa place dans le monde.

Revenu, donc.

Chez lui.

Mais revenu d'où ?

D'ailleurs.

C'est-à-dire : de l'autre côté.

Ainsi, il faudrait supposer que, pour lui, existent deux univers entre lesquels se partage sa vie, postuler que quelque part se situe une sorte d'univers inverse de celui dans lequel nous nous trouvons. Quelque chose comme un *anti-univers* auquel nous n'aurions pas du tout accès mais dont il faudrait construire l'hypothèse purement intellectuelle afin de rendre compte de cette totalité qui ne deviendrait intelligible qu'à la condition de considérer qu'elle est constituée ainsi.

Avec ses deux moitiés.

Un univers à l'envers. Dont nous séparait une frontière infranchissable qui se trouvait bien sûr nulle part et n'importe où mais que, par commodité, j'avais décidé de fixer au lieu où se dressait le mur du fond du jardin. Imaginant que, par un effet de symétrie, rendu plus plausible par le caractère uniforme de ce pays de villas, de lotissements, géométriquement disposés, où chaque chose se répétait presque pareillement partout un peu plus loin, tout existait de part et d'autre de cette paroi opaque sur le mode des images qui apparaissent à la surface d'un miroir et où les objets et leur reflet se contemplent, identiques et inversés.

Devant et derrière le mur : deux univers. Comme le négatif et le positif. Toute réalité devant être considérée comme le contre-type d'une autre. Et puis le chat dans chacun d'eux. Le même ou un autre? Le même et un autre. Puisqu'il était le seul à pouvoir voyager à sa guise des deux côtés du mur, avec le gabarit qu'il faut pour se faufiler dans l'ouverture laissée — tant qu'elle existait encore — par l'ajointement approximatif des deux côtés de la propriété. Menant là-bas avec d'autres une vie qui, peut-être, était tout à fait semblable — et en même temps tout à fait opposée — à celle qu'il vivait avec nous. Si bien qu'à chacun de ses passages il changeait d'univers, obligeant à accepter l'idée qu'il existait lui aussi sous deux formes : un chat et, disons, *un anti-chat*. La question restant bien sûr entière de savoir laquelle de celles-ci correspondait à la forme sous laquelle nous le connaissions. Et par quel privilège inouï il se trouvait seul doté de la faculté de faire le *go-between* entre ici et là-bas, traversant dans les deux sens le mur mitoyen des mondes.

Les enfants s'imaginent toujours, je crois, que les placards de leur chambre ouvrent sur une autre maison que celle où ils vivent, qu'un mécanisme secret fait pivoter les cloisons, qu'un bouton dissimulé dans le bois de leur lit, s'ils l'actionnaient par mégarde, basculerait celui-ci de l'autre côté de la paroi. Avec le sentiment que tout lieu en dissimule un autre qui se tient derrière lui, totalement invisible et avec lequel il communique cependant par une série de portes plus ou moins cachées de l'autre côté desquelles se trouve tapi tout le peuple passablement inquiétant de la nuit.

Rêver, revenir, revient alors à *traverser le mur*.

C'est pourquoi ; d'ailleurs, on ne rêve jamais des lieux où l'on vit. Toujours des autres et particulièrement de ceux où l'on a vécu. Si bien qu'il faut avoir quitté une maison, si l'on veut y retourner en rêve. En songe, je me retrouve encore souvent dans l'appartement où j'ai grandi à Paris et où m'attendent toujours mes rêves d'autrefois. Je revois la chambre avec le lit depuis lequel je guettais les vagues de la nuit montant vers moi et portant sur leurs crêtes les silhouettes de créatures inconnues. Un bâtiment haussmannien entre le Luxembourg et Montparnasse. Dans lequel, quinze ans avant ma naissance, mes parents, après avoir longtemps cherché un lieu où loger, c'était la Libération et l'époque des restrictions, s'étaient installés, profitant d'une occasion inespérée. L'occupant précédent s'était suicidé, se jetant du balcon. Je ne sais trop quand je l'ai appris. Tout petit, sans doute, en prêtant l'oreille à une conversation d'adultes. Sinon je ne m'expliquerais pas l'horreur, sacrée, que j'avais de ce balcon, avec sa fragile rambarde de fer forgé surplombant le vide, ce sentiment de vertige qui ne m'a pas quitté depuis. Et la conviction aussi que toujours c'est dans la maison d'un mort que l'on vit.

L'appartement se situait au sixième étage. L'escalier monumental s'enroulait en spirale autour de la colonne de l'ascenseur moderne qu'on y avait ajouté. Mais au fond de la cage, d'étage en étage, se dressait une grande verrière d'une teinte verte, garnie de motifs géométriques, évoquant les vitraux d'une église, verrière qui laissait très faiblement passer la lumière du jour et à travers laquelle on devinait vaguement en transparence l'autre cage, en ombres chinoises, celle de l'escalier dit « de service », qui doublait la première et dont les marches de bois, desservant l'office de chaque appartement, menaient ensuite sous les toits, là où se trouvaient les anciennes « chambres de bonne », habitées encore pour certaines par les dernières domestiques qu'employaient les ménages les plus bourgeois de l'immeuble mais louées déjà pour la plupart aux étudiants étrangers fréquentant l'Alliance française du boulevard Raspail.

Si bien que l'immeuble paraissait formé de deux parties jumelles dont la première dissimulait la seconde et qui ne communiquaient qu'à peine. Chacun de ces deux bâtiments collés l'un à l'autre servant de domicile à un peuple qui ignorait tout à fait l'autre et dont les individus, sans se saluer davantage que ne l'exigent les règles d'une courtoisie minimale, ne s'accordant mutuellement aucune forme d'attention, se croisaient seulement dans le hall du rez-de-chaussée, devant la loge de la concierge où ils passaient prendre leur courrier. Avant d'emprunter soit l'escalier soit l'ascenseur. La façade monumentale du bâtiment de pierre donnant sur la rue, ouvragée dans son style vieux d'un siècle, avec ses nymphes symbolistes faisant les caryatides aux balcons, cachait dans son dos, comme un arrière-fond, cet escalier de verre et de bois qui grimpait jusqu'aux combles, ceux-ci abritant une sorte d'étage surnuméraire qu'il aurait suffi de gravir quelques marches pour rejoindre mais qui paraissait plus lointain que s'il s'était situé sur une autre planète, inquiétante et inconnue, dont parvenait parfois une rumeur de pas ou de voix au plafond, d'autant plus étonnante que le sixième étage était censé être le dernier, qu'officiellement il n'y en avait pas de septième, si bien qu'il fallait considérer comme des pièces fantômes toutes ces chambres qui se cachaient dans le dessous des toits.

Le rêve était toujours à peu près semblable lorsque j'étais enfant. Je rentrais chez moi. Mais quand je frappais à la porte et que celle-ci s'ouvrait enfin, l'appartement derrière elle avait tout à fait changé : une autre demeure, d'autres occupants pour lesquels j'étais un parfait inconnu, si bien que je me retrouvais sans famille, sans maison, abandonné à moi-même. Ou bien — il s'agissait d'une variante du rêve précédent — je prenais l'ascenseur. J'appuyais sur le bouton du dernier étage. Mais, inexplicablement, l'appareil ne s'arrêtait pas au sixième. Il continuait sa course vers le haut. Comme si la colonne de l'ascenseur, perçant le plafond, avait été prolongée jusqu'au niveau des « chambres de bonne », la porte de la cabine donnant sur un palier inexistant. Je pénétrais alors dans un univers aux apparences familières mais, en réalité, tout à fait inconnu. Passé soudainement dans une autre dimension. Et sans savoir du tout comment retrouver le chemin de chez moi. De longs couloirs sombres, des escaliers impossibles et suspendus dans le vide, des portes ouvrant sur des demeures désertes aux profondeurs de palais dans la pénombre, des chambres sans personne mais où le propriétaire ne tarderait pas à rentrer, exigeant des comptes de l'enfant qui s'était introduit sans permission chez lui.

La demeure de l'Ogre, au fond, sur son nuage, avec l'ascenseur en lieu et place du vieux haricot magique des contes.

Si j'y réfléchis, et même si je suis incapable de me rappeler un quelconque incident qui aurait pu être à l'origine de mon angoisse d'enfant, je tenais certainement de là cette conviction selon laquelle toute maison en contient deux, distinctes et cependant si semblables et si voisines que rien n'est plus simple que de passer par erreur de l'une à l'autre. Par extension, grandissant, j'en étais venu logiquement à penser que tout espace en abritait pareillement plusieurs, avec pour chacun d'eux une figure de moi-même qui y vivait. De telle sorte qu'il n'y avait plus aucun endroit que je puisse tout à fait considérer comme à moi. Convaincu, en quelque lieu que je sois, que ma vraie maison était l'autre.

Un proverbe dit : « Qui a deux maisons perd sa raison. » S'il dit juste, alors, j'avais toujours eu l'esprit légitimement dérangé, certain depuis l'enfance comme je l'étais de loger en un lieu qui en contenait deux et incertain de celui dans lequel je vivais vraiment. Mais, pareil à tout proverbe digne de ce nom, celui-ci se retournait comme un gant : « Qui perd sa raison a deux maisons. » Car l'idée était plus vraisemblable, qui voulait que ce fût mon esprit doucement détraqué qui m'avait fait considérer tous les lieux de ma vie comme s'ils avaient été deux, faisant de moi dans chacun un intrus, un étranger.

Comme ici.

Partout : le même monde mais avec deux modes d'être si différents qu'ils s'évinçaient mutuellement, chacun revendiquant quand il régnait de tout gouverner seul. L'avers du jour. Et le revers de la nuit. Avec la nécessité de penser la manière dont ils communiquaient l'un avec l'autre. Car, et même si la règle voulait en général que ces deux univers soient tenus chacun dans l'ignorance absolue de l'autre, il leur arrivait malgré tout d'entrer en relation. Lorsque, en rêve ou autrement, quelqu'un traversait le mur, forçant ainsi son chemin.

Chapitre 15

L'ANTI-CHAT : HYPOTHÈSE

Qu'il arrivât ou qu'il revînt, que cela fût sous la forme d'un chat ou sous celle de ce que j'avais appelé un *anti-chat*, il fallait bien que Sirius — ou quel que soit le nom qu'on lui donnât — ait été doté de la faculté de *traverser le mur*, établissant un lien entre ces deux univers dont je parle et dont rien ne me permettait encore de déterminer la nature.

Une autre dimension? Si l'on veut. Mais laquelle? Revenant, il était un chat, regagnant son domaine après une excursion dans l'autre. Arrivant, il fallait le considérer comme un *anti-chat*, venu de cet univers inverse auquel il appartenait, s'insinuant passagèrement dans le nôtre — dont par commodité, mais sans garantie aucune, il était plus simple de faire comme s'il était le « vrai ».

Mais dans un cas comme dans l'autre, on devait supposer qu'un mécanisme de vases communicants existait, par lequel les deux mondes que séparait le mur du fond échangeaient leurs formes sous l'apparence de ces « manifestations » auxquelles j'avais prêté mon attention depuis le soir de la « première fois » mais dont, malgré toutes mes élucubrations, la logique m'échappait encore tout à fait.

Car je ne savais strictement rien de ce mouvement de va-et-vient par lequel, *sous forme de chat* — ou sous forme d'*anti-chat*, cela restait à établir —, quelque chose arrivait, revenait, sinon que ce mécanisme devait être, d'une manière ou d'une autre, soumis à une loi de stricte réciprocité.

La comptabilité de la vie est ainsi faite. La nature a horreur du vide, dit-on. Si quelque chose disparaît, il faut que quelque chose d'autre apparaisse pour venir remplir le trou laissé parmi les apparences du monde. Et si quelque chose apparaît, il faut que cela soit afin de remplacer quelque chose d'autre qui aura antérieurement disparu et de combler ainsi la lacune qui sinon serait demeurée au sein de ces mêmes apparences. Ni plus ni moins. Sans déficit et sans excédent. Afin que le grand équilibre de l'univers ne s'en trouve pas affecté. Car, quoi qu'on fasse et aussi rationnel que l'on soit, on ne peut pas ne pas croire toujours un peu au grand troc magique des ombres par lequel s'échangent et se substituent les unes aux autres les choses que l'on a trouvées et celles que l'on a perdues.

La science a donné à une semblable superstition une signi-fication savante sous le nom de « loi de conservation de la matière ». Une petite loi toute bête d'économie qui s'applique à tout. Avec tous les aménagements, tous les perfectionne-ments dont elle a été l'objet, c'est la fameuse formule de

Lavoisier à laquelle on n'a malgré tout rien changé d'essentiel depuis sa découverte : « Rien ne se perd, rien ne se crée, tout se transforme. » Puisque, même si l'on touche à tout et qu'on met sens dessus dessous l'édifice du savoir, il faut bien préserver au moins le principe grâce auquel au bout du compte les équations tomberont juste. Afin que le grand bilan de l'univers se trouve à tout moment avec un actif et un passif équivalents.

Sinon où irait-on?

Si le mot de « revenant » s'était imposé à moi pour parler de lui, au fond, je savais bien pourquoi. Et pourquoi, aussi, depuis la « première fois », l'apparition de ce chat dans le jardin m'avait évoqué la très célèbre mais assez obscure « expérience de pensée » de Schrödinger, m'entraînant progressivement dans une sorte de délire spéculatif, du côté de la mécanique quantique, de l'astrophysique, de la fonction d'onde, du principe de superposition, et de tout un bric-à-brac de notions plus ou moins avérées dont la compréhension, même approximative, dépassait de loin le niveau de mes connaissances scientifiques (nul) et celui de mes facultés intellectuelles (pas beaucoup plus élevé). Me fournissant la matière hétéroclite d'un récit plutôt monomaniaque comme ceux que l'on se fait à soi-même les nuits d'insomnie, où se juxtaposent et se chevauchent dans l'obscurité tous les morceaux du jour, et dont ne reste rien de plus qu'une bouillie de souvenirs au réveil. Quelque chose qui ne ressemblait à rien d'inventorié dans la nomenclature des produits que fabrique d'habitude l'esprit humain : une vague histoire, construite sur la tête d'épingle d'une anecdote inconsistante (un chat un soir dans un jardin), sautant du coq à l'âne, mélangeant les décors, les époques, les personnages, changeant constamment de ton, passant du plus grave au plus léger, avec tout ce qu'il faut pour consterner le jugement et décourager la sympathie. Une histoire qu'il n'aurait, bien sûr, tenu qu'à moi de rappeler un peu à l'ordre de la raison. Sauf que, du même coup, j'aurais perdu toute chance de laisser se dérouler l'expérience jusqu'au bout, suivant cette forme que j'avais vue se faufiler dans le noir, allant avec elle vers où elle m'entraînait. Et cela supposait d'avancer sans souci du résultat.

Une fable : le monde semblable à une boîte posée au milieu de nulle part dans le noir. Dont il importe surtout de ne pas soulever le couvercle. Parce qu'elle est très certainement vide (la boîte). Et c'est seulement à la condition de ne pas l'ouvrir qu'on peut, sans y croire, conserver intacte l'illusion du mystère qu'elle contient : irreprésentable à la manière d'une sorte de minuscule nuage de matière opaque tourbillonnant sur lui-même, une toupie de néant recelant, contractées en elle et virant dans le vide, toute l'épaisseur de l'espace, toute la profondeur du temps, avec la somme impensable de ce qui est, de ce qui n'est pas, de ce qui aurait pu être sous la forme, valant pour toutes les autres, d'un chat mort et vivant à la fois.

Sans rien d'autre à faire que de rester longtemps à rêver auprès d'elle (la boîte), racontant des histoires sans queue ni tête (dont la principale concernait une créature arbitrairement dotée de la faculté d'en traverser à volonté les parois) de manière à différer le plus longtemps possible le moment où il me faudrait reconnaître qu'il n'y avait rien en elle, qu'elle n'existait pas, qu'il n'y avait même pas de boîte et, peut-être, pas davantage de monde. Juste une grande et longue nuit s'étendant partout, propice seulement pour que l'œil y invente des silhouettes d'ombres absentes et que l'oreille s'y prête au conciliabule de voix enfuies.

D'où le chat venait, je l'avais donc toujours su. Depuis la « première fois ». Ne l'ayant vu d'abord que pour avoir voulu croire en lui et en cet univers dont je l'avais institué l'émissaire.

Je ne suis pas en train de dire que je prenais vraiment ce chat pour le messager des morts, un chat « psychopompe », c'est-à-dire « conducteur d'âme », comme disent les spécialistes des mythologies anciennes. Et moins encore : pour un « revenant », pour le fantôme ou pour la réincarnation de qui que ce soit. Ma crédulité n'allait pas jusque-là. Seulement, si je dois être honnête, l'une des deux moitiés de moi-même entre lesquelles je me trouvais partagé — celle qui conservait à mon cerveau sa solidité relative — ne pouvait ignorer que l'autre, en toute indépendance par rapport à la première, fonctionnait selon des règles toutes différentes, celles de cette « pensée magique » qui, spontanément, interprète n'importe quelle chose comme le signe de n'importe quelle autre, pour peu qu'existent de l'une à l'autre de vagues analogies. De sorte qu'il n'y a rien de vraiment étonnant à ce que quelque chose qui arrive se trouve plus ou moins confondu avec quelque chose qui s'en va. La première de ces choses prenant naturellement la place de l'autre. Ou du moins : venant spontanément se loger à la place que l'autre avait occupée.

Selon un mécanisme psychologique très banal dont, un peu piteux malgré tout, je devais bien admettre que moi-même, en tout cas une moitié de moi-même n'y échappait pas tout à fait et qui veut que toute créature vivante qui vient auprès de soi, pour la seule et très automatique raison qu'elle n'arrive là qu'en vertu de l'appel d'air provoqué par le vide d'une absence, finit par équivaloir à une créature qui s'en est allée.

Toute nouvelle affection, tout nouvel enfant, tout nouvel amour et, bien sûr, jusqu'aux animaux dont les personnes endeuillées, les amants abandonnés et tous les êtres esseulés font leurs compagnons, prenant très précisément la place du mort à vos côtés.

Sans aller jusque-là, ma folie à moi, il me fallait le reconnaître, avait bien des affinités avec cette sorte de démence douce. On peut croire à une chose et, en même temps, ne pas croire en elle. L'esprit fonctionne simultanément selon différents programmes aux convictions incompatibles, voire carrément antagoniques. J'irai jusqu'à dire que c'est à cette seule condition que l'on échappe à la vraie folie, entretenant en soi plusieurs esprits de manière que l'on puisse, en cas de nécessité, en changer à sa guise et que, quelque part dans le cerveau et sans pour autant que soit menacé l'équilibre rationnel de celui-ci, on puisse trouver parfois le refuge absurde d'une conviction parallèle qui vous permet de supporter la réalité telle qu'elle est en vous figurant qu'elle est en même temps autre que ce qu'elle est.

Ainsi, du « principe de superposition » propre à la fonction d'onde, on pouvait tirer aussi une assez évidente interprétation psychologique. Dans la boîte d'os du crâne flottaient en suspension les états les plus opposés de la conscience, cohabitant tant que l'on avait la prudence de ne pas les examiner de trop près, et permettant, sans y croire tout à fait, d'accorder foi à une chose et à la chose contraire.

J'aurais aimé solliciter l'avis du professeur Schrödinger sur cette question et savoir ce qu'il aurait pensé d'une telle extrapolation de sa théorie. Sa fable quantique m'avait plu dans la mesure où elle autorisait, avec l'aval de la science et même si c'était pour démentir aussitôt une telle hypothèse, d'envisager qu'un chat puisse être à la fois mort et vivant et d'admettre ainsi que ces deux univers, sous certaines conditions, communiquaient parfois. Et j'en venais à me demander si, au fond, malgré lui, il ne l'avait pas inventée dans un tel dessein, concevant une semblable « expérience de pensée » dont l'ambiguïté même lui permettait d'avancer une conviction et la conviction inverse. Comme le font toujours les écrivains dans leurs romans, dans leurs poèmes si bien qu'on ne peut jamais leur demander des comptes pour ce qu'ils écrivent et ce que cela signifie. Je ne suis pas sûr que ce ne soit pas ainsi que procèdent aussi les savants.

C'est pourquoi la très sérieuse physique fondamentale, avec sa « loi de conservation de la matière », tombe assez d'accord avec les sottes superstitions qui parlent depuis toujours de spectres et de métempsycose. Les formules de la science n'exprimant rien de plus que ce que disent les plus vieilles croyances qui peuplent le monde de fantômes et qui pensent que pour toute créature qui meurt une autre naît. Que la somme des âmes a été fixée de toute éternité, que ce sont toujours les mêmes qui vont et qui viennent de part et d'autre de l'apparente frontière séparant l'univers des vivants de celui des morts, assurant ainsi entre ceux-ci une circulation perpétuelle. *Traversant le mur.* Puisque si, pour chaque chose qui meurt, il faut qu'une autre naisse et réciproquement, le plus logique, selon le rasoir d'Occam, plutôt que de devoir penser que quelque chose puisse sortir du néant ou bien s'y perdre, revient à considérer que les êtres ne font que changer de place, apparaissant et disparaissant seulement en raison d'une illusion de perspective tenant à ce que l'on ne perçoit jamais que l'une des deux moitiés du monde entre lesquelles toutes les créatures passent éternellement.

Si les vivants deviennent des morts, il faut bien que les morts deviennent aussi des vivants. Et cela conduit logiquement à définir les vivants comme des *anti-morts*. Ou les morts comme des *anti-vivants*. C'est la solution la plus simple. Elle permet de résoudre d'un coup, en toute économie, les deux questions sur lesquelles bute depuis toujours la pensée : Où vont les mourants ? D'où viennent les vivants ? L'énigme unique. Du berceau au tombeau. La même fosse. Vide. Pareille à une boîte, celle où chaque créature, selon le point de vue passager que l'on pose sur elle, doit être considérée comme à la fois morte et vivante, une boîte où tout est tenu en réserve et à l'intérieur de laquelle s'opère le prodige banal d'une conversion continuelle.

Une simple affaire de logique, au fond. Puisque ce chat était entré dans notre monde où il n'avait pas sa place, il fallait supposer que ce fût parce que quelque chose d'autre en était sorti, qui aurait dû s'y trouver. De telle sorte que ce qui était apparu et ce qui avait disparu avaient tout bonnement échangé leur place. Et dire de lui qu'il était un *anti-chat* revenait simplement à marquer qu'il était issu de cet autre côté dont nous ne pouvions rien connaître sinon les formes sous lesquelles celui-ci se manifestait de notre côté à nous des apparences afin que soit préservé l'équilibre de l'ensemble.

Un pur procédé de compensation.

Ainsi, quand Paul Dirac entreprend de fondre les principes de la mécanique quantique de Schrödinger et de Heisenberg avec ceux de la relativité restreinte d'Einstein, il aboutit à une équation qui, absurdement, donne une valeur potentiellement négative à certaines des énergies en jeu. Du coup, confiant dans les formules mathématiques qu'il vient de fabriquer, le savant en arrive à postuler l'existence d'une particule nouvelle, que personne n'a jamais observée, à laquelle nul ne croit, à la vraisemblance pour le moins fantaisiste, mais dont la nécessité tient au fait qu'elle doit correspondre à l'électron au sein de son système et balancer positivement la charge négative de celui-ci. Posant ainsi le principe qui veut qu'à chaque particule corresponde impérativement son *antiparti-cule*. Et inventant par là même la notion plutôt paradoxale d'*antimatière*. De même, lorsque les astrophysiciens entre-prennent de mesurer la masse des galaxies, de manière que leurs estimations fassent l'affaire, il leur faut supposer qu'existe dans l'univers une *matière noire*, six fois plus abondante que sa contrepartie visible bien qu'elle soit tout à fait inaccessible à l'observation.

Non pas que l'*antimatière* de la physique quantique ait quoi que ce soit de commun avec la *matière noire* de l'astro-nomie — et pas davantage avec les états superposés de la fonction d'onde sans même parler, bien sûr, de ces autres formes du non-être aux côtés desquelles l'esprit place sponta-nément toutes les choses mortes, toutes les créatures dispa-rues. Je ne dis pas cela. Je m'en voudrais de propager chez autrui la confusion de mon propre savoir très approximatif et les analogies fort douteuses qu'il établit entre des termes qui sont sans rapport aucun.

Mais c'est le processus de leur invention qui est compa-rable, je crois, et qui conduit dans tous les cas à postuler l'existence de quelque chose qui n'est pas afin d'expliquer l'existence de quelque chose qui est. Les scientifiques sortant de leurs calculs la fiction absolue d'une entité *a priori* impos-sible qu'appelle seulement la nécessité que lesdits calculs tombent juste. Et le comble est que l'observation vient ensuite vérifier l'hypothèse qui avait été élaborée dans une souveraine indifférence à l'égard des données de départ et de ce que l'on croyait jusque-là en savoir. De sorte qu'il se trouve un jour quelqu'un dans son laboratoire pour tomber, au hasard d'une expérience, comme par miracle ou sous l'effet d'une secourable providence, sur une ribambelle d'antiparticules bien réelles qui affolent ses enregistrements. Ou plus vraisemblablement : qui font apparaître, dans un coin, une discrète anomalie — à laquelle l'observateur va, s'il ne l'ignore pas, attribuer un peu la valeur de son choix. Déclarant triomphalement qu'il vient de découvrir l'antimatière dont quelqu'un d'autre avant lui — en l'occurrence Dirac — avait prophétisé l'existence. Du moins, c'est ce qu'on raconte lorsqu'on se fait de l'histoire des sciences une vision un peu simpliste. Supposant que les observations expérimentales sont là pour vérifier les hypothèses théoriques. Comme si les premières étaient vraiment indépendantes des secondes. Et comme si les théories ne produisaient pas aussi les conditions pratiques de leur confirmation expérimentale.

Puisque, comme je l'ai dit, les seules choses que l'on constate sont celles dont on a d'abord eu l'idée et dans lesquelles on a, à un moment donné, décidé de croire. De sorte que de ce grand chaos vertigineux, sans rime ni raison, sans queue ni tête, qu'est peut-être et au bout du compte la réalité, on tire malgré tout un système vaguement sensé même si, pour cela, il faut intégrer à celui-ci toutes sortes d'éléments extravagants au point de lui adjoindre la supposition d'une *antiréalité* de manière à satisfaire une idée *a priori* de la nécessaire symétrie par laquelle tout se trouverait enfin ordonné.

Un univers à l'envers dépêchant vers nous ses antiphénomènes afin que, par un mouvement de balancier, puisse ne pas rester tout à fait inexpliqué ce grand jeu par lequel ce qui est et ce qui n'est pas participent également de l'insondable mystère qui les contient.

Chapitre 16

PAYSAGE SANS PERSONNE

Et donc, j'en arrivais forcément à cette conclusion, puisqu'en vérité c'était d'elle que j'étais parti, que dans le cas présent, si ce chat revenait ainsi chez nous, il fallait que ce fût parce que quelque chose y manquait.

Quoi?

Vous donnez votre langue au chat?

— Tu te souviens?
— Bien sûr, je me souviens.
— Mais tu n'en parles plus jamais.
— Je sais.
— Si ce n'est pas à toi, à qui en parlerais-je?
— Je sais bien.
— Il n'y a pas une journée, pas une nuit sans que…
— Oui.
— Tu préfères que je n'en parle plus?
— Non. Au contraire.

Ce sont deux voix qui parlent. D'autres ou bien les mêmes ? Sans que l'on voie à qui elles appartiennent. Comme au cinéma lorsque, se détournant des acteurs, la caméra prend des plans sans personne. Elle avance dans une maison vide : le salon, le couloir, la porte sur la gauche, la chambre avec le lit aux draps défaits dans les plis desquels on croit deviner la forme des corps qui ont été allongés là. Levés. À cette heure de la journée, ils doivent être dans le jardin. On en aperçoit un bout à travers la fenêtre ouverte dont les rideaux sont à demi tirés. De sorte que la seule chose un peu visible est un tronc sur l'écorce duquel s'épanouissent seulement de larges taches blanches de chaux, un arbre aux branches tout à fait dénudées qui se ramifient vers le ciel mais dont, sous cet angle, on ne voit pas le sommet.

L'image change. L'arbre est sur la droite. Devant, remplissant tout le cadre, s'étend un jardin que la perspective fait paraître immense mais dont certains détails, indiquant l'échelle juste du décor, révèlent qu'il doit avoir à peu près les dimensions d'un grand bac à sable, de ceux qu'on trouve dans les parcs. Pas plus. Enserré entre des murs de béton vaguement masqués par un peu de végétation : de la vigne vierge qui peine à grimper, le jaune pâle d'un genêt presque sec, deux pins très droits. Le dos de la maison voisine fait le fond de la scène. La lumière est si intense qu'elle écrase toutes les couleurs. À part au premier plan, la tache violente orange vif d'un massif de fleurs poussant en désordre. Tout le reste semble, aussi curieux que cela paraisse, d'un gris éclatant. La teinte du sable mêlé d'herbe et de mousse sur lequel se réverbère le soleil.

Au-dessus le ciel. Très bleu mais avec de nombreux nuages qui filent à toute vitesse, un vent puissant les soufflant vers la droite. Développant des formes qui se défont. Ce sont elles que l'on voit. Insistant longuement. Donnant le sentiment que la seule chose qui se passe se situe là-haut : le drame assez indifférent de ce mouvement insignifiant de débâcle par lequel, sous l'effet du printemps, des blocs de vapeur, à l'allure de glaciers se détachant de la banquise et dont la masse soudain s'effondre sous leur propre poids, semblent se pousser les uns les autres au hasard, tous emportés par le même courant.

Lorsque l'image revient à la hauteur de la terre, elle ne montre rien de plus que ce que l'on a vu déjà. On dirait vraiment qu'il n'y a personne. Pas davantage dans le jardin que dans la maison. Ce que l'on continue à entendre — les voix qui s'étaient tues un instant et dont la conversation reprend — ne correspond pas à ce que l'on voit. Le son désynchronisé par rapport à l'image. Si bien qu'on se demande de nouveau à qui sont ces voix, si elles sont vraiment celles de l'homme et de la femme que l'on imaginait parlant ensemble sur une terrasse où, lorsque le champ s'élargit, on réalise que personne ne se tient. À tel point que l'on en vient forcément à penser que ces voix appartiennent à une autre histoire, se déroulant en parallèle de la première et sans qu'il soit possible de les situer encore l'une par rapport à l'autre.

— Pas une nuit, pas un jour…
— Tout paraît si irréel maintenant.
— C'est le contraire.

— Oui, c'est la vraie vie qui semble n'être qu'un rêve.

— Dont on se réveille tout le temps.

— Comme si cela avait eu lieu hier.

— Non pas hier. Maintenant. Comme si cela avait lieu encore et toujours en ce moment même.

— On oublie…

— Ne dis pas ça.

— … et puis on oublie que l'on a oublié.

— Comme si cela ne cessait jamais de commencer, de recommencer.

Finalement, peut-être est-ce un autre jardin que l'image montre lorsque le regard redescend. Ce seul mouvement, du bas vers le haut puis du haut vers le bas, suffisant à produire d'abord l'illusion que l'on est revenu au même endroit. Et aussitôt à de minuscules détails l'œil réalise que ce n'est pas le cas et que le décor a changé : un arbre à peu près semblable au précédent dans le coin droit du cadre mais, en réalité, d'une espèce différente, un tilleul et non plus un noyer, des herbes plus vertes et plus hautes au premier plan et puis, le mur du fond disparu, dans le lointain, un vaste paysage de campagne, avec des champs, de vagues collines couvertes de forêts fournissant un semblant de relief ondulant doucement sur l'horizon.

Et si l'on est ailleurs, alors tout se passe sans doute autrefois. Une autre scène. Qui doit bien avoir un lien avec la première puisque c'est le même dialogue qui se poursuit. Sans que l'on voie davantage qui parle. Ni que l'on comprenne mieux de quoi il est question. L'essentiel, pour que l'illusion demeure, est que le plan reste à peu près vide, un pan de paysage sans personne, avec une lumière identique qui tombe sur les choses et fait se détacher chacune avec une netteté très violente, presque insoutenable au regard.

Celui et celle qui parlent sont les seuls à pouvoir reconnaître le lieu que l'image montre maintenant. Les seuls à se rappeler. Ils parlent et ils se souviennent. La pluie est tombée sans discontinuer pendant des jours et des jours sur la maison presque déserte — un lit, une table, deux chaises, des valises ouvertes posées par terre —, un abri de fortune où ils ont emménagé un peu au hasard, l'aile offerte en location d'un bâtiment de ferme rénové au bout d'un village minuscule de Vendée. Et maintenant, d'un coup, le soleil revient, toute la nature libérant aussitôt l'énergie dont elle s'était gorgée, rendant sous forme de choses vivantes toute sa matière accumulée au cours des mauvais jours. Eux deux assistant au spectacle de ce recommencement, l'histoire arrêtée, suspendue dans le vide, mais le temps reprenant malgré tout son même mouvement vain, à lui-même sa propre fin, menant vers rien.

— Et après?
— Après?
— Demain?
— Demain et encore demain.
— Plus rien?
— Non, plus rien.

Le grand deuil éclatant d'un ciel bleu étendant sa clarté sur le monde.

C'est le souvenir que je garde de ces semaines, de ces mois passés, après la mort de notre fille, à fuir toute compagnie humaine dans un coin de campagne si perdu qu'il aurait pu se situer aussi bien à l'autre extrémité de la terre. L'accueillante clandestinité du chagrin. Rien. Comme un refuge. Le refuge du rien. Avec, quand au bout d'une semaine de déluge la pluie a cessé, le premier jour du soleil revenu, l'éblouissement soudain d'ouvrir à nouveau les yeux sur la profondeur resplendissante d'un paysage tout à fait vide. Comme si sa disparition avait ouvert un trou transparent dans l'épaisseur des choses, laissant voir une absence assez énorme pour avaler tout ce que notre vie avait signifié, avait contenu. Une sorte de siphon aspirant l'espace et le temps en tourbillon mais pour les faire rejaillir ensuite dans la suffisante pureté d'une présence absolument nue. L'univers se remplissant splendidement de toute une profusion gratuite de signes adressés à nous seuls.

Quelque chose comme une extase. Scandaleuse et terrible. Que l'on ne peut pas connaître tant que l'on n'a pas touché le fond, éprouvé le sentiment d'avoir tout perdu. Et celui de se retrouver totalement libre dans un monde devenu complètement vide. À léviter. Le sol s'étant dérobé sous les pieds. Sans plus rien sur quoi compter.

— Tu te rappelles?
— Je me rappelle. J'aime me rappeler ces jours-là. Je me dis que quand j'aurai oublié tous les autres ils seront les seuls à rester un peu.

— Nous étions heureux.
— C'est vrai.
— Désespérés et heureux.
— Est-ce que quelqu'un peut comprendre cela?
— Non, personne.
— Rien que nous.
— Un secret.

Ce sont ces mots qu'on entend. Tandis que le même plan se poursuit. Fixe. Sans que quiconque soit dans le champ. Où il faut un peu de temps pour réaliser que quelque chose est en train de bouger malgré tout. Les herbes qu'agite le souffle de l'air. Ou bien une créature minuscule qui passe. Un oiseau qui se pose à quelques pas.

Elle disparue, le monde avait perdu son centre. Un trou au ventre. Une sorte de plaie dans la poitrine. Par laquelle on ne voyait que du vide. Et dans l'espace qu'avait laissé son absence : le spectacle stupéfiant du jour comme jamais il n'a été vu et sur lequel, parce que dans l'abrutissement du chagrin il ne nous restait rien d'autre à faire, nous gardions les yeux ouverts. Regardant, hébétés, la beauté toute bête des choses. La révolution du soleil dans le ciel. L'infusion lente de la lune et des étoiles dans le noir. Et puis la vie qui, sans plus rien avoir de sensé à nous dire, dépêchait cependant vers nous ses signes semblables. Comme si, elle partie, un grand appel d'air avait tout soufflé, balayant au loin les apparences fausses de l'existence, et qu'un vent salubre avait poussé vers nous ces myriades de phénomènes minuscules dont nous étions devenus, faute de mieux, les observateurs extasiés.

Chaque nuit, une chouette se posait sur l'un des poteaux de la clôture qui délimitait un champ depuis longtemps en jachère et où restaient attachés quelques vieux fils de fer barbelé. Nous la regardions nous regarder. Immobile, pendant des heures, les yeux fixes. Donnant l'impression curieuse qu'elle nous guettait, veillant mystérieusement sur nous, montant la garde sur notre sommeil. Avec le gros crapaud dont nous entendions les coassements et qui, sortant de l'herbe, montait depuis le jardin, en traînant son corps empoté sur les marches de l'escalier menant à la terrasse, venant nous souhaiter le bonsoir. Et au matin, toute la nature était là, comme disent les poètes, dans sa gloire comme si elle voulait s'assurer que nous étions toujours présents.

J'aimerais pouvoir dire que nous recevions la visite d'un chat. Mais, pour être honnête, il n'y en avait pas. En revanche, je me souviens parfaitement des lapins qui, de bonne heure, sortaient de leur terrier et venaient s'égailler devant nos fenêtres. Porteurs à notre intention d'une sorte de message. Rien d'autre qu'une pensée amie. Et qui ne voulait rien dire.

Qu'il faille rester en vie, comme le prétendait la dérisoire sagesse des gens bien intentionnés, c'était un conseil que nous n'aurions accepté de personne. Mais d'une chouette, d'un crapaud ou d'un lapin, c'était une leçon que nous voulions bien recevoir.

Le jardin que montre l'image. Celui d'autrefois et celui d'aujourd'hui. Je dis « sa » maison car je suis convaincu qu'elle ne l'a achetée que parce qu'elle ressemblait à l'autre. Avec l'idée qu'il lui fallait cette seconde demeure pour que se poursuive l'histoire qui avait commencé dans la première. Une sorte d'espace magique conçu afin d'accueillir en lui tous ces signaux émis par le monde et sans lequel celui-ci n'aurait pas pu nous adresser, comme il l'avait fait alors, les manifestations de son attention bienveillante, les témoignages de sa sympathie.

Une scène, en somme, déployée dans le néant d'un paysage indifférent. Au cas où quelque chose, ou quelqu'un, aurait eu besoin de celle-ci.

Afin d'y revenir.

Le même jardin, au fond. Où, maintenant que les voix ont fait silence, l'image immobile montre, dans le grand désert vide de la vie, une petite forme timide revenant vers nous, qui se roule sur le sable, étire sa silhouette, sort de l'ombre que l'arbre couche parmi les herbes et s'avance vers la maison. Sous le lourd soleil sans espoir qui, à cette heure, écrase tout, pesant de tout son poids accablant d'ennui sur l'univers des choses visibles et invisibles, un chat passant parmi ces choses sans leur prêter d'attention apparente, et ainsi leur accordant quand même une sorte de répit, à elles et à nous tous qui sommes encore en vie.

Le même jardin puisque nous n'en sommes jamais sortis.

Chapitre 17

L'HISTOIRE PARFAITE

Mort ou vivant ?

Je connais une histoire parfaite qui, si j'y réfléchis, est la transposition la meilleure de l'expérience de pensée qu'a conçue Schrödinger. Montrant le monde comme si se superposaient en lui deux états opposés de la réalité dont l'existence dépend uniquement de l'observation dont chacun est l'objet. La plus juste parabole de ma vie, aussi. Il est curieux que je ne m'en souvienne que maintenant.

Je dis : « Je connais une histoire parfaite. » Mais, en vérité, j'en sais très peu sur elle. Presque rien. Pas même qui en est l'auteur. Elle se trouve peut-être dans l'un des vieux livres de la bibliothèque. Mais lequel ? Lorsque j'en ouvre un au hasard, j'ai toujours un peu l'espoir que la chance me fera tomber sur elle. Mais cela n'arrive jamais. D'ailleurs, je ne me rappelle pas avoir lu cette histoire. Il me semble plutôt qu'on me l'a racontée. Mais qui ? Et quand ? Je l'ai souvent racontée à mon tour, escomptant que quelqu'un la reconnaîtrait, me dirait : « Bien sûr, c'est une histoire très célèbre », et m'indiquerait où la trouver. Mais personne ne paraît savoir d'où elle vient. Et, à chaque fois, c'est comme si ceux à qui je la raconte l'entendaient pour la première fois. Pour un peu, je finirais par penser que je l'ai inventée.

Je l'appelle : « l'histoire parfaite ». Elle a — pour moi du moins — l'évidence de certaines fables d'autrefois qui, à travers les siècles, laissent celui qui les écoute chaque fois pareillement stupéfait : comme s'il découvrait tout à coup sous ses yeux un précipice qui pourtant avait toujours été là, à ses pieds, dans le vertige duquel il se perd et où se tient la vérité même. Toujours neuve et pourtant très ancienne. Un peu comme l'histoire de la Mort à Samarcande. Et quelques autres. Ou encore — et ils sont peu nombreux les écrivains qui peuvent se vanter d'avoir conçu une histoire de cette sorte — certaines des nouvelles de Poe ou de Borges. Sans doute parce que ces dernières — le second en serait convenu — ne font que répéter la matière de contes plus vieux que la mémoire même de celui qui s'imagine les avoir découvertes.

Disons que c'est encore une autre légende chinoise.

On les compte, de tels récits, il me semble, sur les doigts de la main. Si bien qu'il faut se faire à l'idée, alors, que toutes les histoires de la terre ne consistent qu'en des variantes de ceux-là, destinés à être éternellement répétés sous le déguisement différent de mots que chaque auteur leur donne. Je n'exagère pas l'originalité de mon « histoire parfaite ». Il est fort possible qu'elle vienne d'une vieille légende que j'ignore. Il y en a tellement. Et je connais plusieurs histoires d'aujourd'hui — lues dans des livres ou vues au cinéma — dans lesquelles j'ai reconnu comme des variantes plutôt maladroites et excessives de celle-ci.

J'ai dit que, lorsque je la raconte, il ne se trouve jamais personne pour me dire à qui elle appartient. Mais, en vérité, elle paraît en même temps familière à tous ceux qui l'écoutent. Comme s'ils l'avaient déjà entendue. Sans pouvoir mieux que moi dire où et quand ou de la bouche de qui ils la tiennent. Du « déjà-vu ». Tout comme lorsque dans la vie on tombe soudain sur une situation inexplicablement familière qui fait naître en soi le soupçon que cette scène nouvelle, on l'a autrefois vécue. Ou plutôt : rêvée. Et que la vie vient ainsi à son heure vérifier un songe d'enfant que l'on a fait.

Je l'appelle : « parfaite ». Mais elle ne l'est (« parfaite ») que dans le souvenir que j'en ai. C'est pourquoi, parfois, je me dis qu'il vaut mieux que je ne sache rien d'elle. Si je la lisais pour de bon, si je l'entendais de nouveau, si je la retrouvais sous la forme même où je l'ai autrefois découverte, je sais bien ce que serait ma déception. Et lorsque je la raconte à mon tour, cela m'est arrivé souvent, je sais bien que le talent me manque tout à fait pour lui rendre justice et le faire comme il faudrait. Quelque chose se défait de son mystère. J'ai beau y mettre toute l'application dont je suis capable, cela ne change rien.

Certainement mon défaut de talent n'est pas seul en cause. Je doute que même le plus doué des conteurs ferait mieux que moi. L'histoire n'est « parfaite » que tant qu'elle n'a pas encore pris forme, qu'elle flotte dans le néant où sont toutes les autres avec elle. La mettre en mots est bien entendu la seule manière de la faire exister. Mais, en même temps, cela revient aussi à la saccager. Comme s'il fallait ainsi la sacrifier afin qu'elle soit.

Il n'existe qu'une poignée d'histoires qui expriment toutes le même vertige devant la vérité vide de la vie. Elles sont aussi anciennes que l'humanité. Chaque individu les a rêvées à son tour quand il était enfant. Et puis les a oubliées. Tout au long du temps, sans en avoir complètement conscience, poussé par une irrépressible nostalgie, il se met à la recherche de l'une de celles-ci qui vaut pour toutes les autres et qu'il appelle : « l'histoire parfaite ». Il lui arrive de négliger sa quête, de renoncer à elle. Mais, en réalité ou bien en rêve, à intervalles plus ou moins réguliers, des signes, postés le long du chemin qu'il suit, le sollicitent, qui lui rappellent par énigmes cette révélation égarée. Car il ne peut totalement abandonner l'idée que cette histoire existe et que s'il la retrouvait elle lui révélerait le secret qu'il cherche.

On peut penser aussi — il lui arrive nécessairement de le penser — que l'histoire n'existe pas, qu'elle n'a jamais existé et que lui-même, à son insu, en a fabriqué un soir la fiction. Sans croire tout à fait à celle-ci mais de sorte qu'il puisse s'imaginer qu'elle le conduit malgré tout quelque part. Si bien que tous ces signes qui, en rêve ou en réalité, s'adressent à lui, au lieu de renvoyer à cette histoire passée dont ils constitueraient les restes éparpillés, annonceraient, à la façon de miettes prophétiques, l'histoire à venir de sa vie. Comme les cailloux blancs du conte qui luisent dans la nuit, dont on ne sait trop quel chemin ils tracent dans la forêt et si c'est vers hier ou vers demain qu'ils mènent.

Croyant reconstituer l'histoire passée, il fabriquerait sans le savoir l'histoire à venir. Échouant toujours à donner forme à l'une comme à l'autre qui sont semblablement l'avers et le revers de ce qu'il nomme toujours : « l'histoire parfaite ». Lisant dans l'espoir de retrouver celle-ci. Écrivant, parfois, dans l'espoir identique de l'avoir inventée un jour. Le récit grossissant sans fin à mesure qu'il s'efforce sans trêve vers le conte tout simple qu'il a en tête, de digression en péripétie, d'ajout en redite, celui-ci prenant les proportions d'une bibliothèque infinie où le livre qu'il cherche se trouve à la fois nulle part et partout. Aucune histoire n'étant jamais tout à fait « l'histoire parfaite ». Chacune étant pourtant celle-ci, déformée sous l'apparence hasardeuse et arbitraire d'un roman comme il en est des milliers et où brille malgré tout, réfléchie par des millions de miroirs de mots, l'éclat vain de cette vérité vide dont toute signification procède et où elle se perd.

Un homme rêve.

Un homme rêve une nuit qu'il se promène dans une campagne dont il parcourt longuement le paysage dans son sommeil. C'est une belle journée de printemps. Le soleil brille doucement sur le monde et il en fait luire toutes les couleurs. Il marche à travers les prés, longe les champs, suit un moment le cours d'une minuscule rivière qui sinue au flanc d'une colline. Il avance sans fatigue ni ennui parmi des images splendides. Comme s'il cheminait depuis des heures et des heures. Le sentier pénètre dans la forêt. Il passe sous des arbres très hauts. La lumière joue magnifiquement dans les feuillages et elle projette sur l'épais tapis brun du sous-bois où ses pas s'enfoncent des flaques de clarté parmi des poches d'ombre. Il marche encore longtemps. Au loin, derrière la rangée des arbres les plus distants, il aperçoit une clairière. Et lorsque le rideau de la lisière s'ouvre enfin devant lui, il découvre une maison tout à fait semblable à celle qu'il pouvait imaginer dans un décor aussi bucolique : une sorte de chaumière à colombage, comme une longère normande, avec son toit de chaume et ses volets en bois, entourée d'un jardin où parmi des fleurs pousse un grand pommier. Il la voit si bien dans son rêve qu'il pourrait en distinguer tous les détails jusqu'à compter sur la façade les lignes verticales et horizontales de son architecture de bois. Une demeure si simple, si harmonieuse et si splendidement paisible, qu'il éprouve aussitôt le désir d'y vivre, celui d'y finir ses jours et qu'il ne peut résister à la tentation de s'en approcher. Un chemin mène jusqu'à elle à travers la clairière. Tout est terriblement calme. Aucun signe de vie. Comme si la maison était déserte. Il fait les quelques pas qui le séparent de la porte. Lève sa main droite pour frapper. Et, au moment où ses doigts vont heurter le bois, son rêve s'arrête.

Un homme rêve.

Et ce rêve qu'il fait revient chaque fois dans sa nuit. Toujours le même. La campagne et puis la forêt. Et la clairière au fond de la forêt. Et au cœur de la clairière la maison. Vers laquelle il marche. Se réveillant semblablement toutes les fois que sa main va frapper à la porte.

Un rêve très doux. Tout le contraire d'un cauchemar. Une oasis de clarté dans l'obscurité épaisse de ses jours. Pendant des semaines et des mois. Si bien que chaque nuit nouvelle, lorsqu'il ferme les yeux dans son lit, il sait que dans son sommeil ses pas vont le reconduire devant la porte fermée qu'il ne franchit pas. En dormant, il marche vers un même mirage. Qui se dissipe alors qu'il va l'atteindre. Rien n'est plus régulier dans sa vie que ce rêve qu'il fait. Une sourde angoisse s'empare de lui quand vient l'heure où il va se coucher. Il a hâte de reprendre le chemin qui mène à la maison. Il se dit que peut-être cette fois sera la bonne et qu'il en franchira enfin le seuil. La peur lui vient d'être devenu fou. Il faudrait soit que le rêve cesse soit qu'il s'accomplisse.

Cet homme rêve.

Et l'idée lui vient que cette maison doit exister autrement que dans ce songe où il la connaît. Qu'il doit s'agir d'une maison où il a été autrefois et qu'il a oubliée, dont le souvenir le visite ainsi dans son sommeil. Et qu'il lui faut la retrouver. De sorte que la solution consiste à revenir vers tous les lieux où il a vécu. Son existence a été vagabonde. Il reprend tous les chemins de son enfance. En vain. Il revoit les endroits où il a grandi. Toute sa mémoire lui est rendue. Il se souvient de choses — des images, des odeurs, des sons, des saveurs — si profondément enfouies en lui que leur rappel le bouleverse.

Mais jamais il ne trouve le chemin qui conduit à la maison de son rêve.

Alors, parce que sa folie grandit, une autre idée lui vient. La maison doit exister. Mais il se peut que ce soit en un pays où il n'a jamais été. C'est une idée délirante, bien sûr. Mais il faut une explication à son rêve. Et même l'hypothèse la moins rationnelle, il ne peut se permettre de la négliger. Alors, il parcourt le pays. Et puis le monde. Il sait qu'aucune vie n'est assez longue pour qu'un seul homme dispose du temps nécessaire afin d'épuiser l'espace. Alors il va au hasard. Marchant parmi des paysages inconnus sur des terres étrangères. Il voit ce que peu d'hommes ont vu avant lui. Ses pas l'emmènent sur des sentiers qui conduisent à l'aventure, qui passent partout et qui s'interrompent nulle part. Mais aucun n'est celui qui va vers la maison de son rêve.

Son rêve ne le quitte pas.

Pendant des mois, des années. Le jour, il cherche en vain la maison qui n'existe pas. La nuit, il la retrouve à chaque fois.

Alors, il renonce. Il met fin à ses voyages. Il rentre chez lui. Il s'étourdit des plaisirs qu'il peut afin de divertir sa folie. Mais quels que soient l'alcool dont il s'enivre, la femme avec laquelle il partage son lit, le travail pour lequel il s'épuise, dès qu'il dort, son rêve lui revient chaque nuit.

Un jour, bien des années ont passé, dans le petit village de bord de mer qu'il a choisi afin de s'y retirer, en se promenant, il remarque une rue qui s'écarte de la grande avenue, qui tourne le dos à l'océan et dont il n'avait jusque-là jamais noté l'existence. Elle se faufile entre les villas, traverse le *no man's land* sale qui les entoure — le stade, la déchetterie, les parkings de la zone commerciale — et, inexplicablement, elle conduit vers une campagne où disparaissent bientôt tous les vestiges de la vie urbaine.

C'est une belle journée de printemps. Il marche longtemps. Même la rumeur des voitures sur la route a cessé. Il y a des champs, des prés qui s'étendent à l'horizon et dont il ne soupçonnait rien. Il arrive à un cours d'eau dont le coude contourne une vague colline derrière laquelle commence une forêt. Il passe sous les premiers arbres, hésite entre plusieurs sentiers qui sinuent dans l'ombre fraîche et parfumée des pins. Plusieurs des choses qu'il croise — un arbre à la silhouette torse, un bouquet de fougères remplissant un creux, les marques rouges que, sur les troncs, laissent parfois les bûcherons — lui apparaissent vaguement familières sans qu'il y prête d'abord attention. C'est alors, bien sûr, qu'il reconnaît le monde de son rêve.

Il sait le chemin par cœur si bien qu'il n'a aucune peine à rejoindre la lisière, à retrouver la clairière. Ses pas le précèdent. Il est comme sur un invisible tapis roulant qui le porte au seuil de la maison. La même exactement : le toit de chaume, le colombage, le jardin, les fleurs et puis le pommier.

Lorsque ses phalanges heurtent le bois de la porte, lorsqu'il entend le bruit que ses doigts font, et qu'il ne se réveille pas, son cœur se suspend dans sa poitrine, sa respiration s'arrête. Il attend longtemps. Rien ne se passe. Comme dans son rêve, la maison paraît tout à fait déserte. Et puis lui parvient, d'abord comme un bruit étouffé, le clap-clap de pas résonnant à l'intérieur, gagnant en intensité, des talons qui frappent le sol, avançant le long d'un couloir.

Ensuite, lorsque les pas se sont tus, il entend le bruit de la serrure. Et quand la porte s'ouvre, une femme se tient devant lui. Une femme au physique aussi ordinaire que le sien, sans rien qu'il y ait à en dire, qui le regarde sans surprise, le dévisage mais sans manifester d'intérêt particulier pour lui. Ils restent longuement face à face sans dire un mot. Et pour rompre le silence, afin de faire cesser l'embarras de ce tête-à-tête absurde, pour justifier sa présence si incongrue, plutôt que raconter son histoire insensée, saisissant le premier prétexte qui lui vient à l'esprit, il prend la parole.

L'homme présente ses excuses à la femme pour la déranger ainsi. Il lui explique qu'il se promenait dans la forêt, qu'il a vu sa maison, qu'il l'a trouvée si belle qu'il souhaiterait, si cela est possible, la lui acheter. Et la femme répond que la maison n'est pas à vendre, que, même si elle le voulait, elle ne pourrait pas la lui céder, quel que soit le prix qu'il en offre.

Disant :

— Je ne peux pas vous la vendre.
— Mais pourquoi, madame ?
— C'est qu'elle est hantée.
— Hantée par qui ?
— Mais elle est hantée par vous, monsieur.

Troisième partie

Chapitre 18

EVERETT EST ÉTERNEL

Même si son chat en passe couramment pour l'emblème, on ne saurait raisonnablement imputer à Schrödinger l'idée dite des « univers parallèles ». Et en dépit de ce que j'ai pu laisser entendre : pas davantage à Hugh Everett.

Ou plutôt : à Hugh Everett III. Puisque c'est sous ce nom qu'on le connaît. On dit : « *the third* », j'imagine. Encore qu'il ne s'agisse là que d'une hypothèse de ma part, étant peu au fait des usages en vigueur dans les familles américaines où, semble-t-il, la manie sévit, comme autrefois à la Maison-Blanche ou dans les romans de Faulkner, de donner un prénom identique à tous les premiers mâles de la même lignée. Si bien qu'il faut recourir à ce genre d'artifice pour distinguer le grand-père du père, le père du fils, le fils du petit-fils et ainsi de suite, numérotant les rejetons comme si, de génération en génération, un seul individu existait à travers le temps dans des états successifs.

Hugh Everett the Third. Un pareil nom, presque un titre, lui donne aussitôt un petit air de personnage royal. Comme chez Shakespeare. À la manière de Gloucester le contrefait,

Richard the Third, s'emparant par le crime de la couronne d'Angleterre et puis cherchant en vain à échanger celle-ci contre un cheval, déclarant avant que le rideau ne tombe, dans les mots de Iago, qu'il n'est pas celui qu'il est : « *I am not what I am.* » Ce qui soulève une question bien plus vertigineuse que celle du pauvre Hamlet — « *To be or not to be* » — hésitant sur ses remparts, dans le huis clos d'Elseneur, comme le chat de Schrödinger dans sa boîte, entre la vie et la mort, se demandant quel parti prendre, prisonnier d'un perpétuel atermoiement.

Car « être ou ne pas être » n'est pas vraiment la question, du moins n'est plus la seule vraie question, en tout cas : pas la dernière, une fois admis, conformément au « principe de superposition », que chaque chose peut être elle-même et son contraire. De sorte que chaque individu en vient alors à se demander : « Suis-je bien celui que je suis ? », considérant sérieusement l'hypothèse qu'il existerait simultanément sous une forme et sous une autre, toute créature se démultipliant ainsi à l'infini sur les sentiers s'écartant du temps.

Everett the Third mériterait sa tragédie aussi. Et je regrette — c'est une façon de parler — de ne pas être le Shakespeare qu'il faudrait pour la lui donner. Elle raconterait l'histoire d'un homme calmement dominé par une idée fixe tellement paradoxale qu'il échouerait à se faire entendre de quiconque autour de lui et finirait par renoncer à l'espoir d'y parvenir un jour. Mis dans la confidence d'un secret si énorme et si inouï qu'il lui serait impossible d'être cru de personne. En pleine possession de sa raison — comme en témoignent ses brillants états au service de la science — et en même temps littéralement fou à lier — l'évidence sautant aux yeux du premier venu prêtant quelques minutes d'attention à sa grande théorie. Un personnage pour Pirandello. D'après ce que j'en sais — fort peu — à collecter les quelques informations qui traînent ici ou là, celles qui viennent de la récente biographie qu'un certain Byrne lui a consacrée et concernent ce monsieur — dont le principal titre de gloire paraît être d'avoir donné naissance, non pas à une version hétérodoxe de la mécanique quantique, mais à une vedette du *rock and roll*, connue sous le surnom de *E*, prononcez « i », son fils, en l'occurrence, si cela dit quelque chose à quelqu'un, pas à moi en tout cas, le leader des *Eels*.

Enfant surdoué, raconte sa légende, à l'âge de douze ans, Everett écrit à Einstein, ne doutant déjà de rien, pour lui soumettre un problème insoluble et mettre ainsi le génie du grand homme à l'épreuve — obtenant de lui, c'est le plus surprenant dans l'histoire, une réponse. À Princeton, il soutient en 1956 une thèse, *Wave Mechanics Without Probability*, à laquelle il donnera sa forme définitive sous le titre de *The Theory of the Universal Wave Function*. La désormais fameuse « fonction d'onde » de Schrödinger, il la reprend en vue de délivrer celle-ci de l'hypothèque probabiliste qui pèse sur elle et de lui donner une dimension universelle. Ce qui répondait au désir exact de son inventeur. Mais certainement pas de la manière que celui-ci aurait souhaitée — ou même : imaginée.

Car je n'ai trouvé nulle part d'information indiquant que la théorie d'« *Everett the Third* » ait suscité de commentaire de la part de Schrödinger — auquel elle avait pourtant été soumise. En revanche, le directeur de recherche du nouveau doctorant, un certain Wheeler, est assez enthousiasmé par les conclusions de son élève pour faire aussitôt le pèlerinage de Copenhague, alors la Mecque de la physique quantique, et y présenter la thèse sortie du cerveau de son disciple. En vain. Et lorsque, un peu plus tard, Everett en personne fait le voyage à son tour, son fiasco est plus pitoyable encore. Niels Bohr le reçoit et il semble bien, d'après ce qu'en rapporte l'un des témoins de la scène, qu'il l'ait pris pour un crétin galactique, incapable de comprendre les rudiments de la discipline qu'il prétendait pourtant révolutionner.

Je dis : « folie ». Mais, en même temps, l'interprétation que donne Everett de la fonction d'onde de Schrödinger est d'une implacable logique. Elle se dispense tout à fait des hypothèses idéalistes qui attribuent à la conscience de quelqu'un la faculté de donner forme à la réalité. C'est même une théorie entièrement matérialiste : « *unmystical* », dit Everett. Et qui se contente de prendre au sérieux ce que disent les équations. La seule manière de donner sens au principe de superposition valant pour les particules revient en effet à accepter l'idée que se trouvent semblablement superposés les univers à l'intérieur desquels lesdites particules, dans leurs différents états simultanés, sont observées. La déduction la plus hautement délirante dépend de l'hypothèse la plus entièrement rationnelle. Et Everett, en un sens, est le plus fidèle des héritiers de Schrödinger.

Incompris, Everett renonce à l'idée de diffuser sa découverte et se reconvertit. Avec un assez grand succès. Ce qui prouve, s'il en était besoin, que la plus grande intelligence peut cohabiter dans un esprit avec la plus totale folie. Le Pentagone le recrute, dont il devient l'un des informaticiens de pointe, l'un des principaux experts en programmation, travaillant à l'optimisation des plans conçus par l'armée américaine en vue de l'utilisation éventuelle de son arsenal nucléaire. Œuvrant à quoi ? On ne peut le dire avec précision puisque l'essentiel de sa recherche est couvert par le plus strict secret militaire : « *classified* », comme on dit dans les séries télévisées hollywoodiennes ou dans les films d'espionnage. Vraisemblablement : à calculer comment employer au mieux, et le plus rationnellement possible, en cas de besoin, les missiles pointés partout sur leurs cibles, comparant en termes de coûts et de gains les différentes options en vue de déclencher l'apocalypse. Finalement : encore la raison au service de la folie. Mais cette fois : d'une folie moins sympathique et même très sinistre.

Dans les années 1970, alors que lui-même semble l'avoir oubliée, on redécouvre pourtant sa théorie des univers parallèles. Certains chercheurs, à commencer par un nommé Bryce DeWitt, lui donnent l'occasion d'en présenter et d'en publier les principes. Mais Everett, dit-on, est précocement usé par la vie. Forçant sur l'alcool et sur le tabac depuis trop longtemps. Obèse, paraît-il, comme on l'est aux États-Unis, surnommé « *pudge* » dans sa famille — ce qui veut dire : « potelé ». Encore qu'il soit difficile de s'en faire une idée même sur les photographies de la fin de sa vie où il affiche une corpulence certes excessive mais sans que cela soit dans des proportions vraiment alarmantes et *a fortiori* sur les autres car les principaux portraits qui restent de lui datent de sa jeunesse et certains montrent au contraire un homme plutôt sec et très sérieux, à l'allure austère, lunettes et front dégarni. Toujours est-il qu'il meurt à l'âge de cinquante et un ans, victime dans son sommeil d'une crise cardiaque imputée par les médecins à sa catastrophique condition physique.

Parvenu à la sagesse sinon à la gloire.

Car il s'est fait une religion de sa théorie. Logiquement, celle-ci lui enseigne que sa propre mort ne concerne jamais que l'un des innombrables avatars de lui-même qui coexistent dans l'espace infini des réalités multiples. Lorsque l'un de ses doubles disparaît, tous les autres lui survivent. Ce qui donne aussitôt à l'événement un caractère très relatif.

Comme l'écrit Borges en une remarque digne de la manière dont la physique quantique aborde les phénomènes et susceptible de plonger quiconque dans la plus profonde perplexité : les preuves de la mort sont purement statistiques ; ainsi, il n'est aucun homme qui ne coure le risque d'être le premier immortel. Mais Everett va plus loin encore. Il donne un autre sens que Borges à l'idée que la mort est affaire de probabilités. Pour lui, tout homme est éternel puisque chacun est tout un peuple réparti dans des milliards de milliards de variantes d'une même réalité qui, dès lors, ne peut plus être envisagée que sous la forme de la somme impensable de tous ses possibles. Vivant partout des aventures différentes, connaissant des destins démultipliés, évoluant dans des environnements où prévalent d'autres circonstances que celles auxquelles nous sommes soumis et dont certaines permettent d'échapper perpétuellement à la fatalité de notre condition finie. Si bien qu'à chaque seconde, parmi toutes ces figures de soi prodigieusement éparpillées dans le nulle part où elles prolifèrent, une infinité d'êtres semblables s'évanouit dans la mort tandis qu'une autre infinité surgit à la vie.

On doit en déduire, sans doute, une nouvelle version de ce vieux syllogisme, déjà revu et corrigé par un dramaturge célèbre :

Tous les chats sont immortels.

Everett est immortel.

Donc Everett est un chat.

De Schrödinger.

La mort, en conséquence, disparaissant paisiblement dans l'ivresse habituelle de son sommeil, Everett la reçoit avec le détachement extrême dont les saints sont seuls capables, manifestant à l'égard de sa dépouille une sorte de dédain souverain. Son testament stipule le souhait que ses cendres soient jetées à la poubelle. Il faudra plusieurs années à son épouse pour se résoudre à obéir au désir du défunt. Et quand leur fille, bien plus tard, se suicide, elle exprime la même volonté dans la lettre où elle dit son adieu à la vie.

Une fille et son père se donnent ainsi rendez-vous parmi les ordures, dispersant au milieu des déchets domestiques les restes carbonisés de leur corps, convaincus que, parmi les univers parallèles dont l'un d'eux avait rêvé, il en existera au moins un où ils seront forcément réunis.

Meet me in the garbage!

On ne trouvera pas, je crois, d'anecdote funèbre où le sublime se marie si admirablement avec le grotesque et où l'espérance — non : la certitude — d'une existence après la mort s'exprime aussi amoureusement : sous la forme très sérieuse et totalement délirante d'une fantaisie scientifique unie au fantasme d'épousailles incestueuses célébrées dans un décor macabre de dépotoir nuptial.

La renommée d'Everett est posthume.

Sans doute celui-ci n'a-t-il eu qu'une vague connaissance des premiers signes qui l'annonçaient de son vivant lorsque, sans l'avoir mieux comprise que moi mais avec moins de scrupules que je n'en montre, des écrivains se sont emparés des idées essentielles de sa théorie pour fournir un douteux fondement pseudo-scientifique à leurs nouvelles élucubrations. Considérant comme acquis que la mécanique quantique établit désormais l'existence d'univers parallèles et brodant à l'infini sur un tel principe. Et c'est un juste retour des choses car sa théorie, de son propre aveu, Everett en a trouvé l'idée dans ses lectures de science-fiction. Prise dans les livres, il est donc normal qu'elle y revienne. Mais la contagion de la fable n'affecte pas le seul domaine des littérateurs. Celle-ci exerce ses effets sur les philosophes et sur les savants. À tel point que se multiplient dans les revues les plus sérieuses les spéculations qui s'autorisent de la démonstration d'Everett pour en explorer toutes les implications les moins acceptables.

Dire que l'hypothèse des univers parallèles fait aujourd'hui l'unanimité parmi les savants serait une très grossière exagération. Et même : une contre-vérité. Elle compte cependant ses partisans et ses détracteurs. Ce qui revient à dire qu'elle a au moins réussi à s'imposer comme un objet de controverse recevable dans les cercles scientifiques. Sans que le débat puisse être tranché d'une manière ou d'une autre. Puisqu'une telle conception, me semble-t-il et malgré ce qu'ont tenté d'établir certains, échappe à toute forme d'expérimentation qui viendrait l'infirmer ou la confirmer. Ce qui, si je comprends quelque chose au fameux critère de réfutabilité de Popper, devrait suffire à la faire passer du champ de la vérité scientifique — quelle que soit la signification très douteuse d'une telle expression — à celui de la croyance religieuse — qui, à bien des égards, n'en diffère pas fondamentalement.

Toujours est-il qu'aucun ouvrage portant sur la mécanique quantique n'omet maintenant de lui consacrer l'un de ses chapitres ou, du moins, l'un de ses paragraphes — ne serait-ce que pour ironiser à ses dépens. Et dans cette brèche ainsi ouverte, il ne manque pas de penseurs pour s'être engouffrés. Considérant que tous les savants qui ne renoncent pas à une vision du monde plus conforme au bon sens appartiennent au camp des réalistes attardés, attachés à un rationalisme étriqué qui leur interdit d'accepter la « bonne nouvelle » du vertigineux évangile des possibles prêché par Everett et que les travaux de Schrödinger, d'Einstein ou de Bohr, à la manière d'un « ancien testament » désormais désuet, auraient à leur insu imparfaitement prophétisé.

Imaginant donc — c'est leur thèse — qu'à chaque instant toutes les particules élémentaires, suspendues entre des états superposés, se démultiplient de telle sorte qu'elles acquièrent à la fois toutes les valeurs que l'observation est susceptible de leur trouver. Dans l'une ou l'autre des dimensions d'un temps qui diverge perpétuellement pour qu'en chacune de ses branches apparaisse une forme nouvelle de ce qui est. Et cela revient à considérer que chaque objet du monde s'éparpille ainsi, selon le hasard des probabilités, dans les directions les plus aléatoires. Y compris les êtres conscients que nous sommes et qui, pareillement, donnent continuellement naissance à de nouvelles versions d'eux-mêmes, totalement ignorantes les unes des autres puisque rivées chacune à l'une des variantes dont seule la somme fait l'univers impensable de tous les univers possibles. Si bien que, pour une telle théorie qui fait apparaître comme extraordinairement timoré le scepticisme sage des philosophes d'autrefois, et jusqu'à celui de Hume, la conviction que nous avons de vivre au sein d'un monde stable dans lequel des phénomènes sensés existent, où les mêmes causes produisent toujours les mêmes effets, où règne autour de nous une relative continuité, et où chacun peut revendiquer pour lui-même une identité durable et inaltérée, ne passe plus que pour une assez pathétique et puérile illusion.

Un autre point de vue, alors, s'impose sur le monde. Qui, soustrait à tout contrôle raisonnable, ôtés les garde-fous du bon sens, autorise toutes les vaticinations et redonne ainsi une légitimité indue aux plus vieux fantasmes. Permettant que l'on identifie les univers parallèles de la théorie d'Everett aux mondes fantastiques dont l'esprit humain a toujours rêvé, supposant que chaque conscience est en mesure de communiquer avec des niveaux de réalité qui lui sont pourtant interdits, un au-delà de pacotille où tout, depuis la télépathie, le spiritisme et jusqu'aux voyages dans le temps, devient possible. Et ainsi toute une littérature, depuis, célèbre les noces de la science la plus absconse — ici : la physique quantique dans la version d'Everett et de ses acolytes — avec un savoir plutôt vague et qui, en général, tente de compenser sa très évidente débilité en prétendant être l'expression, inaccessible au profane, d'une sagesse immémoriale empruntée aux religions orientales, quand ce n'est pas au vieux fonds increvable des pires superstitions, le tout glorieusement placé sous le signe de ce « nouvel âge » dans lequel l'humanité, guidée par quelques pitoyables gourous, serait sur le point de pénétrer.

Ce sont de semblables spéculations qui ont fait la fortune de la petite fable quantique autrefois fabriquée par

Schrödinger pour en démontrer l'absurdité. Son chat est devenu l'animal-totem qui, dans sa boîte, trône à l'entrée menant vers le monde des univers parallèles et indiquant le tunnel immatériel conduisant vers ceux-ci.

Sans bien sûr, je l'ai indiqué à plusieurs reprises déjà, qu'on puisse imputer à l'inventeur de la fonction d'onde la paternité d'un délire dont il entendait au contraire combattre les formes les plus rudimentaires et dont il ne pouvait aucunement pressentir vers quels excès il irait après lui. Convaincu qu'il ne se trouverait jamais un seul esprit sensé sur terre pour accepter l'idée qu'un chat puisse être à la fois mort et vivant.

J'ai dit que, d'après ce que j'en sais, Schrödinger ne s'est jamais exprimé au sujet de la thèse d'Everett qu'il aurait pu pourtant connaître à la toute fin de sa vie. Mais c'était aller un peu vite.

Car si l'on se place du point de vue d'Everett, rien n'interdit de penser qu'il existe, parmi des milliers d'autres, un univers au moins dans lequel les deux savants se sont rencontrés et ont discuté ensemble du meilleur moyen de soustraire la fonction d'onde aux probabilités afin de lui conférer sa valeur vraie. Un univers dans lequel Everett convainc Schrödinger de la justesse de ses propositions. Et un autre dans lequel c'est Schrödinger, au contraire, qui, paradoxalement, alors même que leur échange, puisqu'il a lieu, est la preuve de sa pertinence, parvient à persuader Everett que sa théorie est fausse.

Avec toutes les variantes que vous voudrez apporter à cette histoire.

Et ainsi de suite.

Chapitre 19

MÉTAPHYSIQUE DES
MOUSTACHES

Je lis de plus en plus souvent des livres sur les chats. Ils me reposent un peu de ceux qui portent sur la mécanique quantique, sur ses interprétations, la saga des savants qui lui ont donné naissance, les extrapolations auxquelles elle prête, toute cette somme de semi-certitudes, d'hypothèses douteuses au sein de laquelle je me retrouve à peine, avec le sentiment que plus j'apprends et moins je comprends. Je laisse de côté tel ou tel volume des œuvres complètes de Schrödinger, la biographie d'Everett, les ouvrages de vulgarisation pas vraiment plus clairs qui s'empilent sur le bureau et je prends dans la bibliothèque de quoi parfaire mon propre traité de phénoménologie féline. Le chat m'approuve, je pense. Il vient se coucher sur mes genoux, ronronnant et réclamant des caresses, s'allonge sur les pages du livre que j'ai ouvert, en rendant la lecture plutôt problématique, me forçant à interrompre celle-ci, à lever la tête, à rêvasser.

Champfleury, un auteur aujourd'hui oublié mais qui fut au temps de Flaubert le premier théoricien du réalisme romanesque, rapporte ce fait très curieux dans l'ouvrage qu'il consacre aux chats et que son éditeur présente comme l'un des classiques de la littérature féline.

Cela se passe en Chine, comme toujours. Où, rapporte-t-il, d'après les informations collectées là-bas par les missionnaires chrétiens, lorsqu'on ne mange pas les chats, prisés pour leur chair et tenus pour un mets exquis, on se sert d'eux comme d'horloges ambulantes, des sortes de montres. Ou plus exactement de cadrans solaires portatifs. Leur pupille, en effet, se rétracte ou se dilate selon la lumière du jour, se réduisant à l'épaisseur d'une ligne lorsque le soleil se tient au plus haut du ciel, s'élargissant en cercle, le matin ou le soir, au moment du crépuscule. Si bien qu'avec un peu d'habitude on peut déduire l'heure qu'il est de la forme géométrique qui se trouve au centre de la prunelle.

Baudelaire avait les mêmes lectures que Champfleury. L'anecdote chinoise que le second rapporte est célèbre pour le poème en prose que le premier en a tiré quelques années auparavant, prétendant ainsi lire l'heure lui aussi dans les yeux de celle qu'il nomme sa Féline : « une heure vaste, solennelle, grande comme l'espace, sans divisions de minutes ni de secondes, — une heure immobile qui n'est pas marquée sur les horloges, et cependant légère comme un soupir, rapide comme un coup d'œil. »

Quel que soit le moment de la journée, le cadran donne une réponse identique à celui qui l'interroge : « Oui, je vois l'heure ; il est l'Éternité ! »

L'œil du chat dit l'heure. Et le chat lui-même est une machine à mesurer le temps. Mais un temps qui tourne continuellement sur lui-même et ne mène nulle part sinon à son interminable recommencement. Ce qui en fait une sorte d'horloge arrêtée, toujours juste pourtant, puisque sa seule aiguille pointe perpétuellement vers l'instant du présent.

— Tu crois qu'il se souvient de quelque chose?
— Vaguement sans doute.
— De quoi?
— En tout cas très bien du chemin qui mène ici, du jardin à la terrasse, de sa gamelle à sa corbeille. Et puis jusqu'au lit.
— C'est certain.
— Donc il doit y avoir de cela une certaine image qui demeure dans sa cervelle de chat.
— De cela, oui, mais du reste? Ailleurs, avant?...
— Aussi sans doute. Il se rappelle. Mais quoi, comment, sous quelle forme?...
— Comme si chaque jour le temps recommençait pour lui.
— Chaque jour : le premier jour...
— Le Paradis.

Une fin d'après-midi. Les ombres sont longues. Je m'allonge près de lui dans l'herbe où il s'est couché. Sur le dos. Les pattes en l'air. Afin de vérifier si les Chinois disent juste. Et en vue d'ajouter, après avoir procédé à sa vérification expérimentale, un nouveau principe à ceux qui forment déjà le début de mon traité de phénoménologie féline. Mais regarder un chat dans les yeux n'est pas une chose facile. Aussi compliquée que d'en attraper un dans l'épaisseur de l'obscurité — surtout quand de chat, il n'y a pas. Juste une lueur verte qui se détourne aussitôt. Sans laisser du tout le loisir de voir quelle forme a prise sa pupille sous l'effet de la lumière qui décline. Il se retourne d'un coup de reins, se ramasse et puis se détend, allant à quelques pas de là occuper une autre de ses places habituelles : dans le creux où se séparent les branches du noyer.

Les derniers jours de l'été. Soit un an après qu'il me fut apparu pour la « première fois ». Plus exactement : un an après que ses apparitions — ses disparitions — discrètes du début eurent d'abord suffisamment attiré mon attention pour me décider à prendre acte, un peu plus tard, du fait que, dans le noir de la nuit, du côté du fond du jardin, quelque chose devait se manifester *sous forme de chat* à quoi il fallait bien accorder une existence.

Cela aura donc fait une année. Alors, je l'appelle : l'année du chat. Il se trouve qu'elle correspond, à peu près, à celle du calendrier chinois. Elle y correspond même plutôt bien si je choisis de la faire commencer non pas avec les signes qui l'ont annoncée mais avec cette nuit de la « première fois » qui remonte à l'hiver dernier.

L'horoscope de là-bas le présente comme un animal calme et cultivé, d'un raffinement extrême, d'un commerce aisé en société mais préférant la solitude à la compagnie des autres créatures. Son année se situe entre celles du Tigre et du Dragon. C'est pourquoi, j'imagine, elle marque en principe une pause dans le bruit et la fureur de l'Histoire, le moment où se suspendent les tumultes et les tourments du temps.

Sauf que, je l'apprends dans la vieille encyclopédie, il n'y a pas à proprement parler d'année du chat pour l'astrologie chinoise — qui lui préfère le lièvre, conduisant à confondre les deux animaux, comme le faisaient autrefois les restaurateurs indélicats déguisant pour la clientèle leur ragoût de chat en civet de lapin. Ce sont les Vietnamiens qui nomment « chat » l'animal que les Chinois appellent « lièvre ».

La légende — une autre légende chinoise, une de plus — raconte que le rat fut chargé par les dieux — ou ce qui, là-bas, en tient lieu — de convoquer les douze créatures dignes de figurer au zodiaque et que, par malice, et à la fureur de celui-ci, il omit de faire appel au chat. Qui, depuis lors, c'est ce que j'imagine en tout cas, snobe un peu les représentants officiels de la ménagerie céleste. Leur rendant visite à l'occasion mais seulement en passant et comme pour mieux manifester, avec la superbe qui lui sied, que leur temps n'est pas le sien, qu'il est tout à fait libre d'y entrer et d'en sortir à sa guise.

Quand il marche sur l'herbe et qu'elle se tient au-dessus de lui, sa queue bouge dans l'air à la manière d'un balancier de métronome, marquant la mesure, comme à l'époque où l'on enseignait encore à l'ancienne le piano aux enfants. Ou celui d'une vieille pendule dont ses pupilles seraient le cadran lorsqu'il est couché comme maintenant dans l'arbre et qu'elle pend dans le vide. Comptant les secondes, les minutes, les heures, avec la plus parfaite régularité, mais sans que quiconque, malgré ce qu'en disent les Chinois de Champfleury, puisse déduire de son observation quelque indication précise semblable à celles que donnent mécaniquement de plus conventionnelles horloges.

Baudelaire a plutôt raison : « une heure immobile ».

Il n'y a pas d'année du chat. Toutes les années sont la sienne. Le temps s'étire avec lui dans toutes les directions à la fois. Vaste comme les siècles des siècles. Bref comme une seconde séparée de toutes les autres. Une pointe d'épingle, celle de l'instant, sur laquelle se tient le temps et autour de laquelle gravite toute la révolution des objets célestes à l'aide desquels s'exprime le mouvement vers l'avant de la durée enroulant en spirale ses cercles successifs, avalant à mesure l'avenir informe et vide pour en faire de la fumée, le fantôme de ce qui fut et qui fuit.

Avec quoi remplit-il le temps vague de sa vie? Totalement inactif. Ils sont ainsi. À la différence d'autres espèces qu'accapare assez le soin de se nourrir, chassant, broutant à longueur de journée pour engranger de quoi se remplir la panse et cumuler ce qu'il leur faut de calories quotidiennes, creusant leurs terriers, construisant leurs nids. Ou bien continuellement agitées pour rien. Comme la nôtre. Qui vaque à droite et à gauche pour tenter de se convaincre qu'il y a quelque raison à sa présence sur terre. Tandis qu'un chat peut ne rien faire du tout et donner pourtant le sentiment d'être tout entier requis par une tâche plutôt mystérieuse qui exige toute son attention.

— À quoi pense-t-il, tu crois ?
— Je ne sais pas.
— À ton avis, il s'ennuie ?
— On ne dirait pas.
— Tu te rends compte ?
— Quoi ?
— Ne jamais s'ennuyer.

Il ne voit pas le temps passer. Ou bien, c'est le contraire : il regarde le temps qui passe. Et seulement cela. Immobile allongé, ramassé en boule dans un coin. Les yeux ouverts sur rien. Le regard dans le vide. Les heures glissent sur lui. Chaque parcelle du temps s'ouvre par le milieu et découvre le précipice où luit un spectacle infini dont même l'éternité ne suffirait pas à remplir ses prunelles.

Une autre légende chinoise raconte que lorsque les humains furent chassés du paradis, pour expier leur faute, afin d'humilier leur orgueil, les dieux les soumirent au temps et à toutes les souffrances qui vont avec lui : la mémoire qui répète à chaque instant que le passé est parti et qu'il ne reviendra plus, l'imagination qui fait surgir devant soi l'anéantissante angoisse du futur dont on ne sait rien et enfin la torture répétée du présent avec l'accablant poids de l'ennui. Par un surcroît de cruauté, certains des dieux voulurent donner à l'homme un compagnon qui, soustrait au temps, serait comme le témoin éternel de la paix qu'il avait perdue. Mais, parmi eux, d'autres, en signe de mansuétude, proposèrent au contraire d'adoucir la douleur de l'homme en mettant à ses côtés un être qui lui rappellerait perpétuellement le bonheur qu'il avait connu. La discussion fut longue car aucun des deux camps ne l'emportait sur l'autre. Enfin les dieux tombèrent d'accord entre eux pour façonner une créature en laquelle chacun pourrait voir soit le signe de sa déchéance présente soit celui de sa félicité passée. Et c'est ainsi qu'ils donnèrent naissance au chat.

— C'est une légende chinoise, ça?
— Bien sûr, je viens de l'inventer.

Alors, la question serait moins de découvrir d'où il vient que de se demander quand. Partageant le même espace que nous mais depuis un temps différent, imperceptiblement décalé par rapport à celui dans lequel nous évoluons, vibrant à une autre fréquence. Percevant la réalité sous un jour tellement étranger que cet écart expliquerait le phénomène très discret de désynchronisation en vertu duquel, tout en étant ici, il paraît complètement ailleurs aussi.

— On dit qu'ils se rappellent mieux les lieux que les gens.
— Parce que les lieux ne bougent pas et qu'ils restent identiques. Tandis que les gens ne cessent pas de changer et de se déplacer. Ils sont davantage fidèles à leur maison qu'à leurs maîtres.
— Tu veux dire qu'il nous confond avec le mobilier.
— Ou qu'il nous voit comme de vagues fantômes inoffensifs qui hantent l'endroit où il habite.
— Moi, je dirais plutôt des dieux à l'existence desquels il ne croit, comme nous, qu'à moitié.
— Indestructibles et heureux…
— Des créatures lointaines, plutôt bienveillantes…

— *Plutôt* bienveillantes! Il ne manquerait plus qu'il pense le contraire. Après avoir pris pension ici comme il l'a fait!

— … mais qu'il doit craindre aussi…

— Tu crois?

— Ne serait-ce qu'en raison de la différence de gabarit et de la faculté de faire pleuvoir la manne des croquettes et du pâté.

— Des dieux dont il vaut mieux se concilier les bonnes grâces. Avec des petites prières propitiatoires. Des rites qui ne coûtent rien.

— Comme se frotter contre nos jambes? Ou ronronner sur nos genoux?

— Par exemple.

Ainsi, comme le veut le bon sens, il n'y aurait qu'un seul univers. Mais tellement de manières de le percevoir qu'il se scinderait en autant d'images mentales qu'en pourraient construire toutes les consciences susceptibles de réfléchir le monde selon l'appareillage variable dont elles sont dotées avec la panoplie de leurs sens. Un univers par espèce. Se dépliant dans toutes sortes de dimensions en fonction des instruments anatomiquement mis au service de chaque catégorie de créatures pour en explorer les lointains et en toucher les limites : si bien que le visible, l'audible, ce qui peut être senti ou touché varieraient ainsi, déterminant différemment cette poche de perceptions que chaque espèce produit autour d'elle, enfermée dans sa propre bulle qu'elle confond avec l'univers. Avec, en conséquence, dans un seul espace partagé, autant de temporalités distinctes. De telle sorte qu'il n'y aurait pas lieu de se mettre en peine d'une théorie plus compliquée pour accréditer la thèse des réalités parallèles.

On dit que si on leur coupe les moustaches ils se retrouvent tout aussi égarés que nous quand on nous crève les yeux. Si les lois de l'évolution nous avaient munis sur le dessus des lèvres de ces longs poils tactiles très seyants à l'aide desquels ils s'orientent en lui, nous nous ferions du monde une idée toute différente. Une vraie révolution conceptuelle s'ensuivrait, auprès de laquelle les systèmes les plus décisivement neufs qu'a produits l'esprit humain au cours de son histoire n'apparaîtraient plus que comme de très modestes réaménagements locaux d'une pensée elle-même éminemment dépendante d'un point de vue fort partiel sur la réalité.

Je me demande parfois à quoi peut bien ressembler la métaphysique des moustaches que n'ont certainement pas manqué d'élaborer certains chats philosophes.

— Ou bien : c'est le contraire.
— Le contraire ?
— Ce sont eux les dieux. Ils nous rendent visite.
— Déguisés en animaux plus ou moins domestiques.
— Et qui viennent recevoir de nous le tribut que nous leur devons.
— Sous forme de sacrifices.
— On leur dresse un autel dans chaque foyer avec une gamelle, une corbeille.
— Et ils condescendent à venir honorer de leur présence les lieux du culte que nous leur consacrons.

André Breton le dit — ou quelque chose de comparable — : « L'homme n'est peut-être pas le centre, le *point de mire* de l'univers. » « *Point de mire* » est vraiment bien trouvé. Suggérant que nous partageons peut-être ce monde que nous croyons nôtre avec des créatures invisibles qu'il nomme les *Grands Transparents*, indifférents à notre sort, à peine informés de notre existence, dont les systèmes sensoriels sont tellement différents de ceux que nous possédons que nous nous côtoyons sans même en avoir conscience.

Je me les représente assez comme de gigantesques méduses galactiques totalement translucides dans l'air où elles flottent. Mais un chat ferait l'affaire aussi. Ce sont eux les *Grands Transparents*. D'ailleurs, William James, que cite étrangement Breton, suggère la comparaison : « Qui sait si, dans la nature, nous ne tenons pas une aussi petite place auprès d'êtres par nous insoupçonnés, que nos chats et nos chiens vivant à nos côtés dans nos maisons ? » Sauf que le philosophe américain semble ne pas avoir l'intuition de la réversibilité des représentations du monde que se font les espèces et de la très petite place que nous occupons en fait pour les chats dans l'univers tel que ceux-ci le voient et où ce sont eux qui nous considèrent vraisemblablement comme des créatures tout à fait subalternes.

Qui sont ces *Grands Transparents* ? Une certaine Marie Duclaux, paraît-il, à qui Breton emprunte sa théorie, n'hésite pas à insinuer que ces êtres circulant sous nos yeux mais à notre insu parmi les phénomènes, ces « frères supérieurs », pourraient bien être « les âmes de *nos* morts ». *Dixit* Duclaux. Mais Breton, dont la faculté de délire n'est pourtant pas douteuse, ne la suit pas jusque-là.

Il a bien raison.

Chapitre 20

POSSIBILITÉS DU POSSIBLE
EN TANT QUE POSSIBLE

Quand on a renoncé à savoir pourquoi, plutôt que rien, il y avait quelque chose, une seconde question vient aussitôt à l'esprit. Aussi insoluble que la précédente : pourquoi les choses sont-elles ainsi plutôt qu'autrement?

Du fait de quel hasard ou selon quelle nécessité une chose en vient-elle à exister au lieu d'une autre qui aurait pu être tout aussi bien? Depuis Aristote et sa métaphysique sans moustaches, la philosophie distingue l'être *en puissance* et l'être *en acte* : la forme investit la matière qui en est privée, la façonne à sa manière pour tirer d'elle ce qui sera et qui s'accomplit ainsi. « *Entéléchie* », si cela intéresse quelqu'un, est le terme savant. Pour parler un langage d'aujourd'hui, le virtuel devient du réel lorsque, parmi toutes les potentialités que ce virtuel recèle, la forme investissant la matière, une de ces potentialités, et une seule, sort du néant et, au sein du réel, accède alors à l'existence. Toujours si j'ai bien compris — car la métaphysique aristotélicienne, pour moi en tout cas, n'est pas intellectuellement d'un accès beaucoup plus aisé que la physique quantique.

L'exemple à l'antique dit : du bloc de marbre informe qui

comprend *en puissance* toutes les statues qu'un sculpteur pourrait en faire sortir, lorsque le marteau et le ciseau ont fait leur travail, émerge *en acte* l'apparence exclusive de telle ou telle créature de pierre — qui l'on voudra parmi les dieux de l'Olympe dont un artiste grec ait pu avoir l'image en tête. En somme, ledit bloc de marbre est assez semblable à la boîte dans laquelle Schrödinger a enfermé son chat. Il recèle simultanément tous les états superposés de la réalité jusqu'à ce que de ceux-ci, quelqu'un mettant le bloc en morceau, faisant sauter le couvercle de la boîte et observant ce qui se trouve à l'intérieur, il n'en reste plus qu'un.

Le monde ne vient ainsi à l'existence qu'en vertu d'un désastre. Dans les mots des savants : le « paquet d'ondes » s'effondre. La création est une catastrophe au fond. Elle ne s'accomplit qu'à la condition que le nuage en suspension de tous les possibles se cristallise autour de la manifestation exclusive à laquelle, au bout du compte, se réduisent ceux-ci. Bien sûr, ce n'est pas tout à fait ce que dit la mécanique quantique qui envisage tous les états superposés afférents à une particule donnée non pas comme des virtualités — ce serait trop simple — mais comme des réalités — c'est là tout le sel de l'affaire. Mais l'hypothèse très sensée de la « décohérence » se laisse assez bien traduire quand même dans les termes d'une telle rêverie : le « tout » qui était se désagrège, il perd la « cohérence » au sein de laquelle ce « tout » se trouvait intriqué, pour emprunter une seule des formes parmi celles auxquelles il aurait pu donner lieu. Comme une chute : de l'infini du virtuel dans le fini du réel. Déposant le monde comme un déchet devant nos sens.

Et le réel porte le deuil de tous les possibles puisqu'il n'existe que pour avoir procédé à leur sacrifice.

Le jeune Joyce était déjà très informé de tout cela. Il n'avait pas eu besoin de dépêcher vers le futur son esprit afin que celui-ci converse avec le vieux Schrödinger dans cette ville de Dublin où tous deux ils vécurent — mais que le romancier avait quittée depuis plusieurs décennies lorsque le savant s'y est installé à une date où d'ailleurs le premier n'allait plus trop tarder à mourir. Il n'avait pas eu besoin non plus, pas plus que Schrödinger, de rencontrer Everett dans l'un ou l'autre de ses univers parallèles en vue de recevoir de lui la révélation de son absurde évangile. Non, il lui avait suffi de lire distraitement Aristote et de laisser l'un de ses personnages divaguer avec lui sur tout ce qui, dans une vie, échappe à ce que l'on en sait.

Ulysse : « Ici il médite de choses qui ne furent pas : ce que César aurait pu accomplir s'il avait accordé foi au devin : ce qui aurait pu être : possibilités du possible en tant que possible... »

Imaginer qu'une chose soit en lieu et place d'une autre qui est revient à se livrer déjà à une expérience de pensée. La science va seulement se loger dans le creux qu'une telle rêverie creuse dans chaque esprit. Si bien qu'il n'y a pas lieu d'accorder à Everett ou à n'importe lequel des autres savants, physiciens et astronomes, qui passent désormais pour avoir découvert les univers parallèles le mérite d'une idée qui avait été formulée déjà des milliers de fois avant eux et qu'ils n'ont fait qu'habiller de leurs théories nouvelles, lui fournissant la justification *a posteriori* de leurs équations, mais dont l'invention est aussi vieille que la pensée lorsque celle-ci s'attache à l'énigme de ce qui aurait pu être et dès lors que n'importe qui s'en vient à spéculer sur le cours qu'aurait pris autrement sa vie si le hasard — ou lui-même — en avait décidé ainsi.

On trouve toutes sortes de théories qui prétendent donner une substance à l'idée des univers parallèles.

Certaines reposent sur la pure spéculation et posent que la vraie réalité serait celle du monde des idées dont celui des choses ne constituerait que l'ombre portée telle que la perçoivent nos sens. En conséquence, il faudrait considérer qu'à toute structure mathématique concevable (à toute idée) doit correspondre un univers qui lui est conforme (un objet). Tout ce qui est conceptuellement possible existe ainsi — même si nous n'en possédons aucune preuve et que nous n'en avons aucun indice. Je traduis : si tout ce qui est réel est rationnel, comme le disait un philosophe fameux, il faut ajouter aussi que tout ce qui est rationnel est réel. Doit l'être. D'une certaine manière, en tout cas. Quelque part.

Admettons.

Encore que, pour ma part, j'aurais peu tendance à faire aveuglément confiance aux mathématiques comme si celles-ci étaient nécessairement le miroir du monde. Et je serais spontanément très réfractaire à l'idée que la réalité soit

222

raisonnable quand elle nous donne au contraire tant de preuves et d'exemples de son caractère arbitraire, aléatoire et chaotique.

D'autres théories dépendent, quant à elles, d'hypothèses plus concrètes — si l'on peut dire — concernant le cosmos et qui peuvent se prévaloir d'observations portant sur celui-ci.

L'une de ces observations touche à ce mouvement par lequel les objets célestes, disent les astronomes, paraissent s'éloigner les uns des autres à toute vitesse, accréditant l'idée que, loin d'être fixe, le cosmos serait en perpétuelle expansion, enflant sans cesse, de sorte qu'on doive imaginer, comme le suggèrent certains, qu'il est le produit non pas d'une seule explosion initiale mais d'une série de Big-Bang en chaîne dont chacun engendre à son tour un univers qui lui est propre et qui prend place aux côtés des autres, à la manière d'une bulle se formant dans la mousse effervescente du tout se propageant partout, débordant dans toutes les directions à la fois, un « multivers », selon l'expression désormais consacrée, parmi des milliers d'autres « multivers », chacun avec des lois qui lui sont spécifiques déterminant la réalité de manière aléatoire, et dont la somme seule mériterait à proprement parler le nom d'univers. Ou plutôt : de « méta-univers ».

Mais, en vérité, selon l'inévitable principe d'Occam, la théorie la plus simple est aussi la plus satisfaisante. Elle n'a besoin pour être envisagée que de s'appuyer sur une seule hypothèse, compréhensible de n'importe qui et sans qu'il soit besoin pour cela d'en passer par aucune démonstration mathématique. Même si elle donne le tournis.

Quelle hypothèse ?

Réponse : que l'univers est infini et qu'il est plein d'une matière elle-même infinie. Si tel est le cas, comme le pensent de nombreux savants et comme se le figure intuitivement le rêveur contemplant le ciel étoilé, alors, il faut déduire de ce principe, si on l'admet, les conséquences qu'il implique. À savoir : que toutes les combinaisons de particules envisageables existent effectivement dans l'un ou l'autre des secteurs du cosmos — et même si la distance qui nous en sépare est si grande qu'elle nous interdit d'entrer en relation avec ces territoires éparpillés ou même de recevoir aucune forme de témoignage en provenance de ceux-ci.

« Toutes les combinaisons », cela signifie que tout existe quelque part et qu'ainsi il se trouve forcément une infinité de planètes comparables à la nôtre, dont certaines strictement identiques, avec sur chacune de celles-ci une infinité de versions de la vie telle que nous la connaissons, si bien que tout individu, tout événement de notre terre y a sa contrepartie une infinité de fois, sous une forme strictement semblable ou sous toutes les formes plus ou moins différentes que cet individu, cet événement sont susceptibles d'emprunter. Pour reprendre les termes d'Aristote, tout ce qui est *en puissance* est également *en acte*.

Tout ce qui a été, pourrait être, aurait pu être, est.

Au sein de l'univers infini puisque, par définition, celui-ci contient tout.

Très simplement.

L'infini suffit — si l'on peut dire — pour que la thèse des univers parallèles s'impose comme une nécessité à la pensée. Car poser que le cosmos est plein et sans limite conduit à accepter l'idée que tout le virtuel de la vie y est doté d'une existence effective. Dès lors que sa probabilité n'est pas égale à zéro et même si elle est extrêmement faible, chaque arrangement, par permutation, des éléments qui composent la matière se situe ici ou là dans un espace qui, puisqu'il est infini, propose et épuise toute la combinatoire de tels arrangements.

Alors même qu'ils reposent sur des hypothèses totalement indépendantes (l'infini de l'univers pour les astronomes, le principe de superposition pour les physiciens), les univers parallèles dont rêve la science finissent du coup par se ressembler étrangement.

Comme deux gouttes d'eau dans l'océan.

Même si les premiers — et c'est pourquoi ils sont plus aisés à se représenter — sont censés être accessibles à nos sens — au sein de ce que l'on nomme couramment « l'espace » avec ses planètes, ses galaxies — tandis que les seconds se déploient dans un autre lieu — pour lequel je ne suis pas même certain que le mot de « lieu » convienne —, l'espace vectoriel de Hilbert construit mathématiquement afin de rendre compte du comportement ondulatoire des réalités microscopiques.

Mais comme nous n'avons accès ni à l'un ni à l'autre de ces deux espaces, le résultat ne fait plus trop de différence, j'imagine.

Que l'hypothèse de l'infini amène à poser un signe d'égalité entre le virtuel et le réel, on n'a pas manqué de s'en faire une idée depuis toujours. Placez, comme l'a proposé quelqu'un, un chimpanzé devant une machine à écrire et laissez lui l'éternité. Il arrivera forcément un moment où il aura écrit l'*Iliade* et l'*Odyssée*. Et aussi toutes sortes de versions plus ou moins déformées — avant, après, autrement — des poèmes attribués à Homère, singe humanoïde qui n'eut que le temps trop bref de sa vie pour composer ceux-ci : l'enfance d'Achille avant même son séjour chez les femmes, une version de l'histoire dans laquelle Hélène reste fidèle à Ménélas si bien que la guerre n'a pas lieu, une autre encore où ce sont les Troyens qui l'emportent sur les Grecs, la fin des aventures d'Ulysse une fois celui-ci rentré à Ithaque. Et ainsi de suite. Puisque le chimpanzé en question dispose du loisir indispensable, tapant au hasard sur les touches de son clavier, pour composer tous les récits que le langage humain est susceptible de produire, épuisant ainsi l'inépuisable réserve du sens. Et l'alphabet des particules élémentaires se combinant au hasard comme celui des lettres frappées sur le papier est, bien entendu, susceptible de donner naissance *réellement* au même résultat dans le noir de l'espace infini.

C'est la fameuse fable de Borges. Qui démontre accessoirement que l'on peut même se dispenser de l'hypothèse de l'infini, qu'il suffit de passer dans le domaine des très grands nombres pour donner une consistance à de pareilles spéculations. Fixez un nombre de signes égal à celui des caractères composant un livre (tant de signes par page, tant de pages pour un livre) et imaginez que soient imprimés tous les ouvrages susceptibles d'être produits par la permutation aléatoire des lettres de l'alphabet. Tous ces livres — dont on peut aisément calculer le nombre à l'aide d'une formule mathématique enseignée au lycée, même si j'ai oublié laquelle —, rangez-les dans une bibliothèque — la « bibliothèque de Babel », l'appelle Borges — extraordinairement vaste et contenant néanmoins un nombre fini d'ouvrages. On obtient par un tel procédé des suites par milliers de signes sans aucune signification avec parfois, perdu en leur sein, l'îlot sensé d'un mot, d'une phrase, d'une page. Mais aussi tous les textes *scriptibles* — comme l'on disait autrefois — qui figurent fatalement sur l'un ou l'autre des rayons de ladite *librairie* — comme l'on disait il y a plus longtemps encore.

Tous les livres qui ont été écrits, qui seront écrits ou qui auraient pu l'être. Tous les ouvrages contenus dans toutes les bibliothèques du monde ainsi que ceux partis en fumée d'Alexandrie. Le texte retrouvé de toutes les tragédies perdues de l'Antiquité ainsi que celui des grandes tragédies que Sophocle, Shakespeare et Racine n'ont pas composées. Des manuels scolaires qui racontent ce que César aurait fait si, écoutant l'avertissement de l'augure, il avait échappé à son assassinat, la victoire de Carthage sur Rome, celle de Napoléon sur Wellington, la naissance, l'apogée, la décadence et la chute de civilisations qui n'ont jamais été. Des traités de philosophie où figurent chaque proposition argumentée et son contraire. La somme de toutes les démonstrations doublée de celle de toutes leurs réfutations. La preuve de l'existence de Dieu et la preuve inverse. L'une aussi irréfutable que l'autre. En apparence du moins. Le récit exhaustif de l'existence de chaque individu. Ainsi l'histoire de votre vie, *à vous*, dans ses moindres détails et jusqu'à celui qui annonce l'instant exact de votre mort. Mais aussi toutes les versions mensongères de n'importe quelle biographie — celle-ci y compris. Sans aucune possibilité de distinguer entre ces récits également cohérents et pourtant strictement incompatibles autant que les états superposés d'une particule selon l'équation d'onde de Schrödinger. Et bien sûr, c'est la conclusion à laquelle aboutit le personnage de Borges, dans toute cette masse de mots pour la plupart illisibles, se trouve le texte même que celui-ci est en train d'écrire. Ou celui qui est en ce moment précis sur le point d'apparaître sur l'écran de mon ordinateur.

Borges ne cite pas, je crois, ce philosophe. Mais il le connaissait sans doute. La parenté est si flagrante qu'il n'est pas impossible qu'il se soit inspiré de lui sans le dire. C'est chez Leibniz en tout cas que l'on trouve l'illustration la plus frappante de l'idée que développe Borges. Avec une différence essentielle, cependant, qui interdit d'attribuer tout à fait au philosophe la paternité des univers parallèles.

Dans la troisième partie de ses *Essais de Théodicée*. Vers quels recoins poussiéreux et imprévus de ma propre et vieille bibliothèque mon chat ne m'aura-t-il pas entraîné! Leibniz raconte une sorte de fable que, par commodité, il place non pas en Chine mais dans la Rome antique. Un jeune homme, Sextus Tarquin, qui deviendra le dernier des rois légendaires de la cité, interroge l'oracle d'Apollon pour connaître de lui son avenir et le dieu lui révèle qu'il sera, comme le racontent les livres d'histoire latine, un personnage très peu recommandable, orgueilleux, lubrique et traître à sa patrie, un pur salaud en somme. Le jeune homme s'insurge devant pareil destin et fait finement remarquer au dieu qu'en lui annonçant un tel futur inflexible — car cela aura nécessairement lieu — il le conduit à commettre les actes coupables dont il n'avait auparavant ni le désir ni même l'idée, lui désignant le chemin qui mène à sa perdition et dont il n'a plus le loisir de s'écarter désormais. Apollon lui répond que, s'il révèle l'avenir, il ne le fabrique pas et adresse Sextus au bureau des réclamations que tient son supérieur hiérarchique. Le futur roi se rend donc à Dodone où siège Jupiter. Il lui offre les plus beaux sacrifices afin d'infléchir la volonté du dieu et que celui-ci accepte de changer ce qu'il a écrit pour lui. En vain, bien sûr. Et dégoûté de la vie, on le comprend, Sextus s'en va et s'abandonne à son destin. Si bien que ce qui avait été prévu s'accomplit enfin.

Un homme assiste à la scène, une sorte de prêtre, un nommé Théodore, chargé du rituel, poursuit Leibniz, et que l'attitude de Jupiter laisse quand même perplexe, trouvant plutôt injuste le sort qui a été fait à Sextus. Pour l'éclairer, le dieu des dieux lui conseille de rendre visite à sa fille, Pallas, la déesse de la sagesse, domiciliée à Athènes. Théodore s'exécute et, une fois arrivé sur place, en songe, il est transporté dans un pays inconnu et magnifique où lui est offerte la révélation qu'il avait demandée. Pallas le touche au visage avec un rameau d'or et lui ouvre les portes du « palais des destinées ». Celui-ci contient des représentations, dit la déesse, « non seulement de tout ce qui arrive, mais encore de tout ce qui est possible », de sorte que Jupiter puisse passer en revue toutes les formes que l'univers aurait pu prendre et parmi lesquelles il a choisi celle qui lui a plu. Chaque pièce du palais contient ainsi l'une des versions de chacun des événements qui ont fait, qui feront ou qui auraient pu faire l'histoire de tous les hommes comme celle de chacun d'entre eux. Tout appartement correspond à un monde dans lequel on trouve un livre qui en raconte l'histoire, si bien que le palais, avec un livre par pièce, « le livre des destinées », consiste aussi en une grande bibliothèque à la Borges. Le palais a l'apparence d'une pyramide : les logis qui correspondent aux hypothèses mauvaises rejetées par la providence en constituent la base, et plus on s'élève, plus on s'approche de la chambre située au sommet qui abrite la seule et unique réalité voulue par les dieux. Parce qu'elle est la meilleure de toutes.

Pour convaincre l'homme à la foi vacillante, Pallas propose à Théodore de visiter les pièces qui concernent le malheureux Sextus. Dans l'une de ces chambres se trouve l'histoire vraie de celui-ci où Théodore reconnaît la scène à laquelle il a assisté, Sextus recevant d'Apollon puis de Jupiter l'oracle qui le condamne. Mais il existe toute une série d'autres chambres, d'autres mondes aussi que la déesse lui montre où Sextus connaît d'autres destins, plus vertueux, plus heureux et où il devient un saint plutôt qu'un salaud. Si Jupiter, dans sa grande sagesse et avec la plus totale équité, a élu pour le jeune homme un destin honteux et misérable, c'est parce que de celui-ci devaient sortir les grandes choses nécessaires au bien de l'humanité. Il fallait le crime de Sextus — en l'occurrence : le viol de Lucrèce — pour que devienne possible la gloire de Rome, « *felix culpa* », « faute heureuse », aussi nécessaire que le péché d'Adam ou la trahison de Judas au salut du monde.

Ce Qu'il Fallait Démontrer.

L'histoire est un peu longue, je sais. Mais elle est intéressante, je crois. Instructive au moins. On en apprend des choses! Moi en tout cas. Même si la chute n'étonnera aucun lecteur. Chacun y ayant reconnu la proposition rendue célébrissime par son plus illustre détracteur dans un autre conte dont il n'est sans doute pas un seul écolier de France qui n'ait découvert à travers lui la philosophie. Le *Candide* où Voltaire, prêtant la proposition au fumeux Pangloss, tourne en dérision la conviction énoncée par Leibniz qui veut que tout soit pour le mieux dans le meilleur des mondes possibles. Considérant avec une perplexité plutôt goguenarde la théodicée de son adversaire qui n'examine tous les possibles de l'univers qu'en vue de les écarter aussitôt, défendant la thèse que seul ce qui est devait être, Leibniz ne niant pas l'existence du mal mais soutenant que celui-ci est au service d'un bien supérieur, de sorte qu'il n'y aurait rien à redire à l'ordre de la création au bout du compte. Ce qui laisse Voltaire assez sceptique, celui-ci considérant quand même que la mort, la souffrance, la guerre, sans compter les cataclysmes comme le terrible tremblement de terre de Lisbonne, il est difficile de les envisager comme autant de désagréments provisoires et relatifs dont il faudrait au fond rendre grâce à Dieu puisqu'ils sont les indispensables instruments de la félicité que celui-ci a établie pour les hommes.

Je ne dis pas que Leibniz a inventé les univers parallèles, bien sûr. Il forme une fable fameuse qui en donne une représentation frappante. Mais il recule immédiatement devant les conséquences de la fiction qu'il a façonnée. D'abord, il n'envisage ces univers parallèles qu'à la manière d'hypothèses existant à l'intérieur de la conscience divine qui s'enchante d'elles et auxquelles, dans le palais des destinées, les hommes n'accèdent qu'en songe. Ensuite, et surtout, il organise ces univers selon un principe très hiérarchique qui attribue à chacun de ceux-ci une place dans la grande pyramide dont seul le sommet est réel.

Alors que le vrai vertige, le vertige du vrai commence lorsque, à l'inverse de ce que Leibniz affirme, toutes ces versions de la vie apparaissent comme dotées du même degré de réalité — ou d'irréalité — sans qu'aucune providence ne les ordonne : un grand chaos de formes virant aveuglément dans

le vide où tournoient tous les possibles, la monstrueuse addi-
tion des mondes se juxtaposant sans rime ni raison et dont
rien ne vient régler le mouvement au hasard qui les conduit
vers nulle part.

Vaste comme l'univers infini.

Et tenant cependant dans le volume d'une boîte.

Chapitre 21

IL FAUT CULTIVER
NOTRE JARDIN

« Cultiver son jardin » est la conclusion de Candide : œuvrer modestement en vue du bien, travailler concrètement, là où on le peut, à réduire la peine et la douleur en refusant de donner son assentiment aux grandes théories qui justifient l'ordre inique du monde et veulent à tout prix voir de l'harmonie là où sévit le chaos le plus évident.

Il ne vaut pas grand-chose mais c'est le dernier mot de la sagesse universelle.

On finit tous par penser de la sorte, non ?

Et c'est bien mieux ainsi.

Car si l'on accepte la thèse de Leibniz et celle de tous les autres faiseurs de théodicées à sa suite, il faut admettre que le Mal, sous ses formes les plus radicales, est indispensable à l'économie de la création telle que l'a voulue la providence et qu'ainsi dans cet appartement radieux que Dieu a situé au sommet de sa pyramide ont leur place les catastrophes les plus innommables de l'histoire humaine, depuis le tremblement de terre de Lisbonne jusqu'aux monstruosités plus récentes qui eurent lieu du côté d'Auschwitz et d'Hiroshima et toutes les autres appartenant, avec des degrés variables dans l'horreur, à la même catégorie d'événements. Si bien qu'il faudrait penser que Jupiter, donnez-lui le nom que vous voudrez, passant en revue toutes les demeures de son « palais des destinées », a jugé qu'il était juste que tout cela fût, estimant que cette somme de souffrance était indispensable au plan glorieux qu'il avait en tête. Assez content de lui. Regardant son œuvre et se disant qu'elle était bonne, mieux que bonne : « le meilleur des mondes possibles ».

Plutôt que de parler ainsi, il y a des fois où il vaudrait mieux tenir sa langue, voire l'avaler, je crois. Des fois ? Tout le temps ! Moins on en dit, mieux c'est. Selon un aphorisme devenu fameux. Car la seule sagesse consiste, en général, à réserver son jugement. À ne se prononcer sur les choses qu'en cas de stricte nécessité. Et pour le reste à s'en remettre à une certaine science du relatif. Qui souvent est celle des savants. En tout cas : des plus lucides, des plus scrupuleux d'entre eux.

Cultiver mon jardin ?

C'est le projet, bien sûr.

Encore que, sur le sable, pas grand-chose ne pousse. Si bien que, plutôt que de sarcler, de bêcher, de biner, le plus raisonnable consiste à regarder depuis le transat sur lequel on s'est allongé comment grandissent les pins à côté du genêt tout sec, du lilas fané, tandis que le noyer produit ses quelques feuilles et déjà ses premiers fruits parmi les mauvaises herbes où, en cette fin d'été, commence à s'effacer l'éclat des marguerites orangées.

Ici, je pense parfois que je pourrais ne plus rien faire d'autre désormais. Une sorte de retraite. Drôle de mot et si vrai. Comme une armée bat en retraite. Ce qui revient à dire, en réalité, qu'elle cesse les hostilités et qu'elle s'en va comme elle peut après la défaite. L'ordre donné du repli. Le contraire du branle-bas de combat. Sur un commandement mystérieux venu d'on ne sait qui, tout s'arrête. La vie contemplative se substitue à la vie active. Un cloître où, entre les heures de méditation sans objet, on vient dans l'ombre de la pierre profiter de la lumière d'un patio et des fleurs près de la fontaine.

Le pavillon pour les vieux jours avec la pelouse et le potager. L'enfer du désœuvrement, la dépression qui guette? Mais non, pourquoi désespérer ainsi du néant? Plutôt : le paradis promis et bien mérité d'une réconciliation enfin offerte avec toutes les choses minuscules du monde. L'oisiveté d'un loisir sans fin. Dont il n'y a aucunement à rougir.

C'est la vie de millions de gens.

Les gens heureux.

— Mais enfin, monsieur Schrödinger, que faites-vous de tout votre temps?
— Plus rien.

— Mais ne pensez-vous pas que votre génie puisse manquer à l'humanité?

— Ne me faites pas rire!

— Je suis tout à fait sérieux.

— L'humanité se passe très bien du génie en général et du mien en particulier.

— Et toutes les découvertes exaltantes, les pensées immortelles dont vous pourriez encore être l'auteur? Votre œuvre?

— Je sais. Sans moi, c'est un peu le désert. Mais que voulez-vous? C'est ainsi.

Je suis entré dans mon année du chat. Avec un peu de chance, elle me durera jusqu'à la fin de mon existence maintenant. Me faufilant comme un petit félin entre les tigres et les dragons.

— Le travail ne vous manque pas?

— Pas du tout.

— Vous avez des projets, vous allez au cinéma, vous regardez la télévision, vous voyez du monde, vous partez en voyage?

— Pas vraiment. Je suis bien ici. Je n'ai plus trop envie de bouger. De moins en moins.

— Vous lisez?

— Que voudriez-vous que je lise? Vous êtes passé par la maison de la presse? Vous avez vu les romans de la dernière rentrée littéraire?

— De la poésie?

— Je vous en prie!

— Donc, vous ne faites rien.

— Exactement.

— Je ne pourrais pas.

— Mais si, c'est beaucoup plus facile qu'on ne croit, vous savez.

— Les journées doivent vous paraître interminables.

— Je vais me promener du côté de la mer. Tantôt quand la marée est haute, tantôt quand elle est basse.

— Et sinon? Vous ne vous ennuyez jamais?

— Je tonds ma pelouse.

— Je ne vois que quelques mauvaises herbes sur le sable.

— Je regarde pousser mes carottes.

— Mais vous n'avez même pas de potager!

« Je cultive mon jardin », cela signifie : « je regarde passer le temps ». Le temps pur. Délivré du souci du passé et du soin de l'avenir. À peine le présent. La sensation sans cesse répétée de l'instant. Avec au sein de chaque seconde qui s'écoule assez de matière pour donner tout un monde qui ne manque de rien.

Cela fait un spectacle suffisant. De quoi remplir tout le temps d'une vie. Oubliant tout le reste.

Une vie de chat à faire la sieste au soleil, à errer pour des riens dans la nuit, à scruter le vide.

Sans penser à quoi que ce soit.

Qu'il ne pense à rien, bien entendu, c'est moi qui le dis.

Faute d'avoir la moindre idée de ce à quoi, peut-être, il pense pourtant.

Et bien décidé à ne pas lui prêter des pensées dont rien ne me garantirait qu'elles sont réellement les siennes.

Comme le font toujours les romanciers dans les livres que je lis et où il est question de chats. Écrits par des humains, forcément! Mais prétendant toujours que c'est le chat qui prend la parole, qui exprime sa pensée, racontant sa vie au lecteur, lui confiant ses opinions sur le monde et sur le cours des choses, se changeant du même coup en une sorte de petit personnage fat et pontifiant, un insupportable donneur de leçons radotant sa vaine vision des choses. Lesdits écrivains, pauvres ventriloques avec leurs numéros de cabaret, faisant ainsi passer leur propre et pathétique bavardage pour celui d'un animal réduit au rang de marionnette.

Faute de pouvoir se faire chat soi-même et puisqu'un tel prodige est impossible, au moins, qu'on se choisisse un maître en la personne de son animal de compagnie. Recevant de lui la seule leçon silencieuse qui vaille et qui enseigne la formidable relativité de la vie.

Je veux dire : un maître zen. Quelqu'un qui n'a rien à révéler sur quoi que ce soit. Qui reste muet. Ou bien, qui ne s'exprime que sous la forme d'un *koan* de temps en temps : un miaulement, un frôlement dans le soir, une certaine manière de faire exister le vide en jouant avec le néant, suivant du regard l'air qui vibre, traquant des fantômes de formes, troquant la proie pour l'ombre, et puis délaissant l'ombre elle-même pour quelque chose de plus insaisissable encore, de façon à faire éclater au grand jour toute l'absurdité du monde et démasquer la désopilante prétention qu'il y aurait à vouloir lui trouver un sens.

Je ne sais pas à quoi pense un chat. Disons : à rien. Et je m'en voudrais de lui prêter des pensées qui ne sont pas à lui. Sa pure présence suffit. Elle invite à la méditation. Depuis cette « première fois » où je l'ai aperçu venant du mur du fond, ouvrant parmi les apparences une sorte de tunnel qui ne conduisait nulle part mais de chaque côté duquel le monde se disposait à la façon d'un grand décor vide, celui d'un théâtre avec juste ce qu'il faut de didascalies pour le décrire mais se dispensant de drame, de dialogues, d'acteurs, le rideau ouvert sur rien, célébrant la cérémonie sans commencement ni fin à la faveur de laquelle tout s'évanouit dans le néant de la nuit qui cependant comprend le temps de la vie.

Mais comment raconter une telle expérience ? Si un écrivain avait l'idée absurde d'en faire un livre, on imagine assez ce que serait le résultat : l'histoire d'un homme sans histoire, se faisant le chroniqueur des événements insignifiants survenus dans son existence à partir du plus minuscule de ceux-ci, l'arrivée dans son jardin d'un chat errant, et devenant la proie d'un délire assez extravagant en s'imaginant pouvoir reconstruire à partir de là une démonstration assez vaste pour englober à la fois le système de sa vie et celui de l'univers indifférent tournoyant avec ses phénomènes autour de lui.

Une sorte de thriller absurde au ressort purement spéculatif où les péripéties s'enchaîneraient mais où rien n'arriverait jamais.

Voilà où j'en suis.

Chapitre 22

DE CORNE ET D'IVOIRE

Je prends ma leçon quotidienne de mon maître chat.

Sur la terrasse, je ferme les yeux. Comme lui, je fais un somme au soleil. Alors, je rêve que je suis un chat. Et puis je me réveille. Encore une légende chinoise. Je ne sais plus si je suis un homme qui a rêvé qu'il était un chat. Ou bien : si je suis un chat qui rêve maintenant qu'il est un homme. Mais comme je me rendors aussitôt, je n'ai pas le loisir d'étudier la situation et de découvrir lequel de ces deux états est véritablement le mien.

La sieste est le moment que les songes préfèrent. L'heure qu'ils choisissent pour vous rendre visite. Celui qui dort flotte, suspendu parmi des milliers de mondes emmêlés à la consistance si fugitive qu'ils se confondent dans sa conscience sans qu'il y ait aucun moyen de les distinguer. Le grand tournis du possible. Afin d'arriver à un tel résultat, nul n'est besoin de recourir au protocole baroque sorti de l'inventive cervelle d'un savant et exigeant de bricoler de quoi assembler dans une caisse le marteau, la fiole de poison sans parler de la substance radioactive et du compteur Geiger. L'expérience de pensée à laquelle chacun se livre quand il dort vaut pour toutes les autres qui n'en sont, au fond, que les répliques approximatives, des tentatives pour reproduire en laboratoire les conditions mêmes auxquelles, toutes les nuits, n'importe quel rêveur parvient tout seul et sans l'aide de personne dans son lit.

Depuis la nuit des temps.

Dans la nuit du temps.

Quand les paupières s'abaissent, c'est le couvercle de la boîte qui se ferme. L'observateur s'absente. Et, du coup, tous les phénomènes se trouvent rendus à leur indifférenciation première, à leur labilité originelle. Un vaste nuage d'ombres tourne sur lui-même à la manière d'une toupie qui contiendrait dans sa sphère tous les morceaux du monde, mélangés les uns aux autres, se prêtant à toutes les possibilités d'arrangements sans s'arrêter jamais à aucun pour longtemps. Un seul univers virant à toute vitesse et laissant défiler sous le regard le spectacle sans cesse s'accélérant de toutes les histoires successives et simultanées qui sont et qui auront été, leur somme insensée de silhouettes s'ajoutant les unes aux autres, s'effaçant les unes les autres.

À mesure que le soleil descend, l'ombre du noyer se penche plus loin. Elle m'a touché au visage tandis que je dormais. Un bref frisson sur la peau, dont les ondes assourdies se répercutent jusque dans l'aquarium du rêve, faisant bouger ses profondeurs, les agitant vaguement vers le bas, laissant miroiter sa verroterie de sable aux reflets de cristal. Le kaléidoscope mental tourne d'un cran : un banc de poissons dorés qui passe dans le bocal et qui attrape sur ses écailles l'un des éclats distants du soleil, un hippocampe galopant dans le lointain de l'eau, l'étoile de mer d'une anémone indolente qui pirouette sur ses branches, le monde sens dessus dessous, les grands fonds sous-marins tout tapissés d'une végétation aux allures de pierres précieuses et qui miment le déploiement d'un ciel dans le soir.

On refait surface un instant et puis on plonge à nouveau comme si une grande lassitude vous avait lesté de ses bottes de plomb. Je me noie au ralenti. Une fois que l'on a renoncé à respirer, j'imagine, et que l'oxygène se met à manquer au cerveau, de pareilles hallucinations doivent s'emparer de l'esprit très vite tandis que le corps descend tout doucement en une chute libre très lente. Le scaphandrier dont les sangles qui le rattachaient à son navire ont lâché, engoncé dans sa grosse combinaison, avec le tube qui le reliait à la surface, prenant l'apparence assez bien imitée d'un pendu qui, tout en tombant, paraît presque immobile, se balançant seulement dans l'air au gré du vent comme une dépouille qui coule à pic et qui ballotte à peine au fil des courants. Ou bien, avec le poids du casque tirant vers le bas, culbutant, s'enfonçant la tête la première et filant vers le fond comme le font les canards.

Un plongeur ? Ou bien un pendu ?

L'arcane douzième qui, dans le tarot de Marseille, vient juste avant la mort : attaché par un pied, l'autre jambe repliée, la tête en bas, les mains liées dans le dos, livré impuissant au néant. Une carte néfaste quand on la tire : elle exprime après la catastrophe le malheur qui dévaste et détruit, celui qui pour toujours vous ligote dans le vide sans la moindre possibilité de bouger d'un pouce, littéralement suspendu, dans l'attente qui s'étire de quelque chose qui ne viendra plus. Mais comme tous les symboles, celui-ci dit aussi l'inverse de ce qu'il signifie, une chose et son contraire : l'extase du vrai à laquelle on parvient lorsque l'on a abdiqué toute volonté, l'énergie ramassée de celui qui lévite, acrobate des antipodes, fakir en équilibre sur son crâne, comme un stylite faisant le poirier au sommet de sa colonne, les pieds au mur sur la cime, souverainement parvenu en un lieu de surplomb où tout se tait à l'entour comme en soi, tout à fait seul et totalement libre.

Le pendu qui se balance à la branche de son arbre. Le noyé bercé par les courants.

C'est moi, je suppose.

Personne, tout le monde et n'importe qui.

Comme si ce n'était pas le rêveur qui inventait ses rêves mais l'inverse : la masse inchangée de tous les songes créant, pour les besoins de la cause, à leur convenance, le corps que momentanément il leur faut afin qu'il se trouve quelqu'un pour les rêver à nouveau. Le pendu se figure dans son sommeil qu'il est un noyé. Ou bien c'est le contraire. Et il n'y a aucun moyen de dire de quel côté se tient le rêve et de quel côté se trouve la réalité. Je suis moi, je suis lui, je suis tous les autres à la fois et, en même temps, aucun de ceux-ci. Avec une seule somme de songes pour eux tous que chacun partage à son tour.

L'ombre du noyer que fait bouger un peu le vent s'applique sur mon visage. L'arbre — auprès duquel j'ai installé ma chaise longue pour la sieste — a répandu autour de son tronc le paillasson déjà un peu noirci de ses premières feuilles pourrissantes où l'on aperçoit quelques fruits : leur enveloppe verte bien dense qu'il faudrait dépiauter avec les ongles, au risque de se souiller les doigts de l'encre de leur brou, pour découvrir le noyau dur comme un nœud de bois, sous la coquille que seul un marteau pourrait briser en morceaux et dont le contenu imite un univers parfait, tout replié sur lui-même, un atome, une planète, l'espace infini, un royaume à la couronne duquel n'importe qui pourrait prétendre, quitte à échanger celle-ci ensuite contre le cheval qui permettrait de prendre la fuite. « *A nutshell* », dit l'anglais. Chez Shakespeare encore : « *I could be bounded in a nutshell and count myself a king of infinite space, were it not that I have bad dreams.* » Moi aussi, dans la coque de noix où je suis enfermé, je pourrais me considérer comme le monarque régnant sur l'espace infini sans ces mauvais rêves que j'ai.

Mais mauvais, ils ne le sont pas toujours. Bons et mauvais. La somme nulle de tous les songes. Où chaque rêve a sa contrepartie. Tout ce qui est et tout ce qui aurait pu être. De sorte que se neutralisent plus ou moins le faste et le néfaste sans même qu'il y ait encore moyen de les distinguer vraiment l'un de l'autre.

La chouette est l'animal de Pallas, son totem. Comme celle qui nous observait dans la nuit, perchée sur son poteau, attendant l'instant le plus noir pour s'envoler enfin. Passant le relais aux lapins afin que ceux-ci s'assurent, dès le moment du matin, que nous étions toujours en vie. Et puis abandonnant le soin de leur mission à la première des créatures se promenant dans les parages : un chat ouvrant et puis fermant pour nous les portes du jour et de la nuit, celles par lesquelles chacun va et vient, visitant des mondes par milliers.

On dit qu'il y a deux portes. C'est du moins ce que raconte le chimpanzé qui dactylographia l'*Odyssée*. Par celle de corne vont les rêves véridiques. Et par celle d'ivoire les rêves mensongers. Venant vers nous dans le sommeil. Tous issus du même monde où ils existent donc pareillement jusqu'au moment où ils en franchissent le seuil, devant décider seulement alors laquelle de ces deux ouvertures ils empruntent. Mais avant cela : pas de blanc ou de noir, juste des nuances de gris s'échelonnant en bandes indécises entre le vrai et le faux.

Une sorte de grande boîte souterraine, c'est ainsi que je me représente, forcément, cet univers où tous les songes sont en suspension. Le singe dactylographe qui composa aussi l'*Énéide* raconte que s'y trouvent ensemble les âmes de toutes les créatures déjà disparues et de toutes celles encore à naître. Ce sont les mêmes, passant perpétuellement de corps en corps au gré de leurs réincarnations successives. Tant qu'elles sont dans leur boîte, elles doivent flotter pareillement à la manière de fantômes à l'intérieur de celle-ci. Des êtres littéralement morts *et* vivants d'après le regard avec lequel on les considère, et selon qu'on voit en eux ceux qu'ils ont été ou bien ceux qu'ils seront, des ombres dont les contours flous cohabitent dans la nuit éternelle. Avec tous les rêves qui expriment au même titre ce qui a été et ce qui sera, ce qui est et ce qui n'est pas.

Une poche énorme au-dedans de laquelle l'être et le néant, le réel et le virtuel coexistent, comme une matrice dans la profondeur de laquelle se tient en réserve tout le possible de l'univers, accouchant par spasmes de la vie.

On s'exagère beaucoup le prestige des fables de la mythologie ancienne. Autant que celui des expériences de la physique moderne. Le premier venu peut arriver à des résultats identiques avec les moyens du bord. Un chat et une feuille de noyer peuvent produire les mêmes effets qu'une déesse avec sa chouette et son rameau d'or. Ou bien l'appareillage très sophistiqué d'un laboratoire de pointe spécialisé dans la recherche fondamentale.

Dormir, c'est pousser la porte du palais des destinées, côté corne ou côté ivoire, peu importe. Une fois franchi le seuil dans ce sens et entré dans la boîte, le vrai n'est jamais là-dedans que l'une des innombrables versions du faux, ils ne se distinguent plus qu'à la manière des états superposés dont seule la « décohérence » permettra de les dissocier quand s'effondrera enfin le grand « paquet d'ondes » qui contient tout. Dedans : la réalité rendue à son statut informe sans qu'il soit possible de lui attribuer une propriété quelconque, le monde éparpillé selon le pluriel de toutes ses hypothèses et la conscience elle-même disséminée avec lui.

Je suis mon maître chat. C'est lui qui me guide dans cette demeure qui ressemble assez peu à celle que Théodore visita mais que je reconnais pourtant puisque c'est toujours la même maison que l'on voit en rêve. Une chaumière normande dans la clairière avec son pommier et puis, surgissant du sous-bois, le sentier sinuant jusqu'à la porte. Ou bien : le sommet d'un immeuble parisien sous les toits. La lente chute libre à l'envers vous fait accéder au dernier étage interdit où tout un monde se tient. Ce qui a été : du passé, les époques les plus reculées, soi-même enfant errant parmi des paysages oubliés. Ce qui sera : du futur, la vision de ce que l'on ignore encore et que l'on peine à comprendre, mais de l'existence duquel cependant on ne peut pas douter. Ce qui aurait pu être : toutes ses vies non vécues et qui pourtant apparaissent aussi réelles tout à coup que celle que l'on a menée. Ce qui est : la somme sidérante de tout cela à la fois.

Un chaos et cependant formidablement ordonné. Pas de la manière, bien sûr, que disait Leibniz rangeant sagement ses appartements dans sa pyramide selon son idée assez commode de l'harmonie. Plutôt : un espace aberrant qui comprend tous les possibles mais qui, en plus, les met sur le même plan de sorte qu'un équilibre existe au sein duquel chaque chose se démultipliant à l'infini trouve quelque part son contraire qui lui répond.

Une architecture absurde quand le promeneur la détaille : comme dans une gravure d'Escher, des couloirs qui ne mènent nulle part, qui vous font revenir sur vos pas sans que l'on comprenne comment à la manière d'un ruban à une seule face s'entortillant sur lui-même, des escaliers qui se développent dans des puits vertigineux et qui s'interrompent sur un palier surplombant un précipice. Ou bien : qui vous font descendre lorsqu'on croit les gravir. Des portes qui donnent dans le vide, des fenêtres murées, d'autres qui ouvrent sur des paysages d'une splendeur impossible. Mais, lorsque l'esprit s'en fait une petite idée, une topologie au fond parfaitement sensée : un grand labyrinthe à l'intérieur duquel tout communique si bien que chacune des chambres qu'il abrite se trouve en relation avec toutes les autres. Et soi-même, mystérieusement doué de la faculté d'ubiquité, à la fois partout et nulle part, logeant simultanément dans chacune de ces chambres qu'habitent les figures en nombre infini de celui que l'on est : mort et vivant, soi-même et un autre.

Chapitre 23

LE SONGE DE SCHRÖDINGER

Schrödinger dort.

Il rêve encore, son chat sur les genoux.

Couché dans son transat déplié devant la terrasse sur la mousse où pointent de mauvaises herbes et qui, dans le jardin, tient lieu de pelouse. Avec, tombant du noyer, maintenant que l'après-midi de l'été finissant est bien avancé, taches fraîches agitées par le vent, l'ombre des feuilles assez rares au bout des branches qui passe sur ses yeux fermés, les protégeant du soleil et puis, lorsqu'elle se déplace, qu'une vague bourrasque l'écarte une seconde, découvrant l'azur, les exposant à la lumière de sorte que ses paupières s'empourprent soudain et font s'épanouir sous son regard des fleurs mauves aux allures de galaxies lointaines tournant sur elles-mêmes dans le vide et poussant parmi le néant du ciel les ramifications de quelques constellations répandant dans la nuit leurs traînées de lait.

Il ronfle un peu. « Beaucoup », corrigent les femmes dont il lui arrive de partager le lit. À tel point que le bruit de raclement qu'il fait du fond de sa gorge le réveille parfois lui-même un instant, le secoue avant qu'il ne se rendorme aussitôt : un grognement d'ours plutôt qu'un ronronnement de chat.

Pour compléter le portrait et par égard pour la vérité qui exige de ne rien taire, il faudrait ajouter qu'un petit filet de bave brille peut-être à la commissure de ses lèvres. Sa tête affaissée sur l'épaule. Quelques tics agitent encore son visage. Un tremblement nerveux au bout de la jambe ou du côté des doigts.

Il n'est pas impossible non plus qu'il balbutie quelques mots dans son sommeil. Mais comme personne ne les comprend…

Chut !

Ne le réveillez pas.

Jamais le silence ne se fait tout à fait. Des murmures. Une conversation. Qui vient peut-être du jardin d'à côté. Ou bien : la porte, la fenêtre n'a pas été fermée et, dans la maison, la télévision, la radio est restée allumée. Un dialogue se poursuit. Qui ne veut rien dire. Juste des mots qui flottent dans les airs. Et dont celui qui les écoute ne peut être complètement certain qu'il ne les invente pas.

On ne sait plus trop qui s'adresse à qui. Des voix. Comme si c'était le vide qui se parlait à lui-même. Et qui commentait des images défilant, paupières baissées, à l'envers, sur l'écran des yeux. Un film impeccablement monté de manière que chaque image nouvelle appelle nécessairement la suivante pour s'y glisser, mais sans souci aucun d'aboutir à une intrigue intelligible dont le spectateur pourrait suivre la logique ou même identifier les personnages qui s'agitent dans le champ. De sorte que l'on n'ait aucune chance de s'y retrouver jamais.

Dormir suffit.

Afin de saisir à quel point il n'y a jamais qu'une seule histoire ramassée sur elle-même. Le jour la déplie ensuite pour lui donner les apparences plausibles d'intrigues que lui connaît la vie lorsqu'elle s'étend vers l'extérieur. Mais tant qu'on reste dans le dedans de la boîte, c'est autre chose : un grand récit sans partage pour lequel toutes les péripéties possibles, au lieu de s'exclure les unes les autres, s'additionnent, manifestant sous le regard le réseau ramifié de ce à quoi elles auraient pu conduire et que plus personne ne pourrait vraiment raconter puisqu'il n'existe pas de position depuis laquelle les considérer toutes à la fois.

Je rêve.

Qui je? Personne. C'est-à-dire tout le monde.

Un chat ou moi? Mais aussi bien : n'importe quoi. Entre les cils qui clignent dans le semi-sommeil de la sieste.

Là-bas, le linge qui sèche sur le fil au fond du jardin, se balançant dans le vent comme un rideau déployé devant rien avec les épingles rouges qui tiennent les grands draps blancs qui claquent, suaires secoués dans l'air. Ou encore, derrière : cette tache sur le béton du mur avec ses contours de continent tracés sur la carte d'un monde qui, dans aucun atlas, jamais n'a existé. À côté : les silhouettes des deux pins dont les branches lourdes se lèvent et se baissent en mesure comme les bras qu'un épouvantail agite. Plus haut : des nuages dans le ciel, qui passent.

Un seul grand mouvement d'ondes parcourant l'univers et sans qu'il soit possible de distinguer quoi que ce soit en lui, les êtres, les objets n'étant en fait, quand l'attention croit pouvoir les isoler du reste, que des reflets que le regard invente et qui brillent un instant sur la crête de la même longue vague lente qui balaie l'espace, s'élevant et s'abattant dans le vide, livrée à son rythme indifférent de pendule comptant pour rien les heures d'une éternité immobile. Le monde n'apparaissant plus comme la somme de ses éléments, chacun pourvu d'une existence autonome, d'une identité définie. Puisque ce sont ces éléments qu'il faut désormais envisager à la manière de minuscules événements éphémères, aléatoirement produits pour la conscience de qui les observe par cette longue et lente ondulation de l'être qui éclate et s'éparpille partout en une poussière d'illusions dont la lumière poudroie tout autour de soi.

Et qui moi? Une émanation parmi toutes les autres, éminemment douteuse et très transitoire, de ce même mouvement accomplissant sa révolution perpétuelle et projetant ses éclats au hasard.

Je pense souvent à ce qu'aurait pu être ma vie, autrement.

Je me souviens. J'imagine.

Je me revois à tous les âges.

Tous ceux que chacun d'entre nous a été. Très semblable à eux. Tout à fait différent.

Des personnages.

Pas encore assez vieux, je ne le suis pas tout à fait, pour éprouver à leur égard de la nostalgie et m'attendrir sur le souvenir de ce qu'ils furent. Déjà assez, je le suis, pour ne plus trop leur en vouloir de ce qu'ils ont été.

Pas vraiment certain, d'ailleurs, de valoir davantage désormais qu'ils n'ont valu autrefois.

Et les autres.

Selon l'infinie possibilité des possibles.

Tous les si de la vie.

Remontant en imagination le chemin parcouru et me mettant à rêver à chacun des lieux par lesquels celui-ci est passé comme si ce chemin avait été fait d'une série d'embranchements ouvrant vers d'autres voies que celle que j'ai suivie — et dont il faudrait donc penser qu'un autre moi que moi les a effectivement empruntées, continuant ainsi à exister dans l'un des univers parallèles qu'abrite l'espace vectoriel de Hilbert ou bien l'impensable étendue de l'infini, eux tous, ces moi qui ne sont pas moi, y menant alors d'autres vies, aussi vraies que la mienne, sans qu'il soit du tout loisible à quiconque de dire de laquelle les autres sont le reflet. Eux, tous aussi semblables les uns aux autres, puisqu'ils ont été un seul et même être, que différents les uns des autres, car ils sont devenus des étrangers, chacun tout à fait ignorant du sort de ces inconnus car considérant ceux-ci depuis le point de vue exclusif qui lui est échu.

Tous ces si de sa vie.

Chacun de ceux-ci.

À tout moment.

C'est une voix qui parle dans le vide. Quelqu'un qui s'adresse à lui-même. Mais qui, en même temps, prend pour interlocuteurs tous ces fantômes de soi que l'imagination fait se lever dans le sommeil. Le dialogue de n'importe quel moi avec n'importe quel autre.

Si j'avais voulu être un autre que celui que je suis devenu. Comme les enfants hésitent au moment d'adresser leur liste au Père Noël entre plusieurs panoplies : docteur, pompier, pilote, cosmonaute, soldat, et puis finissent par se faire au rôle qui correspond au costume qu'ils ont trouvé au pied de l'arbre et s'inventent l'histoire qui va avec et à laquelle, faute d'une autre, ils décident de croire, conservant jusqu'au bout ce même déguisement coloré de héros sous leurs vêtements gris d'adultes. Ou alors : si, voulant être celui que je suis effectivement devenu, j'avais échoué dans ce que j'ai entrepris et n'étais jamais parvenu au but, allant de déconvenue en humiliation, relégué dans un emploi secondaire, ruminant l'amertume d'avoir été privé par la malchance de la place de premier plan qui, pensais-je, m'était due dans la distribution de la pièce.

À supposer d'ailleurs que ce ne soit pas le cas, que j'aie vraiment réussi, comme on dit, et réussi à quoi ? Ce qui est loin d'être démontré. Et dont je suis le premier à douter.

Accablé comme on finit toujours par l'être devant l'immense ratage forcé d'avoir vécu.

Sauf que l'existence est plutôt pas mal faite et que l'on termine en général à peu près satisfait de son sort, quel que soit celui-ci, faute d'avoir pu réaliser ses désirs, se résolvant lentement à ne plus rien désirer d'autre que la pauvre petite part de réalité qui vous a été attribuée et qui vous reste au bout du compte. Ayant, sans en avoir clairement conscience, adapté ses espérances aux exigences de son existence, les ayant petit à petit réduites pour qu'elles prennent à peu près la forme minuscule de ce que le hasard vous a mis entre les mains. La « peau de chagrin » dont parle le vieux roman se rétractant jusqu'à disparaître enfin dans le rien. Mais selon une morale plus amère : puisque ce n'est pas en accomplissant son désir mais en renonçant à celui-ci que sa vie se rétrécit ainsi. Et plutôt que de devoir affronter une pareille révélation, celle sur laquelle se termine un vieux film mélancolique, citant à sa dernière image quelques vers violents comme le glas qui sonne : « Car la vie est un bien perdu / Quand on n'a pas vécu / Comme on l'aurait voulu », se disant, comme tout le monde en vient à le penser un jour, afin de ne pas désavouer celui que l'on a été, que, si c'était à recommencer, on reprendrait exactement le même chemin car on n'en aurait pas voulu, on n'en voudrait pas d'autre.

Vraiment ?

Si je ne l'avais jamais rencontrée, si la rencontrant rien n'était arrivé, de telle sorte que de cette rencontre aucune histoire ne serait jamais sortie et qu'au bout du compte tout se serait passé comme si elle n'avait jamais eu lieu. Si j'avais quitté cette femme pour cette autre, si celle-ci ou celle-là m'avait quitté pour un autre, si j'étais resté avec cette troisième. Si l'expérience malheureuse de l'amour m'en avait détourné, dégoûté, comme cela arrive parfois, comme cela aurait pu m'arriver. Si, au contraire, ne m'attachant à aucune, je m'étais mis à prendre mon plaisir avec n'importe laquelle, comme sans doute j'aurais eu aussi les dispositions pour le faire.

Si je n'avais pas eu d'enfant, si j'en avais eu d'autres.

Tous ces si disséminés au sein de ce quelque chose qui n'est ni tout à fait l'espace ni tout à fait le temps mais qui les comprend et leur ajoute, à l'infini, toutes sortes de versions et de variantes de ce qu'ils contiennent. Remontant en imagination des effets aux causes et puis des causes aux causes de ces causes, mais sans pouvoir du tout les dissocier, chaque événement demandant à être indifféremment pensé comme occupant n'importe quelle place au sein de l'une des séries que forment tous les autres. De telle sorte qu'il n'y a plus ni cause ni effet, ni début ni fin, et que tous les instants se dispersent en désordre, comme des grains de sable que l'air de la mer souffle sur une plage et qui prennent des formes flottantes dont l'œil ne discerne aucunement les limites, ne pouvant percevoir d'où elles viennent, vers où elles vont. Des tourbillons de poussières qui virent dans le vague. Grandes masses mouvantes de vent, amorphes, qui mêlent leurs apparences et puis les laissent se défaire au loin.

« *Regressus ad infinitum* », disent les philosophes. La cause première se dérobant dans le microscopique moment d'un insituable accident dont il faut bien croire qu'il s'est effectivement déroulé quelque part — mais où ? —, à un moment donné —mais quand ? — et pour quelqu'un — mais qui ? — car jamais on ne le connaît qu'à ses conséquences. Puisqu'on ne peut aucunement assister à l'événement tandis qu'il a lieu.

Ainsi une cellule se dédouble, perdue parmi les milliards d'autres que compte le monde, pour donner la vie ou pour donner la mort, proliférant au milieu des autres, laissant s'agglomérer autour d'elle sa masse de matière, grossissant au point de devenir fœtus ou bien tumeur, le phénomène ne devenant visible que longtemps après qu'il s'est produit dans le secret de l'incertain, là où tourne la roulette impensable décidant à l'aveuglette du sort, quand des particules suspendues hésitent encore entre l'un ou l'autre de leurs états superposés.

Si, il y a vingt ans maintenant, rien n'était né de la nuit où elle fut conçue, le rendez-vous manqué des gamètes. Ou bien : si autre chose était sorti de la grande loterie des gènes qui décide de la naissance d'un être et programme déjà, sans que personne ne puisse le savoir encore, les conditions de sa disparition prochaine. Si, quelques années plus tard, par une aberration dont nul n'est capable de dire la cause, tout juste de supputer après coup sur les probabilités, très faibles, qu'une telle chose ait lieu, la seule cellule issue du tissu osseux ne s'était scindée en deux et puis encore en deux, faisant se développer cette boule de matière cancéreuse, s'accrochant comme un parasite à la paroi de l'humérus et disséminant sa poussière de particules mauvaises dans le reste de l'organisme. Si la tumeur avait réagi favorablement aux drogues, si d'autres drogues plus efficaces avaient été choisies, si la lame du chirurgien avait plus tôt ôté cette chose qui grandissait dans son bras et empoisonnait son corps. Si d'une manière ou d'une autre elle avait guéri — en supposant que cela fût possible. Si elle était toujours vivante. Vingt ans, elle aurait vingt ans aujourd'hui. Mais qui elle ? Une jeune femme, désormais, sans que quiconque puisse se faire la moindre idée de ce qu'elle serait devenue, rêvant seulement à l'existence qu'elle mène peut-être dans des univers parallèles par milliers. Mais pas dans celui où je suis. Et qui moi ? Qui si elle avait vécu serait, devenu un autre également, au moins aussi inintelligible sans doute, et duquel il n'y a rien que je sache.

Deux atomes qui se heurtent dans le néant. Selon l'hypothèse la meilleure. Celle des matérialistes anciens. Une conflagration minuscule étendant ses ondes au loin comme l'aile du papillon qui bat assemble dans le ciel les volumes énormes de l'ouragan s'abattant à l'autre bout de la terre. L'univers apparaissant comme un système trop complexe pour que puissent y prévaloir les règles d'un quelconque déterminisme liant les événements les uns aux autres selon un schéma sensé. Et c'est au chaos alors qu'il faut se résoudre, où tout se calcule selon des probabilités qui s'appliquent assez bien aux grands nombres mais qui laissent tout à fait inexpliqué tel ou tel phénomène singulier.

Si bien qu'une vie, si on la considère isolément, n'a jamais aucun sens, aussi arbitraire que le résultat d'un jet de dés qu'un autre pourrait défaire. Et seule la somme de tout ce qu'elle aurait pu être, accomplissant simultanément toutes les hypothèses entre lesquelles le sort a choisi, se trouverait justifiée, permettant que s'équilibre l'étourdissante multiplicité de la chance, comme les points d'une rosace parfaite tournant en spirale autour de son centre vide où l'aiguille du compas a fait son trou. Sauf qu'une telle figure est proprement inconcevable puisqu'il n'y a aucun lieu où puisse se tenir celui dans le regard de qui elle trouverait sa forme. Et ce n'est alors qu'une consolation bien piètre, et même une très cruelle dérision, que de se dire qu'ailleurs, dans une autre réalité de laquelle on ne sait rien, un autre que soi vit dont le bonheur qu'il connaît est la contrepartie exacte du malheur qui vous est échu.

Un autre moi.

Si ma vie était différente aujourd'hui. Si ma fille n'était pas morte. Si elle n'était pas tombée malade. Si elle n'était pas née. Si j'avais eu d'autres amours. Si j'avais vécu la vie d'un autre. Si j'étais né un autre. Si je n'étais pas né. Ainsi que tous les hommes, dit la vieille sagesse tragique, devraient le souhaiter.

Comme dans ce vieux roman, *Ulysse*, où quelqu'un se souvient de celui qu'il fut. Et ne sait plus lequel de tous ceux qu'il a été fut lui-même vraiment. Si je suis moi aujourd'hui, alors qui était celui que j'étais hier ? Et si c'était lui qui était moi, qui suis-je aujourd'hui ?

La grande nostalgie. La jalousie terrible. Celle que l'on éprouve pour celui que l'on a été, pour celui que l'on aurait pu être, qui vous a volé votre vraie vie et ne vous a laissé en lieu et place de celle-ci que la dérisoire contrefaçon de ce qui fut.

Je me souviens d'avoir été heureux, malheureux, vivant. Je me rappelle que j'ai été cet homme-là. J'imagine que j'aurais pu être un autre.

Mais qui je?

Chapitre 24

QUELQUES CARTONS EN ATTENTE D'INVENTAIRE

J'en viens à voir le monde comme s'il était très semblable à une grande boîte qui, elle-même, en contiendrait une infinité d'autres dont chacune aurait la propriété que lui prête l'expérience de Schrödinger : recelant donc, en suspension, tous les possibles à la fois dans l'état qui précède l'instant où ceux-ci se précipitent, s'effondrent, pour que se constitue l'apparence unique de ce désastre en forme de mirage qui passe pour la réalité.

Tout cela à cause d'un chat !

Lui, s'insinuant dans le jardin, ce soir de la « première fois », il y a presque un an, sa forme floue dans l'obscurité, indécise comme celle d'un fantôme, là et pas là, créature en même temps morte et vivante, suscitant autour de lui ce vaste volume d'ombres s'étendant de toutes parts au point de paraître contenir l'univers en entier. Avec la faculté d'entrer et de sortir à sa guise, apparaissant, disparaissant, comme si chacune de ses manifestations ouvrait un passage vers une autre boîte et puis, certainement, une autre encore, toutes à la fois identiques à la première et différentes de celle-ci.

Disons : un grand jeu de boîtes gigognes, dont la particularité tiendrait à ce que chaque élément contiendrait tous les autres si bien que la plus petite boîte, lorsque l'on en arriverait enfin à elle, comprendrait aussi la plus grande. Avec une histoire par boîte. Des fables gigognes. Des poupées russes de paroles qu'on ouvre les unes après les autres mais sans jamais tomber sur celle qui est censée se trouver à l'intérieur de toutes les autres. Là où, de toute façon, au creux de la dernière boîte, ne se tient jamais qu'un vide duquel on doit encore imaginer qu'il recèle en suspension tous les états superposés de la réalité dans l'attente de se dissocier, de se déployer, avec tous les récits qui restent à raconter afin de donner au monde sa figure exclusive : ce qui aura été.

L'expérience de pensée ainsi conduite exigeant que l'on considère que chacune de ces boîtes contient, d'une certaine manière, tout ce qui est mais seulement sous l'apparence invérifiable et informe d'un nuage saturé d'hypothèses qui se dissout aussitôt que le regard se porte sur lui, partant en fumée, si bien qu'alors il n'en reste plus rien dès que l'on veut s'en saisir.

La chose difficile à penser étant que soi-même, on se tient à la fois à l'intérieur de la boîte, flottant dans le dedans de celle-ci, pareil à tous les autres phénomènes hésitant perpétuellement entre leurs apparences à prendre, mais aussi à l'extérieur, considérant la réalité comme une caisse opaque, une sorte de coffre-fort idéal que rien n'interdit de forcer mais dont le contenu, grâce à un ingénieux dispositif d'auto-destruction, s'évanouit immédiatement si l'on a fracturé le battant de métal qui en commande l'accès afin qu'il soit rigoureusement impossible de s'emparer de l'objet qu'il abrite et sans même que l'on soit certain que celui-ci ait jamais été là. Ce qui laisse nécessairement perplexe, au même titre que d'autres énigmes métaphysiques fameuses, comme celle consistant à se demander si la lumière reste allumée dans le réfrigérateur une fois que l'on en a refermé la porte.

Quand j'ai fini de cultiver mon jardin, je range ma maison.

Enfin, c'est encore une manière de parler. Puisqu'il ne s'agit ni de mon jardin ni de ma maison. Mais : de « son » jardin, de « sa » maison. Et que je ne cultive pas plus le premier que je ne range la seconde. Je regarde ne pas pousser l'herbe sur le sable tandis que les saisons font toutes seules leur travail sur les pétales des fleurs et sur les feuilles des arbres. Et puis, lorsque j'en ai assez, je rentre, je médite sur le contenu des placards, sur l'empilement des cartons remplissant une bonne partie du volume du débarras et aussi de celui du garage.

Souvent, alors, le chat me suit comme pour me tenir com-pagnie. La fraîcheur et l'obscurité du lieu l'attirent sans doute. D'un bond, il se juche au sommet d'une pile où il s'allonge, la queue battant doucement l'air dans le vide où elle pend. Comme si le débarras — ou le garage — abritait une sorte de grand « arbre à chat » à la forme un peu bizarre, avec ses paliers en quincoce, de ceux qu'on installe dans les appartements des villes afin de donner aux animaux enfermés entre quatre murs le loisir — l'illusion — de faire un peu d'exercice. Ses pupilles élargies dans le noir où brille à peine une ampoule pâle et jaune au plafond.

Des cartons de toutes les tailles, de toutes les formes. Au moment d'emménager, on les a entassés là un peu comme on a pu et depuis ils sont restés en place sans qu'on n'ait plus le courage de les toucher, formant une pyramide à l'équilibre plutôt précaire, le sommet étant parfois plus large que la base, une pile affaissée sur la pile voisine contre laquelle elle prend appui, ceux du dessous déformés par le poids des autres qu'ils supportent, entourés par plusieurs couches de ruban adhésif qui en assurent plus ou moins la solidité, permettant qu'ils n'éclatent pas sous la charge mais interdisant aussi qu'on les ouvre — à supposer déjà qu'on ait pu les tirer de l'ensemble qu'ils ont fini par constituer et qui s'écroulerait sans doute aussitôt si on en retirait l'un des éléments.

Le tout aussi lourd qu'une armoire normande et aussi fragile qu'un château de cartes. Avec une intense odeur de poussière planant à l'entour.

Si je vais dans le garage — ou dans le débarras —, c'est simplement pour m'assurer que les cartons sont toujours là, que je n'ai pas rêvé leur existence. Je procède à leur inspection. Mentalement, je fais mon inventaire. Selon les règles d'un exercice purement cérébral car, dans la pratique, et à supposer que j'en aie le désir et le courage, comme je l'ai déjà signalé, il serait plutôt risqué d'extraire de la masse un carton pour en répertorier le contenu, sauf l'un de ceux qui se trouvent au-dessus des autres. Cela obligerait à vider la pièce de tout ce qu'elle contient, à déplacer l'ensemble des boîtes, à les traîner — car les porter est exclu, elles sont trop lourdes, à les soulever du sol, on se briserait le dos —, les tirant jusqu'en un lieu assez vaste pour les recevoir, les disposant les unes à côté des autres afin que chacune soit accessible. Même le salon serait trop exigu. Je ne vois que la terrasse. Il faudrait y passer la journée. Et rien ne garantit que, au moment de tout remettre en place, l'opération inverse serait possible et que le puzzle en trois dimensions, comme une sorte de jeu de construction géant avec ses briques de formes et de dimensions variables, se laisserait réassembler dans un ordre qui assurerait sa stabilité et qui permettrait qu'il tienne dans la pièce où il se trouvait auparavant.

Un vrai casse-tête chinois, je me dis.

Alors, je regarde les boîtes fermées. Toutes celles qui ont échoué là, au hasard des déménagements successifs, comme des bouteilles jetées à la mer et que la tempête a portées sur le rivage mais dont on sait bien que l'eau et le sel ont corrodé le message et que celui-ci tomberait en poussière si, faisant sauter le bouchon de liège, on le prenait entre ses doigts. L'encre, de toute façon, effacée. J'essaye de deviner ce que les cartons contiennent en me fiant aux inscriptions qu'une écriture au gros feutre noir — la mienne ou celle d'un autre — a laissées sur l'une ou l'autre de leurs faces et qui, le plus souvent, ne me renseignent pas beaucoup. Comme ce « Divers » qui figure sur plusieurs et dont je me demande bien à quoi il sert.

Des morceaux de ma vie, capsules de temps, offerts à la spéculation, de sorte que tout ce qui fut autrefois se dispose devant soi comme le voulaient les anciens arts de la mémoire pour lesquels n'importe quel espace familier pouvait accueillir à peu près tous les souvenirs du passé. Selon les procédés d'une mnémotechnie assez simple. Tout mon passé enfermé, déposé, enveloppé dans ses emballages de carton usé.

Une maison de campagne est un grand vide-poches. On y entrepose tout ce que l'on n'a pas le courage de jeter mais que l'on ne peut pas garder sur soi. De peur de déformer son pantalon, son veston. Ou bien d'alourdir pour rien son sac à main.

Dans un coin, les cartons où l'on a mis en vrac toute sa correspondance, toutes les lettres reçues conservées dans leur enveloppe — encore heureux que l'on n'ait pas gardé des doubles de celles que l'on a écrites! —, des archives pratiquement indéchiffrables, missives adressées à soi — mais qui moi? — à tous les âges de sa vie. Et si on les relisait, on verrait apparaître en creux le visage du destinataire qu'elles dessinent, le petit personnage fat et pathétique qui n'a cessé d'estimer que les annales de son histoire méritaient d'être conservées.

À l'intention de qui?

Quelques cartons de livres, encore. Car, si grande soit-elle, la bibliothèque ne pouvait les recevoir tous sur ses rayons. Et parce qu'une superstition idiote, un respect imbécile pour le caractère prétendument sacré de la chose imprimée vous interdit de les jeter et que vous ne voyez pas vraiment à qui vous pourriez les donner.

Et dans d'autres cartons encore, les papiers, les factures, les reçus, conservés en vue du très hypothétique contrôle fiscal prévu au jour du Jugement dernier. Non pas que l'on ait dissimulé quoi que ce soit à l'administration des impôts. Mais on ne sait jamais. Si bien qu'ayant tout oublié du reste on serait encore en mesure, relevés bancaires aidant, de dire dans quel restaurant on a déjeuné, mais avec qui ?, un jour de juin, vingt ans auparavant.

Les photographies, parmi les centaines qui ont été prises au fil des années, certaines rangées dans une collection d'une bonne dizaine d'albums, sans que sur le moment l'on ait trop réfléchi au choix que l'on a fait et à l'ordre dans lequel on les a classées, chaque individu composant ainsi sans en avoir conscience pour lui-même une sorte d'autobiographie en images selon l'idée spontanée qu'il se fait de sa vie. Et puis toutes les autres, restées dans leur pochette avec les négatifs, parce qu'elles n'ont pas été retenues pour figurer dans l'un ou l'autre des albums mais qui auraient pu aussi bien y trouver leur place, démontrant du même coup, s'il en était besoin, que pour toute existence donnée il y aurait des milliers de manières différentes de raconter celle-ci et que tout récit qu'on se fait à soi-même et à la vérité duquel on veut croire, sa vie, ne constitue jamais qu'une version parmi une infinité d'autres d'une seule histoire, la même au fond pour tous. Chacun faisant le figurant dans des scènes semblables — vacances, voyages, mariages, un homme, une femme, un enfant qui grandit, la famille, les amis — si bien qu'on croirait voir ces clichés d'autrefois, faits dans les fêtes foraines, où l'on glissait sa tête dans des trous percés à cet effet dans des toiles peintes, prêtant sa physionomie à des personnages posant dans le trompe-l'œil de décors de convention. Les mêmes scènes pour tout le monde. Reconnaissant seulement son visage. Et encore : je m'étais laissé pousser la barbe et les cheveux, j'avais vraiment grossi à cette époque-là, je faisais si jeune. Il faut bien croire, même si cela demande un peu d'imagination, que j'étais tous ces gens. L'étourdissant, l'écœurant sentiment du temps qui passe.

Et puis, tout au fond, à l'emplacement le plus reculé, le plus inaccessible, parce que l'on est tout à fait certain que l'on n'y touchera plus jamais, les boîtes qui contiennent les vêtements d'enfant, lavés, repassés, soigneusement rangés, dans toutes les tailles, depuis le premier âge jusqu'au cinq ans, linceuls pliés à l'entrée de la tombe dont la pierre n'a pas été roulée, comme s'ils conservaient malgré tout l'empreinte d'un corps absent. Tous les livres que l'on lisait, les jeux auxquels on jouait, les poupées, les peluches qui dormaient avec elle. Le contenu de la *nursery* vide.

Ce qui reste d'une vie si vieille que parfois on se dit soi-même qu'on a du mal à croire qu'elle fut la sienne.

Un grand mausolée enseveli dans l'ombre et la poussière. Des cartons comme des cercueils entassés au fond d'une crypte dans l'attente d'une résurrection à laquelle personne ne croit.

Bien sûr, il aurait fallu détruire tout cela il y a longtemps.

En faire dans le jardin un grand feu de joie — à supposer que cela fût techniquement faisable — eût été la solution la meilleure : une crémation en plein air pour que tout tourne en cendres et s'envole en fumée, rendu à la terre et au ciel, libéré dans le néant. Ou à défaut : déposé un jour dans une benne à ordures.

En attendant le moment d'y faire verser ses propres restes.

Meet me in the garbage!

Mais je ne m'appelle pas Everett.

Pour chacun, il y a des actes que l'on sait nécessaires mais pour lesquels le cœur manque. Alors, par lâcheté, on remet la tâche à plus tard, pensant sans se l'avouer vraiment qu'on la laisse aux suivants, qu'ils s'en débrouilleront. Et même lorsque, comme c'est le cas, on sait qu'il n'y aura pas de suivants. S'en remettant alors, faute de mieux, aux éboueurs pour qu'un jour, après que le dernier est mort et que le mot de la fin est dit, ils fassent le sale boulot de l'oubli à votre place.

Je n'ouvre jamais aucun carton. Si je le faisais, tout ce qu'ils contiennent se mettrait soudain à exister. Mais sous la forme effondrée d'un amas de déchets, pathétique, où je ne retrouverais rien de ce que j'aimais. Sinon la preuve terriblement tangible que tout cela n'est plus. Tandis que tant que les cartons restent fermés je peux m'en tenir à l'hypothèse délirante qui veut que chacune des boîtes enferme une chose à la fois morte et vivante, une pure poche de possible n'appartenant à aucune époque et à l'intérieur de laquelle se perpétue interminablement non seulement ce qui a été mais ce qui aurait pu être.

Des colis, en somme, qu'un autre que moi, qui fut moi, qui l'est encore mais ailleurs ou autrefois, nous a adressés depuis l'univers parallèle qui est le sien, stockés là dans l'attente du moment qui n'arrivera jamais mais dont tant que le charme ne se trouve pas rompu par l'impatience et la curiosité je peux croire un peu qu'il viendra, ce jour où, comme les morts surgissant dans la gloire de leur résurrection, tout ce trésor sortira de sa boîte, reprenant sa place auprès de soi afin que, après la longue interruption de ce qui n'aura jamais été qu'un mauvais rêve, la vraie vie reprenne dans sa splendeur intacte d'autrefois.

Fou ?

Certainement.

Et alors ?

Quatrième partie

Chapitre 25

LA RÉALITÉ DU RÉEL

Devient-on fou parce que l'on croit aux univers parallèles? Ou bien se met-on à croire aux univers parallèles parce que l'on est fou? Cela revient à peu près au même, sans doute. De plus, il faudrait s'entendre d'abord sur ce que signifie : « croire aux univers parallèles ». Et se mettre d'accord, aussi, sur ce que veut dire : « être fou ».

Dans la grande boîte où toute chose est à la fois elle-même et son contraire, il n'y aurait rien d'étonnant à ce que chacun, en même temps, soit fou et ne le soit pas. On peut même soutenir l'idée qu'une double disposition d'esprit de cet ordre, dans de semblables circonstances, se trouverait assez recommandée par la Faculté.

L'épaisseur d'une feuille de papier passe entre Everett et Schrödinger. Bien que tous deux l'ignorent, le premier est le meilleur disciple du second. Mais l'élève dépasse le maître en audace. Quand Schrödinger paraît finalement battre en retraite et se rallier à une interprétation du « principe de superposition » qui soit compatible avec le bon sens, Everett saute le pas et pousse le raisonnement jusqu'à son terme le plus extrême en le conduisant du côté des univers parallèles. C'est pourquoi l'un (Everett) peut passer pour fou tandis que l'autre (Schrödinger) ne saurait se voir soupçonné de l'être. Mais tout dépend du point de vue que l'on choisit et qui rend réversible n'importe quel jugement.

En un sens, pourtant, ils sont d'accord sur tout. Pareillement attachés à l'idée qu'il faut trouver une solution à un problème pour lequel les autres savants se contentent de formulations faibles qui déguisent mal le renoncement auquel ceux-ci consentent lorsque, plutôt que de penser la question qui les occupe jusqu'au bout, ils préfèrent s'en remettre à des faux-fuyants, déclarant non pertinent le point de savoir si les modèles qu'ils élaborent renvoient ou non à la réalité, derrière ce qu'en décrivent leurs équations à la craie sur l'écran du tableau noir.

Avec leur scepticisme subtil auquel — il faut que je le confesse — irait plutôt ma sympathie — s'il n'était tout à fait ridicule pour quelqu'un comme moi, dont la pauvre petite tête éclate lorsqu'elle tente de penser tout cela, d'exprimer une préférence entre des options qu'il ne comprend pas —, les positivistes de l'école de Copenhague déclarent que toute théorie, la leur y compris, ne rend aucunement compte de la réalité telle qu'elle est mais vise seulement à mettre en ordre de manière adéquate les faits que l'on observe et prédit dans leurs laboratoires.

Ils n'en disent pas plus.

Et c'est à eux, sans doute, qu'il faut donner raison.

« Tout se passe comme si... » est le dernier mot de la science lorsqu'elle fait preuve d'une pareille prudence de principe.

Mais Schrödinger et Everett ne l'entendent pas ainsi. Ils se veulent des réalistes. Ils tiennent à ce que la science n'abdique pas son ambition de dire le vrai sur le monde. Même si un tel parti pris, de manière plutôt paradoxale, les conduit à défendre une vision qui passera à bon droit pour tout à fait irréaliste — et donc complètement irrecevable — de ladite réalité. Si bien que des théories dont ils se réclament tous deux se déduit une conception franchement délirante de l'univers et de ses lois.

Sont-ils fous pour autant? Rien ne permet de l'affirmer vraiment. Ce sont des messieurs très sérieux au regard de toutes les règles qui valent en société et dont les vagues excentricités personnelles restent dans les limites reçues de la normalité la plus banale. À les fréquenter, à moins qu'on ne leur ait imprudemment donné l'occasion de s'épancher un peu sur leurs marottes mathématiques, nul ne se serait jamais douté de rien.

Et d'ailleurs, croire que la réalité est, penser qu'il soit possible de dire ce qu'elle est, n'a rien de dément.

N'est-ce pas?

Ou bien : Si?

Ce serait le comble!

Prenez Schrödinger.

À juste titre, il passe pour l'un des champions indiscutés du réalisme en matière de mécanique quantique. Ce qui lui vaut l'approbation d'Einstein convaincu qu'ils sont à peu près seuls, tous les deux, à défendre encore l'idéal ancien de la science quand celui-ci se trouve de toutes parts mis en cause. Schrödinger entend démontrer par l'absurde à quoi conduisent les hypothèses de la physique moderne si l'on considère qu'elles réfléchissent fidèlement la façon dont se forment les phénomènes. Car ces états différents d'eux-mêmes que la science des particules appréhende en termes de probabilités, il serait tout à fait absurde, dit-il, d'envisager qu'ils coexistent effectivement tant qu'il ne s'est trouvé personne pour les observer. Qu'il y ait quelqu'un ou pas pour s'en aviser, il va de soi que, parmi ces états, puisque ceux-ci sont contradictoires, comme le veut la vieille et toujours vaillante logique aristotélicienne, les uns excluent les autres.

Même si l'ironie du sort fait qu'elle passe désormais pour la meilleure illustration d'une thèse à la réfutation de laquelle elle prétendait pourtant servir, la fable féline que Schrödinger fabrique n'a pas d'autre objet que celui-là : indiquer que le principe de superposition propre à la fonction d'onde n'implique aucunement qu'un chat puisse à la fois être mort et vivant. Sinon, il n'y aurait plus qu'à faire son deuil de toute idée sensée de la réalité.

À un tel compte, l'univers tout entier, insiste encore Schrödinger à la fin de sa vie, ressemblerait à une sorte de bourbier, un magma informe à l'intérieur duquel toute chose se trouverait perdue. Et les êtres, les objets du monde prendraient l'apparence de fantômes aux formes incertaines, sans contours ni contenus. Des espèces de méduses, dit-il, toujours en veine de comparaisons animales. Mais l'anglais, dans lequel il s'exprime, est bien plus imagé : « *a jellyfish* ». Littéralement : « un poisson-*jelly* », moulé dans cette matière molle et à peu près translucide dont on fait les desserts de l'autre côté de la Manche et qui s'agglutine vaguement mais sans jamais acquérir de vraie consistance. De la « *jelly* », voilà ce que nous serions!

Si l'on considère que le chat dans sa boîte est à la fois lui-même et un autre, vague et sans consistance, il faut le concevoir à la manière d'une sorte de méduse. Une méduse-chat ou bien un chat-méduse, telle est la chimère à laquelle donne naissance l'interprétation aberrante que le savant condamne de la fonction d'onde et de sa mécanique quantique. Et si quelqu'un est disposé à croire que de telles créatures existent, ironise encore Schrödinger, il faut à ce quelqu'un logiquement penser aussi que le billet de dix livres qu'il a rangé dans un tiroir de sa table de chevet avant de se coucher s'est évanoui dans la nuit parce qu'il n'a pas gardé l'œil sur lui pendant son sommeil.

Schrödinger proteste ainsi contre les extravagantes extrapolations auxquelles se prête la mécanique quantique et qui rendent celle-ci incompatible avec toute conception raisonnable du monde. Mais il n'en tire pas pour autant comme conséquence qu'il faille ne tenir son équation que pour une sorte de métaphore sans rapport direct avec la réalité du réel. Il s'insurge même contre l'idée qu'il en aille ainsi et que l'on puisse se satisfaire d'une théorie dont, sous prétexte qu'elle donnerait des résultats justes, on tiendrait pour sans importance qu'au fond elle soit fausse.

En cela, il reste un réaliste. Convaincu que le travail du savant exige de celui-ci que, sans relâche, il se mette en quête de la vérité et ne renonce pas à produire de la réalité une représentation qui soit compatible avec l'image mentale cohérente que la conscience se fait de celle-ci.

Au fond, c'est un peu un pari qu'il prend : misant sur le fait que le monde, malgré tout, est intelligible. À l'agnosticisme de ses collègues de Copenhague, qui congédient le souci du vrai et du faux et qui, du même coup, condamnent la science à ne pas se prononcer sur le fond des choses, il oppose comme Einstein une croyance en l'intelligible sans laquelle, puisqu'il ne saurait être alors compris jusqu'au bout, l'univers ne pourrait être véritablement connu non plus.

Le réalisme, ainsi, est alors un acte de foi.

Même si j'avais tort de penser qu'il en va ainsi, je continuerais à soutenir que la réalité existe et qu'elle est intelligible.

C'est un autre « comme si... ».

Il faut faire comme si le monde avait un sens.

Et même si ce sens ne ressemble guère à celui auquel, en général, l'on pense.

Car le réalisme, chez Schrödinger, ne correspond nullement à l'idée que l'on s'en fait d'ordinaire. À savoir : la conviction qu'existerait une réalité extérieure, objective à laquelle la conscience se rapporterait sur le mode de la perception. C'est même tout le contraire.

Lorsqu'on lui demande ce qu'est en fait son fameux « vecteur d'état », quel en est le statut, ce qui revient à l'interroger sur la valeur vraie de sa fonction d'onde, Schrödinger répond très fermement que celui-ci existe réellement. Au même titre que n'importe lequel des objets du monde qui nous entourent : un bureau, une chaise, par exemple. Sauf que son intention est très clairement de faire comprendre, non pas que le « vecteur d'état » est aussi réel que le bureau mais que le bureau l'est autant — c'est-à-dire : aussi peu — que le « vecteur d'état », pourvu ainsi du même type d'existence théorique que seule l'habitude que nous avons prise de notre environnement depuis l'enfance nous conduit à ne plus questionner et à considérer comme allant de soi.

Là où nous croyons voir des objets, la pensée doit comprendre que, en lieu et place des « entités permanentes » dont nous fabulons la présence, ne se manifestent que des « événements instantanés » dont seules les chaînes qu'ils forment parfois prennent l'apparence de réalités fixes. Et cela vaut pour les particules, les atomes, les molécules — Schrödinger allant jusqu'à écrire que ceux-ci sont privés de toute « individualité identifiable », autant dire qu'ils n'existent pas en tant que tels — comme pour le bureau familier sur lequel écrivent les philosophes et dont ils s'imaginent le connaître avec son épaisseur tangible de bois et son armature de métal tandis qu'il n'est, en vérité, qu'un « monde d'ombres » où des « grains de quelque chose » tourbillonnent dans le vide. Ou bien le vieux bibelot posé sur le bureau qui donne seulement l'impression d'être identique à lui-même quand chacun des éléments qui le constituent n'a cessé de changer depuis qu'il a été créé.

Telle est la réalité qu'envisage le réalisme de Schrödinger.

À la toute fin de sa vie, alors qu'il a depuis longtemps renoncé à contribuer encore utilement à une physique fondamentale dans les principes de laquelle il ne se reconnaît plus et tandis qu'il se divertit à des travaux de poète et de philosophe, Schrödinger formule à l'occasion pour ses auditeurs ce qu'il appelle, par plaisanterie, sa « seconde » équation qui donne à la première toute sa portée, généralisant son « principe de superposition » et l'étendant à l'univers tout entier.

Il n'y a qu'un monde, dit-il, à l'intérieur duquel le sujet et l'objet ne se distinguent plus et où le moi personnel de chacun se confond avec le tout auquel il appartient dans l'indistinction d'une sorte de présent perpétuel, semblable à celui dont parlent les sages de l'Inde ancienne. L'*Atman* (le moi) est le *Brahman* (le tout), disent les Veda. Ainsi le veut la seconde équation de Schrödinger. Si bien qu'à toute question portant sur la nature des choses la réponse est invariablement la même : « cela, c'est toi ».

Schrödinger ne renonce pas à la conviction que la réalité est mais l'idée qu'il s'en fait donne à celle-ci la dimension impensable d'un être unique duquel tous les individus ne seraient plus que des aspects, comme les éclats que projettent les multiples facettes d'une monumentale pierre précieuse aux reflets innombrables. Si bien que toute entité séparée au sein d'un pareil ensemble ne serait plus qu'une illusion.

Depuis ce nouveau point de vue, rien n'est plus sinon cette incessante circulation de formes où se défait toute croyance en une identité des choses, des êtres, et où le sentiment d'être soi se dissipe enfin.

Fou ?

Je ne vais pas prétendre le contraire.

Encore que, lorsque l'on en vient aux questions essentielles, celles pour lesquelles manquent toujours les réponses, toutes les opinions finissent par s'équivaloir. Et Schrödinger a raison de souligner que, touchant au fond des choses, la conception que chacun se fait de la réalité du réel relève au bout du compte de la mystique et de la métaphysique. Et qu'il n'y a plus guère de manière de discriminer alors entre ce qui serait raisonnable et ce qui ne le serait pas.

Chacun a spontanément la certitude d'être soi, d'habiter avec son corps et son esprit à lui un monde assuré de sa cohérence, de sa stabilité et dans lequel les phénomènes s'associent selon des règles familières et inflexibles. Mais la vérité n'a que faire de l'intuition. Elle se reconnaît même souvent au fait qu'elle va exactement à l'encontre de ce que celle-ci prétend naturellement établir. Je vois de mes yeux que la terre est plate, je sens dans ma chair que la planète ne pivote pas perpétuellement sur elle-même, qu'elle ne tourne pas comme une toupie à toute vitesse lancée dans le vide sidéral. Tout me dit qu'il en va ainsi. Et pourtant c'est faux.

Alors, puisque l'évidence est ainsi trompeuse dans un cas aussi simple, qu'aurait-on à opposer à ceux qui prétendent, comme le dit Schrödinger, que je suis à la fois personne et tout le monde, l'un des aspects de ce grand tout en continuel devenir à l'intérieur duquel il n'y a plus ni sujet ni objet? Ou bien, comme le veut Everett, que je m'éparpille sans répit parmi des univers parallèles dont seule la conscience que j'en ai me convainc qu'ils se réduisent à la seule réalité dans laquelle me jette le hasard des probabilités?

At the end of the day, la conscience ne considère plus que le vide devant lequel elle se tient, au vertige duquel elle s'abandonne, libre de lui donner souverainement le sens qui lui sied. C'est pourquoi le dernier mot de la science est celui de la fable. Bouclant la longue boucle qui la ramène du côté de ses origines.

Un pari pris devant l'inintelligible.

Disons : un roman, un poème.

D'un côté, Schrödinger est un réaliste entêté, hostile à toutes les élucubrations auxquelles la science de son temps se complaît, farouchement fidèle à un idéal fort classique de la vérité qui le tient éloigné aussi bien de l'agnosticisme prudent de certains que de la crédulité naïve des autres. Mais, en raison de l'idée même qu'il se fait de celle-ci, d'un autre côté, Schrödinger en vient à soutenir aussi la thèse que la réalité n'existe pas, ou bien : qu'elle existe mais sous une forme tellement différente de celle que nous lui attribuons que cela revient à peu près au même.

Alors ?

Alors, le plus simple est de considérer que, aussi insaisissable que le chat de sa fable, il se contredit, qu'il défend tantôt une opinion et tantôt l'opinion inverse. D'abord, l'une en tant que physicien. Ensuite, l'autre comme métaphysicien. En général, telle est la thèse qui prévaut chez ses interprètes et chez ses détracteurs. Je veux bien. Pourtant, et même si je laisse le soin de démêler la chose à de plus savants que moi, cela n'est pas certain.

La métaphysique à laquelle il se consacre n'est aucunement la lubie de vieillesse d'un savant désœuvré, dépassé. Il l'exprime à tous les âges de sa vie. Depuis ses premiers textes, ceux qui précèdent le temps de sa grande découverte, jusqu'au tout dernier. De sorte qu'on doit bien penser que la même conception du monde préside à ses investigations scientifiques comme à ses réflexions philosophiques et qu'il fallait se faire de la réalité l'image qu'en donnent les textes sacrés de l'Inde, avec leur conception du tout en éternel devenir, afin que, entre deux étreintes amoureuses, dans la chambre d'un hôtel des Alpes enneigées, puisse être formulée l'équation de Schrödinger.

Car les Upanishads du Veda et la fonction d'onde relèvent semblablement d'une seule et même vision des choses où tout flotte et fluctue sans fin. De même que, depuis toujours, les théories les plus indiscutables de la science moderne empruntent leur intuition aux croyances les plus douteuses. Ainsi dans le cas de Newton qui, sans doute, s'il n'avait été féru d'ésotérisme, n'aurait pu imaginer que deux objets puissent exercer l'un sur l'autre une force à distance comme le veut le principe même de la gravitation.

Non pas que la pensée de Schrödinger procède de ce syncrétisme stupide où se confondent science et religion, comme si elles pouvaient commodément se venir mutuellement en aide quand l'une se trouve prise en défaut, et duquel, lui, il s'est toujours gardé, se refusant à faire l'ascète ou à jouer au gourou. Mais parce que n'importe quelle pensée authentique, quel que soit le langage dans lequel elle s'exprime, aussi loin qu'on la pousse, reconduit vers le même vide dans lequel elle s'abîme.

La réalité du réel ?

« En réalité ! Étrange réalité ! Quelque chose semble manquer en elle », note quelque part Schrödinger.

Le vrai est le vertige du vide.

C'est en lui que la pensée s'annule et s'accomplit.

Lorsque le rideau est sur le point de tomber, sur la scène où tout va rentrer dans le noir, le savant abandonne les instruments de son art, la baguette qu'il brise, le livre qu'il noie.

Non pas parce qu'il a renoncé à savoir.

Mais parce qu'il sait enfin.

Shakespeare, encore, le dit : tous les esprits se fondent dans l'air fin et se défait alors l'immatérielle trame sur laquelle se trouvaient tissés le monde et ses motifs — palais somptueux, temples solennels, hautes tours aux sommets coiffés de nuages, et jusqu'au grand globe lui-même, tout cela en train de se dissoudre dans le néant avec cette seule substance de rêve dont nous sommes faits, nous dont la petite vie vient verser enfin dans le sommeil.

Car, comme celui de la science, le dernier mot de l'art est de disparaître.

Chapitre 26

UNE HISTOIRE À LA PLACE
D'UNE AUTRE

Ainsi : laisser tout s'effacer enfin.

Où? Quand? Comment?

Bien entendu, il n'y eut pas davantage de dernière fois qu'il n'y avait eu de première fois.

Il avait fallu, un an auparavant, que le chat se manifeste à plusieurs reprises près de moi pour que je réalise, un jour, longtemps après, qu'il était entré dans ma vie. Et sans doute les signes qu'il m'a adressés n'ont-ils pas manqué non plus qui m'indiquaient qu'il allait bientôt en sortir. C'est maintenant seulement que je me dis que j'aurais dû savoir.

Mais, à supposer que j'aie su, et même si j'en avais eu l'intention, il n'y aurait rien eu que je puisse faire.

Savoir n'aurait rien changé.

Ne pas savoir, finalement, en certaines circonstances, est toujours préférable.

D'abord, au début, je l'ai vu disparaître. À la fin, et sans que je comprenne que c'était pour me signifier qu'il partait, il m'est apparu. Mais quand, où, comment, je ne pourrais donc pas le dire non plus. Tout s'est fait à l'envers. Sans que j'en garde aucun souvenir — sinon l'un de ceux que la mémoire, bouchant spontanément les trous, fabrique après coup pour se donner l'illusion à elle-même qu'elle se rappelle ce dont, en vérité, elle n'a conservé aucune trace. Et dont on doit douter alors que cela ait effectivement été.

À un moment, j'ai simplement noté en moi-même que cela faisait assez longtemps qu'il ne nous avait pas donné de ses nouvelles. C'est alors que j'ai essayé de me rappeler la dernière fois. Pensant que depuis quelques jours on ne le voyait plus trop, qu'il avait préféré passer dehors plusieurs nuits de suite plutôt que de venir réclamer qu'on lui fasse sa place dans le lit, que la nourriture laissée dans son bol, il n'y avait pas touché et qu'il avait fallu la jeter.

Ce qui était hautement inhabituel et constituait la preuve la plus indiscutable qu'il avait quitté les parages. Sans que cela ait quoi que ce soit d'inquiétant cependant. Puisqu'il partait régulièrement en vadrouille, s'absentant souvent quand lui en venait la fantaisie et que quelque chose l'appelait au loin. Mais, depuis qu'il avait pris pension chez nous, je veux dire : chez elle, dans « sa » maison, il n'était jamais arrivé qu'il reste invisible aussi longtemps.

— Tu l'as vu?

— Qui ça?

— Le chat, qui veux-tu?

— Aucun signe de vie!

— J'ai essayé de l'appeler.

— De toute façon, il n'a jamais eu l'habitude de répondre à son nom.

— Surtout que son nom, on ne le connaît pas!

Disons que c'était l'avant-veille du jour où, sans nous l'avouer encore tout à fait, nous avons compris que sans doute il ne reviendrait plus : un dimanche d'automne, encore assez doux. Le soleil avait brillé toute la journée mais on sentait, à la fraîcheur du soir qui descendait sur soi, que l'hiver n'allait plus tarder, qu'il étendrait bientôt son humidité sur le pays, qu'on entrait à nouveau dans le temps des frimas.

Le signe le plus sûr venait de la nuit, de la façon qu'elle avait désormais de tomber tout à coup, l'obscurité reprenant possession du monde en quelques secondes. On tourne à peine le dos et la chose a eu lieu. J'étais allé à la cuisine me servir un second whisky, prendre de quoi allumer un cigare, trouver quelque chose de chaud à me mettre sur le dos. Quand je suis revenu dans le jardin, tout était sombre comme si quelqu'un avait profité de ma courte absence pour tirer, d'un bout à l'autre de la propriété, sur une tringle invisible tendue d'un mur mitoyen à l'autre en face, au niveau de la terrasse, un rideau léger, un voilage, derrière lequel toutes les formes n'apparaissaient déjà plus que comme des ombres, des silhouettes seulement visibles en transparence : le noyer (sur la droite), l'érable (sur la gauche) suffisamment proches pour être encore tout à fait distincts tandis qu'un peu plus loin, sur la nappe grise d'herbes poussant parmi le sable, n'émergeaient plus que très vaguement le volume (un cube) de la cabane et ceux (des cônes) des deux pins, tout le reste (le genêt dégingandé aux branches desséchées, ce qui demeurait du lilas) se trouvant totalement absorbé par la grande plaque de noir que faisait au fond le dos de la maison du voisin (celle de monsieur Planck, selon le nom que j'avais choisi de lui donner).

Le chat était couché sur le sol, à l'endroit et dans l'attitude où il avait passé l'essentiel de sa journée. Quand je me suis assis près de lui avec mon cigare et mon verre, accroupi plutôt qu'assis, sur l'espèce de margelle qui sert de rebord à la terrasse, après un moment, il s'est mis sur ses pattes et a commencé à s'en aller très lentement vers le bout du jardin. De cette allure si souple qu'elle donne l'impression qu'un chat n'avance jamais tout à fait en ligne droite mais qu'il marche en équilibre sur un fil qu'il est le seul à voir, funambule dansant au-dessus du vide, penchant tantôt d'un côté tantôt de l'autre, le balancement de son corps — avec le mouvement de l'épine dorsale se prolongeant dans la queue — épousant une sorte de sentier sinueux, celui-ci se dessinant à mesure dans la direction que l'animal suit en ondulant du train, avec la tête qui tombe alternativement à gauche et à droite. C'est pourquoi j'ai eu l'impression — mais ce n'était certainement pas davantage qu'une impression — que tout en s'éloignant il jetait son regard en arrière vers moi.

Plusieurs fois.

Puis : une dernière fois.

Je ne dirai pas que je l'ai vu disparaître. Car cela suppose-
rait que sur le moment j'avais conscience qu'il était en train
de s'en aller pour de bon. Ce qui n'était pas le cas du tout. Je
n'avais donc pas de raison particulière de le suivre des yeux.
Mon regard s'est porté ailleurs. Mon attention a dû se trouver
distraite. Peut-être par le passage dans le ciel des nuages noirs
entre lesquels semblait flotter une lune ronde devant le lointain de nacre de quelques étoiles.

Et quand mes yeux sont redescendus vers le sol et que j'ai
vu le jardin de nouveau, il n'était plus là.

Indiscernable dans l'encre de la nuit qui remplissait désormais tout l'espace devant moi. Passé peut-être par l'ouverture
en forme de triangle que faisait encore, malgré les travaux
récents qui finalement n'y avaient pas touché, l'ajointement
des murs des deux propriétés voisines, ayant emprunté ce
tunnel qui conduisait vers la demeure d'à côté ou bien se
terminait en cul-de-sac quelques mètres plus loin.

S'en étant retourné ainsi d'où il était venu.

Mais où ?

— Cela fait combien de jours, tu dirais ? Deux ou trois ?

— Plutôt trois, je crois.

— Il est peut-être retourné chez ses anciens maîtres.

— Les gens de la maison d'à côté ?

— Ou ceux de la maison d'après.

— Après un an d'absence, ils ont dû être assez surpris de le voir revenir.

— Pas plus que nous quand nous l'avons vu arriver.

— Ou bien : il a trouvé de nouveaux maîtres.

— Quel sournois petit traître !

Disons que les choses se sont passées ainsi.

Mais il y a autant de manières de terminer une histoire qu'il y en a de la commencer.

Surtout si l'on imagine que chaque histoire n'a ni début ni fin sinon celui et celle que leur donne l'individu qui la raconte et qui la fait exister ainsi depuis le point de vue unique d'où il observe tout ce poudroiement de petits phénomènes qui sont comme des points posés au hasard sur le blanc d'une page dans un de ces jeux que l'on donne avec des crayons de couleur aux enfants pour qu'ils les relient en suivant l'ordre des numéros, ou bien à leur guise, les assemblant afin d'en tirer un dessin, ou un autre, selon leur intention ou d'après leur fantaisie, faisant apparaître dans le vide la forme de telle ou telle figure : un chat, par exemple, perché sur son arbre, en commençant par un bout ou par l'autre, par sa queue ou par ses moustaches.

Et plus encore si l'on croit qu'en vérité chaque histoire racontée n'est jamais que l'une des versions d'elle-même sous lesquelles celle-ci existe dans l'un ou l'autre des univers parallèles qui cohabitent au sein d'une seule réalité à l'infini démultipliée.

De sorte que, les choses étant considérées sous un tel jour, rien ne commence ni ne se termine jamais mais tout se divise et bifurque sans cesse dans toutes les directions à la fois et ce que nous appelons une histoire — avec son début, son milieu, sa fin — n'est jamais qu'un segment du temps arbitrairement détaché du grand réseau qui se ramifie toujours et partout dans l'espace impensable de tous les possibles.

La dernière fois ?

Mais quelle « dernière fois » ?

Celle-là, ou bien une autre, ou une autre encore ?

Je fais défiler dans mon esprit toutes les conclusions que je pourrais donner à ce récit et dont il ne dépend que de moi que je choisisse l'une plutôt que l'autre.

Lesquelles ?

Il y en a de plus heureuses où le chat reste auprès de nous.

D'un peu mélancoliques comme celle où il retrouve ses anciens maîtres et décide de regagner leur maison, nous laissant seuls, poursuivant son existence ailleurs et avec d'autres.

Il y en a de plus terribles, de celles qui conduisent chez le vétérinaire. Quand on se résout à faire piquer l'animal parce qu'on se dit, mais sans en être certain, qu'il souffre trop pour que cela vaille encore la peine de prolonger sa vie.

Comme ce jour où une voiture l'a accroché sur la route devant la maison et n'a pas eu la délicatesse de le tuer net si bien qu'il n'est plus resté de lui, regagnant le jardin comme il a pu, qu'une pauvre petite chose brisée, un être informe qui hurle sans haine si on le touche et qu'on hésite alors à prendre dans ses bras, soi-même aussi démuni qu'un enfant qui cherche des yeux le secours d'un adulte et qui sait qu'il est tout à fait seul, qu'il n'y aura personne pour lui venir en aide et accomplir à sa place l'écœurante tâche d'en finir avec cette créature palpitante et blessée qu'on a eu la folie de laisser vivre auprès de soi.

Quand on enveloppe ce qui subsiste de lui, avec toutes les précautions que l'on peut, dans une couverture et qu'on file vers la clinique la plus proche, en espérant qu'elle sera encore ouverte à cette heure, qu'on pourra vous y recevoir tout de suite, qu'il y aura quelqu'un à qui confier — abandonner plutôt — le soin de trouver à votre place une solution, aussi affreuse soit-elle, à toute cette affaire dans laquelle on a eu l'imprudence de s'engager et pour laquelle, on le savait bien, on aurait dû le savoir, il n'y aurait pas d'autre fin que celle-là.

Ou bien lorsque la maladie vient.

Par exemple : une petite tache noire qui grossit près de la truffe et qui suinte. Que le docteur identifie aussitôt car c'est l'une des pathologies les plus fréquentes parmi celles qui touchent l'espèce. Une tumeur contre laquelle on ne peut rien, sinon en contrarier le développement en recourant aux protocoles assez peu efficaces d'une chimiothérapie plus ou moins adaptée. En quelques semaines, le trou s'élargit formidablement, s'étend vers l'œil droit, ouvre une plaie qui s'écarte au-dessus de la bouche et qui plonge vers le palais, dessinant un drôle de second sourire plutôt atroce qui flotte sur la face. Une horreur à laquelle, comme c'est toujours le cas, on s'habitue et que bientôt l'on ne remarque plus. Se disant, c'est l'avis du vétérinaire et l'on est bien soulagé de s'en remettre à lui, qu'il ne souffre pas et que, tant qu'il se nourrit normalement, qu'il n'a perdu ni le goût de se promener ni celui de votre compagnie, alors, on peut considérer que la volonté et le plaisir de vivre sont encore les plus forts.

Jusqu'au jour où vient le moment d'en finir et qu'on dépose le petit être, une plaie épanouie en lieu et place de ce qui était auparavant un visage, tout recroquevillé dans sa peine, devant le docteur qui, après l'avoir examiné, vous donne raison, dit qu'il ne serait pas raisonnable maintenant d'attendre plus longtemps, et qui prépare silencieusement ses instruments, dit que cela ne durera qu'un instant, que cela se passera sans douleur. Chacun sachant très bien à quoi s'en tenir. Comme le prouvent assez les yeux très confiants et cependant tout écarquillés d'effroi de l'animal qui laissent voir ce « quelque chose » que, sans doute, il faut bien appeler son âme, tout occupée qu'elle est de la même énigme de mourir devant laquelle s'arrête enfin tout ce qui vit.

Et si vous aviez encore le sens de l'humour qui convient en de telles circonstances, vous ririez bien de ce qu'a toujours dit l'arrogance des philosophes lorsque ceux-ci prétendent que seuls les humains ont conscience de ce que leur vie va finir. Sauf que vous avez autre chose à faire que laisser l'indubitable évidence de l'expérience réfuter les sophismes de la fausse sagesse de ceux qui ne savent rien : tandis que le corps se crispe et se détend où le poison passe dans les veines, avec les quelques mots de pardon, toujours les mêmes qui viennent dans ce genre de situations, ceux à l'aide desquels on promet une affection éternelle à celui ou à celle que le temps va emporter et auquel, piteusement, comme si l'on était soi-même responsable de ce mouvement de faux par lequel la mort détruit tout à son heure, on présente ses excuses, désolé de n'avoir pas su l'en protéger, sachant que l'on n'y pouvait rien, mais ne parvenant pas à se défaire de l'énorme sentiment de culpabilité qui s'empare de chacun pour avoir laissé, complice malgré soi, un tel crime se commettre devant soi.

Sous ses yeux.

Le sidérant sentiment de déjà-vu devant une scène dont on sait qu'autrefois on l'a vécue.

Mais où? Quand? Avec qui?

Comme si on ne s'en souvenait plus.

Pour l'histoire dont je parle, une de ces fins fut la vraie.

Je veux dire : la vraie dans celui des univers parallèles où s'imagine vivre celui qui la raconte.

Je ne dis pas laquelle.

Il y a eu déjà trop d'agonies dans ma vie.

Quoi qu'on fasse, on raconte toujours une histoire à la place d'une autre. La même sous toutes les formes qu'elle prend dès lors qu'on en fait un récit. Et qui se manifeste à chaque fois sous des apparences tellement différentes qu'à la fin on en arrive à ne plus pouvoir distinguer entre toutes les versions d'elle-même auxquelles elle a donné naissance.

Si bien que du vrai récit de sa vie on ne sait rien au bout du compte.

On ne le reconnaît plus.

C'est pourquoi, et même si ce ne fut pas le cas peut-être, je préfère dire qu'il s'en est allé plutôt ainsi, disparaissant un soir de la manière même dont il était venu, s'évanouissant dans la nuit.

Sans drame.

L'histoire vraie, ce n'est pas qu'elle n'existe pas. En un sens, on ne connaît qu'elle, bien enfermée dans le coffret de silence où elle reste suspendue. Mais dès qu'on soulève le couvercle de la boîte, qu'on y jette un œil et que les mots viennent se mettre à l'intérieur, alors tout s'effondre d'une façon nouvelle qui fait que l'on se dit que non, décidément, cette fois pas davantage que toutes les autres on ne tient la bonne version, et qu'il faut recommencer l'opération encore : refermer précautionneusement la boîte, après avoir laissé tout ce qu'elle contenait y reprendre sa place, dans l'espoir — que l'on sait tout à fait vain — que lorsqu'on l'entrouvrira à nouveau, alors, tout l'infini de ce qui a été, de ce qui aurait pu être, se disposera encore différemment et qu'un jour ce sera peut-être de la manière que l'on souhaitait, avec un peu de chance, si le hasard vous est favorable et qu'il laisse émerger son oracle propice du calcul aveugle auquel se prêtent les grands nombres.

On raconte comme on fait tourner la roulette — rouge ou noir, pair ou impair — en attendant que le bon chiffre sorte, qui correspondrait enfin à l'histoire vraie de sa vie.

Et même si l'on est bien conscient qu'à ce jeu-là on n'est jamais gagnant.

Que les probabilités sont contre soi. Qu'il faudrait l'éternité pour arriver à ses fins. Qu'elle ne suffirait pas. L'éternité et un jour, comme dit le poète.

Et si l'on joue ainsi, peut-être n'est-ce au fond que pour perdre.

Afin, pariant une nouvelle fois, de ne pas quitter la table où tourne sous ses yeux comme une toupie la roulette du hasard, superposant sans fin tous ses chiffres.

Chapitre 27

FAISONS COMME SI

Si bien qu'il en va toujours ainsi.

On croit raconter une histoire et c'est une autre qu'on raconte à la place.

Ou encore : on croit en raconter une qui soit tout à fait nouvelle et c'est le même récit qui revient, imperturbable, au lieu où devaient se dire tous les autres.

Chaque histoire vaut alors pour n'importe laquelle.

Puisqu'elles se trouvent semblablement mélangées, indissociables, suspendues dans ce creux de néant, pourtant tout gorgé d'être, qui les contient en même temps et où chaque chose est à la fois elle-même et son contraire.

Parmi toutes celles que compte la bibliothèque infinie, on peut prendre la fable qui plaît. Il n'y a nul besoin de croire en elle. Il suffit qu'elle produise les effets que l'on souhaite.

Poussant la porte qui mène de l'autre côté où vous entraîne...

Quoi?

Un chat noir?

Ou bien : un lapin blanc?

Un jour d'ennui désolé, quelque chose de vivant passe en face de soi, devant l'entrée de ce qui n'est peut-être qu'un terrier mais qui ouvre aussi bien vers la profondeur d'un tunnel sans fin ni fond, suscitant l'irrésistible désir de suivre n'importe quelle créature si elle vous conduit vers cet ailleurs dont tout vous dit que s'y trouve le secret de votre vie. Ainsi commencent toutes les histoires. Et elles se terminent lorsque le petit animal qui vous avait servi de guide disparaît dans le lointain. Cela n'a rien de plus compliqué. Tous les petits garçons et toutes les petites filles le savent dès lors qu'ils sont en âge d'entendre une histoire.

Sans qu'on ait forcément foi, devenu adulte, en de tels contes faits pour les enfants.

Bien sûr.

C'est juste qu'on ne peut pas se permettre de ne pas parier un peu sur la chance qui vous est ainsi offerte.

Une nouvelle fois qui, chaque fois, est la première et la dernière en même temps.

Il était deux fois.

Fou ?

Je ne dis pas le contraire.

Puisque ici tout le monde est fou.

C'est ce que le chat du Cheshire, juché sur son arbre, explique à Alice lorsqu'elle hésite sur le chemin qu'elle doit suivre, considérant tous les sentiers à la croisée desquels elle se tient et qui plongent pareillement vers l'inconnu.

— Où mène cette route qui va vers la droite ?
— Chez des fous.
— Et cette autre, sur la gauche ?
— Chez des fous.
— Mais je ne veux pas aller chez des fous !
— Vous ne sauriez faire autrement. Ici, tout le monde est fou.
— Mais moi, je ne suis pas folle.
— Pourtant, réfléchissez : si vous n'étiez pas folle, vous ne seriez pas ici.

Quelque part, comme le Lièvre de mars et le Chapelier fou, Everett et Schrödinger prennent le thé pour l'éternité, en grande conversation, dissertant du statut exact qu'il convient d'accorder au fameux principe de superposition, célébrant à l'horloge arrêtée du temps la série sans fin que font tous les instants. L'*anti-chat* du Cheshire, perché sur son noyer, se tient en un lieu qu'on ne saurait vraiment situer nulle part : une clairière comme n'importe quelle autre au sein de la forêt et qui mène pourtant à toutes les autres puisque chaque chemin conduit partout pour peu qu'on le suive jusqu'au bout.

Je parierais bien, mais sans pouvoir apporter le moindre commencement du début de preuve à l'appui de ma thèse, que le chat d'Erwin Schrödinger et celui de Lewis Carroll sont en réalité — « Étrange réalité ! » — un seul et même chat qui est encore tous les chats à la fois et n'importe lequel d'entre eux puisqu'il n'existe en somme qu'une créature unique qui, partout et toujours, ici et là, maintenant et autrefois, comme dans chacun des univers parallèles entre lesquels librement elle voyage, se manifeste *sous forme de chat*.

Sur sa branche ou dans sa boîte, apparaissant, disparaissant, au point que sa silhouette ne se forme sous les yeux de qui l'observe que pour s'évanouir aussitôt et inversement, puisqu'elle ne se dissipe que pour se recomposer immédiatement dans le vide qu'elle a laissé. À ce chat, il faut bien accorder alors la faculté d'être à la fois présent et absent. Là et puis pas là. Flottant dans l'air où sa forme dessine comme une très discrète altération de l'espace et du temps par laquelle communiquent le visible et l'invisible, chacun se vidant dans l'autre où il verse à son tour. Tout comme l'anomalie dans l'eau du miroir dont parle la vieille légende chinoise, visage vacillant à la surface dont on n'aperçoit en fait que l'expression très incertaine.

Annonçant on ne sait quoi.

Une sorte de sourire, dit Alice, autour duquel le chat du Cheshire apparaît et puis disparaît sans cesse, si bien que c'est à la fois la première et la dernière chose que l'on aperçoit de lui. Mais qui laisse entrevoir, sous sa métaphysique moustache, des dents très pointues et plutôt inquiétantes. Un rictus, alors? Une plaie béante qui dévore la face et découvre la profondeur d'un crâne, une fleur noir et rouge qui s'épanouit ignoblement de telle sorte que, du chat, c'est tout ce que l'on voit. Comme si le corps autour avait cessé d'exister et qu'il ne restait plus rien devant soi que cette grimace sans personne, à laquelle on peut attribuer la signification que l'on veut : une moue de dérision, de celles par lesquelles on indique que tout est vide et vain dans l'univers, ou bien, au contraire, l'éclat d'un grand rire silencieux célébrant avec bienveillance le formidable et fastueux non-sens d'être au monde.

L'un ou l'autre?

L'un et l'autre?

On ne sait pas, bien sûr.

C'est le propre des vraies fables que d'être dépourvues de morale et de laisser la conscience de chacun au bord d'un même vide à la splendeur d'énigme, un creux à côté duquel se tiennent les savants et les poètes, scrutant le cercle d'ombre d'un puits à leurs pieds où se réfléchit le disque d'un ciel vide au-dessus de leur tête.

Il n'y a jamais de dernier mot.

Schrödinger dit quelque chose d'assez comparable. Les valeurs manquent toujours, affirme-t-il — sinon celle qui déclare qu'il n'y a que la vie qui vaille. Quant au reste, on ne peut rien en dire. Le spectacle de ce qui est se suffit à lui-même. Le mouvement qui l'anime ne mène nulle part : une vague qui vibre dans le vide et déferle sans fin parmi l'immensité de l'espace, l'éternité du temps, sans jamais toucher à quelque rivage que ce soit.

Si bien que lorsque l'on tient à exprimer malgré tout ce que signifie ce spectacle insensé, seul le silence se trouve approprié. Les savants et les poètes se confient à lui lorsque, l'ayant arrangé selon l'ordre de leurs équations et celui de leurs vers, ils ont fait tenir dans le calcul de leurs signes, de leurs chiffres, de leurs mots le spectacle d'une réalité qu'ils peuvent bien décrire, imiter et même prévoir mais pour lequel, quand il s'agit de dire en quoi consiste la réalité de cette réalité-là, il leur faut bien reconnaître qu'ils n'en savent rien et qu'il vaut mieux alors qu'ils se taisent. Laissant à d'autres le soin de raconter à leur place l'histoire — il n'y en a qu'une, toujours la même et toujours différente — qui conduit et reconduit vers l'éternelle vérité vide de la vie dont on peut, dont on doit, pourtant faire comme s'il n'était pas complètement impossible d'en tirer pour soi un récit.

« Faisons comme si », déclare Alice.

Mais les enfants parlent plutôt autrement : « On aurait dit... »

On aurait dit.

On aurait dit que l'on serait ici et ailleurs, là et pas là, d'autres et puis les mêmes, morts et vivants, vivant notre vie et en même temps toutes sortes d'autres qui n'auraient ni plus ni moins de sens que celle-ci, dans un univers lui-même sens dessus dessous et pourtant tout à fait à l'endroit, où chaque chose signifierait ce qu'elle veut dire aussi bien que n'importe quoi.

Ainsi fait la petite Alice. Parlant avec son chat. Et puis pénétrant avec lui dans la maison du miroir qui est l'une des demeures du « comme si », là où le monde paraît d'abord tout à fait semblable au nôtre à ceci près que tout s'y tient à l'envers mais dans lequel, passant à travers un brouillard de vif-argent, on réalise que tout se met à prendre d'autres formes, à suivre d'autres lois, chaque côté réfléchissant l'autre, en produisant le contre-type qui en présente l'une des images possibles et, avec elle, la somme de toutes les autres qui auraient pu être. Se déformant doucement. D'abord de la manière la plus imperceptible qui soit. Pour prendre ensuite les apparences les plus extravagantes.

« Faire comme si » est l'expérience de pensée dont, depuis l'enfance, procèdent toutes les autres. Même en sachant qu'il n'en est rien, on fait comme si le monde avait un sens de manière à ce que, pour occuper sa tête de rêveries amies, on puisse se raconter à soi-même l'histoire qui reliera tous ces événements dont le hasard souffle et éparpille la poussière, se disant pour soi-même l'histoire qui commence par le vieil « Il était une fois » de toujours, le sésame d'autrefois ouvrant la porte qui donne sans fin sur demain. Même si on choisit de dire du monde que le seul sens qu'il a est de n'en pas avoir — ce qui revient encore à lui accorder une signification, ni plus ni moins avérée qu'une autre —, faisant comme si tout autour de soi n'était que désordre et chaos, absurde carnage où le rien avale tout et n'enfante que des fables.

On invente une autre réalité afin de pouvoir considérer depuis le monde d'hypothèses que l'on se donne celui où l'on se tient, de jouer avec ce qu'il contient, désassemblant les pièces du puzzle pour voir si n'existerait pas une manière de les arranger autrement et de composer avec tous ces morceaux d'un monde en miettes une image plus juste de ce qui est.

Afin que l'histoire, la vieille histoire de toujours, ne s'achève jamais.

Et que tout se raconte éternellement.

De sorte que jamais ne vienne le moment du dernier mot.

Chapitre 28

UNE GOUTTE DE CHAGRIN

Alors, disons que cela s'est déroulé ainsi.

S'il faut une fin malgré tout.

Mais précisément parce que celle-ci n'en est pas vraiment une.

Il s'était passé trois jours et deux nuits. Faire comme si de rien n'était devenait assez délicat. On n'est jamais complètement dupe des stratagèmes enfantins avec lesquels chacun distrait son angoisse. S'occupant à n'importe quelle activité — cultiver son jardin, ranger sa maison —, pensant à autre chose, et naturellement y parvenant assez bien car il n'y a aucune pensée qui soit suffisamment vaste pour occuper perpétuellement un esprit, même si c'est pour se réveiller aussitôt de l'oubli dans lequel on était tombé, se heurter à l'insistante obsession toujours d'un seul souci.

La troisième nuit allait descendre sur la maison. Et, à force d'y retourner sans cesse, ne voulant pas rester trop longtemps éloigné, je me suis retrouvé plus ou moins à camper dans le jardin, debout sur la terrasse, marchant de long en large, ou bien m'appuyant contre le tronc du noyer, parvenant à peu près à m'asseoir dans le creux qu'y fait l'écartement de ses quatre branches principales. Afin de ne pas avoir à quitter mon poste pour d'incessantes visites à la cuisine, j'avais pris la précaution d'emporter avec moi la boîte de cigares, le verre et la bouteille de whisky — dont le niveau baissait à toute allure.

— Tu le vois?
— Non, toujours pas.
— Cette fois, il a dû se passer quelque chose.
— Que veux-tu qu'il se soit passé?
— Je ne sais pas. Mais sinon il serait là depuis longtemps.
— Tu ne viens pas te coucher?
— Je reste encore un peu. Je finis mon verre.
— Tu veux dire : la bouteille.

Il vient un moment dans la vie — et sans doute est-il différent pour chacun — où l'on se retrouve à la merci du plus petit des chagrins. N'importe quelle peine se met à valoir pour toutes les autres : celles que l'on a déjà connues comme celles dont on sait qu'elles finiront par venir.

Avec le temps, la coupe d'amertume se remplit. Le calice dont parlent les croyants. Dont on voudrait qu'il y ait quelqu'un pour l'éloigner de soi. Mais il n'y a personne. Ce n'est pas que l'instant de la fin soit arrivé. Il y aura d'autres jours sans doute avec autant de matins, très nombreux. Il y en a forcément. Mais, soudain et une fois de plus, le moment du maintenant est revenu. La grande nuit de toujours est tombée sur le monde. Elle fait tout s'effacer autour de soi. Il ne reste plus que du noir. Et l'on se retrouve complètement seul au milieu d'un désert vaste comme l'univers, même si celui-ci a les proportions apparentes d'un jardin minuscule, pauvrement planté parmi l'herbe et le sable de quelques arbres dont, dans l'obscurité, on serait bien en mal de discerner l'essence, confondant un noyer, un érable, un lilas, un genêt et deux pins avec les oliviers que disent les légendes pieuses et près desquels se célèbre semblablement le culte terrible de la désespérance.

La moindre goutte suffit alors pour que déborde le vase de tristesse que chacun porte en soi. Et, si l'on n'y prend pas garde, cela commence à couler de partout. On sent qu'on pourrait se mettre à pleurer sans savoir vraiment sur qui ou pour quoi, versant des larmes qui valent pour toutes les peines de la terre, les siennes et celles des autres, les très grandes avec les toutes petites puisqu'elles expriment pareillement la même désolation devant l'imperturbable travail du temps, celui qui emporte tout et évacue vers le vide où elles sombrent, les unes après les autres, chacune des choses que l'on a aimées, n'en laissant aucune sur quoi l'on puisse encore compter.

L'heure vient, le minuit sonne — et c'est n'importe quand — de la révélation vaine, vous laissant comme un idiot devant cette évidence à laquelle parviennent tous les penseurs quand ils ont poussé jusqu'au bout les calculs de leurs démonstrations mais qui ne frappe jamais avec autant de force que lorsque c'est la plus petite cause, la plus indifférente, la plus désintéressée des raisons, qui lui donne l'occasion de se manifester soudain.

Un grain de néant.

Une goutte de chagrin.

Quelque chose d'aussi insignifiant que la disparition d'un chat, s'en retournant dans la nuit d'où il était venu.

Quand arrive le plus grand malheur, on reste les yeux secs.

Parce que toute l'énergie du désespoir vous vient alors en aide et qu'elle vous rend fort comme vous ne l'avez jamais été. D'ailleurs, en de telles circonstances, il n'y a pas tellement le choix. Sauf à s'effondrer. Et l'on se surprend à penser que l'on est devenu indestructible. Mais, un jour, c'est la plus petite peine qui vous trouve infiniment vulnérable. Comme si le néant avait patiemment attendu que vous ayez baissé la garde pour vous toucher au point le plus faible. Lorsque vous ne vous y attendiez plus.

Une pure pichenette pour que tout tombe en poussière.

Chaque deuil, aussi dérisoire qu'il soit, rouvre la plaie profonde d'autrefois. Jamais complètement cicatrisée. La moindre écorchure rouvre les vieilles vannes par lesquelles c'est tout le corps qui se vide. Perdre n'importe quoi équivaut à avoir tout perdu. On se lamente sur la disparition d'une chose, la défection d'un être — à quoi, à qui, si l'on y réfléchit honnêtement, on ne tenait pas tant que ça — comme si c'était une partie de soi dont on se trouvait ainsi amputé. Si chaque souffrance se fait alors aussi insupportable, et même si on la sait sans valeur et presque sans objet, c'est parce qu'elle rend vivante toute la douleur qui l'a précédée : la dernière dose de douleur s'ajoutant à toutes les autres égale du coup en intensité toute la somme des souffrances anciennes que l'on croyait avoir surmontées — et dont on voit bien alors qu'il n'en était rien et qu'elles sont restées intactes.

J'aurais pleuré si j'avais pu : si je n'avais pas perdu le don des larmes il y a longtemps. Me répandant pour rien. Trouvant dans l'expression physique du chagrin une ivresse bien plus grande que celle que procure l'alcool. M'abandonnant à ce vertige très étrange où l'on ressent, comme si soi-même l'on n'était plus rien ni personne, l'anonyme mouvement du monde s'étourdissant dans le néant mais à l'intérieur duquel, comme si l'on existait soudain et de nouveau comme jamais, vous est rendue l'intense certitude de ce qui fut et qui reste le plus vif de votre propre vie.

Quant à moi, à l'âge auquel j'allais parvenir, bientôt un demi-siècle, j'avais assez vécu pour savoir tout cela. L'ayant appris depuis longtemps. Mais que je puisse être atteint comme visiblement je l'étais par la déconvenue d'une disparition aussi dérisoire que celle-là ne manquait pas de me surprendre, malgré tout. Qu'il y ait un lieu en moi qui soit touché — d'une sorte de pincement au cœur, comme on dit — par l'épreuve imbécile en quoi consistait la désertion d'un chat qui n'était même pas le mien, dont j'ignorais jusqu'au nom, qui n'avait fait que passer quelques mois à mes côtés et dont il était naturel en somme qu'il s'en aille un jour comme il avait choisi maintenant de le faire, je le réalisais ainsi.

Si je dois dire la vérité, j'étais à la fois triste et heureux d'une telle découverte. Triste parce qu'elle me rappelait que je n'avais aucunement réglé son compte au chagrin et que certainement je n'y arriverais désormais plus jamais. Mais heureux aussi car, du même coup, je ressentais que quelque chose était resté vivant en moi grâce à quoi je communiquais encore avec l'émotion très pathétique d'être au monde qui elle-même me reliait avec celui que j'avais été autrefois.

La petite peine que le chat me causait en partant, je la recevais comme la preuve très stupide que j'étais resté le même au fond, toujours susceptible d'éprouver, quelque part au plus profond de moi, la poignante impression de désolation qui, à mes yeux, attestait seule la vérité de ce que j'avais vécu.

Ceux qui ont perdu un animal, tout en compatissant poliment avec eux, on sourit toujours un peu de leur détresse. Il y a de plus grands malheurs dans le monde, de plus dignes.

Chacun le sait. Et même ceux qui ne se consolent pas d'un tel chagrin en tombent assez d'accord, devant endurer leur peine et, en plus de cette peine, la honte qui l'accompagne, ne pouvant nullement justifier, et même à leurs propres yeux, le sentiment de consternation totale qu'ils éprouvent. Exposant leur tristesse et exprimant avec elle des excuses embarrassées, avouant qu'ils savent bien à quel point il est idiot en somme d'accorder autant d'importance à ce qui n'en a certainement aucune. En même temps, conscients d'avoir tort, n'ayant aucun argument digne de ce nom à avancer en leur faveur, jamais ils ne se déjugent, bravant l'opinion des autres, se souciant assez peu de la vérité raisonnable qui tient leur minuscule misère pour tout à fait négligeable.

— Mais quand même!

C'est à peu près tout ce qu'ils trouvent à dire, en général, pour leur défense.

Que, *quand même*, c'est triste de devoir perdre ainsi ce que l'on aime, répétant à qui veut bien les entendre les pauvres mots des pauvres gens, ceux que prononcent les personnes âgées et les enfants. Simplement : on est tout surpris le jour où c'est de votre bouche qu'ils sortent. Car on ne s'imaginait pas que l'on était resté encore si petit. Ou bien que l'on était déjà devenu aussi vieux.

On n'éprouve jamais assez de tendresse et de respect pour le chagrin des autres, même quand la cause en est insignifiante. Parce que ce chagrin est comme une manière de faire sécession quand partout règne le même impératif faux de gaieté et de contentement. La peine est une protestation que n'importe qui oppose parfois à l'insupportable cours des choses, humble et héroïque, qui proclame, aussi bêtement que ce soit, qu'il n'est pas juste que la mort vienne, que l'amour finisse. Et un petit garçon, une petite fille qui dit adieu à son chien, son chat, son hamster ou son poisson rouge, refusant obstinément les paroles de consolation que les adultes lui dispensent, sera toujours plus près de la vérité que le premier venu des philosophes justifiant doctement qu'il en aille ainsi de la vie et qu'il faille consentir à ce grand mouvement d'ombres qui pousse tout vers le néant.

On perd ce qu'on aime. Et comme une fois ne suffit pas, il faut, tout au long de sa vie, le perdre encore et encore. Puisque la répétition est la seule pédagogie qui vaille. Faisant de l'existence comme une longue et terrible propédeutique au néant.

— Tu es triste?
— Bien sûr, je suis triste.
— Peut-être qu'il va revenir.
— Tu sais bien que non.
— Cela arrive.
— Pas à nous, il faut croire. Dans celle des autres, je veux bien, mais dans notre vie, il n'y a pas de miracle.
— Après des semaines, des mois, il y en a qui reviennent.
— Tu ne crois pas à ce que tu dis.
— Que veux-tu que je te dise?
— Rien!

— Alors, je ne dis rien.

— Un chat ! Tout de même, ce n'était pas trop demander ! Que tout le reste nous ait été enlevé, mais que ce chat nous soit laissé !

— Cela n'aurait rien changé.

— Pour toi peut-être.

— Tu crois ?

— Mais pour moi, j'aurais eu quelque chose de vivant auprès de moi.

Il était très tard. Toutes les lumières aux fenêtres des maisons voisines étaient éteintes. La bouteille de whisky était vide. J'avais conscience que cela était puéril. Mais je me suis vu retrouvant le chat, le ramenant à la maison, le posant auprès d'elle dans le lit où elle s'était couchée. Comme dans un film pour enfants auquel il faut son *happy end*. Accomplissant un exploit. Devenant une sorte de héros. Me rachetant d'un coup. C'est-à-dire : réparant le tort que je lui avais causé. Sachant bien, pourtant, que je n'étais responsable de rien. Que je n'avais pas à me faire pardonner. Ni d'elle ni de quiconque. Que j'étais victime, autant qu'elle, autant que n'importe qui, plutôt que coupable de ce quelque chose qu'il fallait appeler le sort. Et que même si, et j'en doutais sérieusement, je ramenais chez nous, je veux dire : « chez elle », cette petite chose vivante qui *sous forme de chat* s'était manifestée auprès de nous, cela ne changerait rien du tout. Parce que le désastre de ce qui a eu lieu, il n'y a rien qu'on puisse faire afin de le réparer pour de bon.

319

Peut-être errait-il dans le quartier. Sans s'en faire. Se promenant depuis plusieurs jours entre les propriétés vides. Ou bien : ayant trouvé asile dans l'une de celles qui, en cette saison, étaient encore habitées. Nous ayant déjà complètement oubliés comme si nous n'avions jamais existé. Mais je ne pouvais pas me défaire de l'idée qu'il m'attendait quelque part, miaulant un message à mon intention : malade, blessé, mourant, accroché par une voiture, terré dans le repli d'une haie ou bien dans celui d'un bas-côté où il avait cherché refuge y traînant son corps brisé, incapable de bouger, de retrouver le chemin vers le jardin où nous l'attendions, désespérant que quelqu'un vienne à son secours. Et ce quelqu'un, me disais-je comme un idiot, ne pouvait être que moi.

Alors, je suis parti à sa recherche. Il devait être une ou deux heures du matin. Il faut dire que j'étais plutôt saoul. Et, comme j'avais oublié mes lunettes sur la table de la cuisine, je ne distinguais pas grand-chose au loin, ébloui par les grandes taches de jaune qui tombaient des réverbères et faisaient des halos vagues dans le noir. Marchant comme un aveugle. Titubant, certainement.

J'ai voulu l'appeler. Et c'est alors que j'ai réalisé à quel point il est compliqué d'appeler quelqu'un dont on ne connaît pas le nom. Criant : « Le chat! Le chat! » Mais pas trop fort par peur du ridicule et de crainte d'alerter les voisins. Espérant qu'il reconnaîtrait ma voix à défaut de reconnaître son nom. Comme si, plutôt que lui, c'était la nuit que j'interpellais, que j'implorais, invoquant quelque divinité obscure afin qu'elle obtempère et qu'elle me rende ce qu'autrefois elle nous avait pris.

Des animaux ayant perdu leurs maîtres, il existe beaucoup d'histoires qui les concernent et qui racontent la fidélité qu'ils leur vouent. J'imagine qu'on raconte un peu partout dans le monde ces mêmes histoires qui servent aux humains à célébrer une loyauté qu'ils ne prêtent aux animaux que parce qu'ils s'en savent eux-mêmes totalement incapables, dépourvus de la force d'âme qu'il faut pour rester un peu fidèle à quelque chose, à quelqu'un, l'histoire unique qui parle d'un être qui, plutôt que de s'éloigner du lieu où est attaché celui qu'il aime, la tombe où il est enterré, l'endroit où il lui a donné rendez-vous, comme s'il ne pouvait renoncer à l'espoir que celui-ci reviendra, possédé mélancoliquement par cette idée fixe, décide de se laisser dépérir et de disparaître sur place.

L'histoire d'un chat, d'un chien qui meurt parce qu'il a perdu son maître.

Et moi, me disais-je, de quoi ai-je l'air, moi qui suis toujours vivant?

Un chat cherche son maître dans la nuit. Quelque part : en Chine, certainement. Il quitte son logis, parcourt le pays, visite des continents étrangers, traverse des terres inconnues, ne renonçant jamais à l'espoir de retrouver la trace de l'être dont il poursuit le souvenir, triomphe de toutes sortes d'épreuves, de celles qui font la matière universelle des contes, devient une légende aux yeux de ceux qui l'aperçoivent passant dans le lointain et se racontent les uns aux autres l'aventure têtue de sa quête obstinée. Jusqu'à ce qu'un dieu prenne l'animal en pitié et lui accorde la grâce de son apothéose, faisant de sa silhouette une sorte de signe dans le ciel, quelques étoiles un peu pâles qui brillent à l'écart des autres et imitent vaguement la forme d'un sourire suspendu dans le vide, apparaissant le soir, disparaissant au matin, sourire sarcastique ou bienveillant, autour duquel le regard invente l'apparence incertaine d'un corps avec sa queue en balancier de métronome battant la mesure pour l'éternité.

Ou bien le contraire.

Dans la nuit, un maître cherche son chat. Car comme toutes les autres, cette légende-là pouvait aussi bien se raconter à l'envers. Cette version, au fond, convenait davantage. Puisque ce chat, comme tous les autres et malgré les apparences, était plutôt le maître de son maître. C'était moi, et non lui, qui étais perdu. Totalement désemparé maintenant qu'il avait disparu. De lui, je recevais sa toute dernière leçon à la manière d'une sorte de message d'adieu, indispensable afin que se trouve parachevé l'enseignement qu'il m'avait prodigué pendant un an. Apparaissant et puis disparaissant depuis ce soir de la première fois et comme il n'avait dès lors cessé de le faire, se manifestant mais seulement de la façon la plus fugitive qui soit, nous accordant la grâce très passagère de lui témoigner une sorte d'affection et de nous figurer que celle-ci se trouvait payée un peu de retour, sans jamais nous laisser penser pourtant qu'il nous appartenait vraiment, signifiant ainsi qu'il ne faisait que passer auprès de nous et qu'il en va pareillement pour tout.

Qu'il se soit enfin en allé n'aurait pas dû m'étonner. Il n'était entré dans le monde que pour mieux préparer sa sortie. Maintenant, il était parti. Me laissant tout à fait seul. Ce chat avait été mon maître dans l'art de disparaître. Je veux dire qu'il aurait dû l'être si j'avais été à la hauteur de son enseignement. Parce que la vérité, on a beau la connaître depuis toujours, personne ne la possède jamais pour de bon. Elle aussi, elle vous visite seulement, de la manière la plus éphémère qui soit. À la faveur de la nuit, lorsque dans votre existence les ombres se sont épaissies, que la coupe de néant se trouve assez remplie pour qu'une goutte suffise, qui la fait déborder, si bien que le chagrin le plus infime vient vous révéler ce que vous avez toujours su : il n'y a rien d'autre à apprendre de la vie, la seule leçon qu'elle vous donne est celle qui dit que vous sera ôté tout ce que vous avez aimé, il faudrait ne s'attacher à rien ni à personne, et, pourtant, le prix de la perte ne se mesure jamais qu'au prix de ce que l'on a perdu.

Alors j'ai marché longtemps dans la nuit. Je suis allé dans tous les lieux où je l'avais vu autrefois, du temps où il ne s'était pas encore installé chez nous (« chez elle ») et que, me promenant après le dîner en fumant mon cigare, je l'entendais miaulant dans le noir pour attirer mon attention et s'assurer que je le laisserais me suivre, rentrer avec moi dans la maison où l'attendaient de quoi se restaurer et un lieu pour dormir. J'ai parcouru d'un bout à l'autre la grande avenue plantée de pins qui longe la côte et de part et d'autre de laquelle se trouvent toutes les villas identiques dont l'une ou l'autre, sans doute, avait été autrefois celle où il avait vécu et où, peut-être, il s'en était maintenant retourné, épiant par-dessus les haies, tentant de scruter l'obscurité de jardins déserts, d'apercevoir quelque part un signe de vie derrière des volets fermés. Comme un voleur. Ou bien un voyeur.

J'ai pris, à tout hasard, le chemin qui mène à la plage où la marée était au plus bas, découvrant une étendue toute tachée de flaques luisantes entre les cabanes de pêcheurs plantées sur leurs pilotis parmi la masse éparpillée de quelques bancs de rochers, avec au loin la courbe du pont jeté par-dessus l'estuaire et dont les pylônes brillaient encore, seuls, dans l'obscurité, touchant la voûte d'un ciel tout noir. Je suis revenu sur mes pas et je suis allé inspecter les alentours du stade, de la déchetterie, du collège, de la zone commerciale, m'enfonçant dans la friche qui s'émiette autour de la ville.

Je ne sais pas si l'alcool en était la cause. Peut-être : la fatigue, la tristesse, l'espèce d'exaspération que l'on ressent devant l'immuable bêtise et la cruauté entêtée du monde. J'avais l'impression de marcher comme un somnambule. Presque à tâtons tant, sans mes lunettes et avec le noir qui devenait plus profond, je n'y voyais rien. Appelant (« Le chat! Le chat! ») avec de moins en moins de conviction dans la voix.

J'ai fini par me perdre. Du moins : j'ai fini par éprouver la sensation que je m'étais perdu. Ayant conscience, malgré l'état de semi-ébriété dans lequel je me trouvais, que cela était impossible dans une ville aussi petite. Mais toutes ces rues se coupant pareillement à angle droit, avec toutes ces maisons

semblables (leur allure absurde de chalets de montagne construits en bord de mer sous le triangle de leur toit en pente), à
force d'errer en rond, donnaient certainement une telle
sensation, celle d'être déjà passé à plusieurs reprises par le
même endroit, de revenir sans fin au même carrefour.
Comme si le monde avait pris l'apparence exacte d'une sorte
de labyrinthe banal, étranger et familier, où chaque perspective nouvelle répétait la précédente sans qu'on puisse jamais
trouver une issue devant soi.

J'ai marché si longtemps que, lorsque j'ai retrouvé mon
chemin, les premières lueurs de l'aube (comme disent les
poètes) étaient apparues dans le ciel, une espèce de blancheur
un peu sale mouillant le bas de l'horizon. J'ai aperçu la
maison. Bêtement, j'ai pensé que s'achevait une mauvaise
nuit, que j'allais retrouver mon lit, que demain serait un autre
jour, et quand j'ai poussé le portail, je me suis dit que le chat
m'attendait certainement dans le jardin, comme s'il nous
avait fait une méchante farce sans conséquence, réapparais-
sant comme il en avait toujours eu l'habitude.

C'est ainsi, sans doute, que les histoires se terminent.

Mais bien sûr, quand je suis enfin rentré, le chat n'était pas
là. Assommé de fatigue, je me suis couché. J'ai dormi d'un
sommeil agité, je continuais à chercher le chat dans mon rêve
qui n'était pas vraiment un rêve mais plutôt l'espèce de stu-
peur des moments de semi-insomnie où se mélangent les
images du jour et celles de la nuit, les souvenirs de ce que l'on

vient de vivre, les soucis d'un présent qui persiste, s'assemblant de manière très étrange avec des moments émerveillés qui remontent du passé le plus lointain, tout cela composant une histoire impossible, l'esprit essayant sans y parvenir d'ordonner toute cette masse amorphe de matière mentale selon la vague vraisemblance d'un récit dont la signification scintille dans l'obscurité qui l'efface et l'absorbe aussitôt. Comme si l'on se trouvait enfin devant l'histoire vraie de sa vie, celle qui contient non seulement tout ce qui a été mais aussi tout ce qui aurait pu être, dont il n'y a aucunement possibilité de la raconter puisqu'il n'existe pas de langue éveillée en laquelle on puisse l'exprimer et dont toutes les histoires que l'on fait — à soi-même, à autrui — n'apparaissent plus qu'à la manière de pathétiques contrefaçons, un dépôt de débris et de déchets accumulés près de soi par un désastre, lorsque l'illimité s'effondre et tombe en pièces à ses pieds, répandant la menue monnaie d'un miroir en morceaux, d'un mirage en miettes dont les éclats luisent pour rien dans le vide.

Dormant et puis ne dormant pas.

L'aube.

Lorsque l'encre de la nuit continue à imbiber la pâleur du monde, comme un buvard qui l'absorbe, avalant sur la page du jour des taches auxquelles on peut trouver la forme et le sens que l'on veut.

Racontant.

Chapitre 29

EN GUISE D'ÉPILOGUE

Il n'y a aucune raison de croire aux histoires qu'on raconte. Toutes, elles ont seulement la signification qu'on leur prête et la morale qu'on voudra bien leur donner. Et même celles qui sont vraies, il viendra plus tard un temps (demain), il y a déjà un espace (ailleurs) où elles n'ont guère plus de consistance qu'une fable inventée.

Il suffit qu'elles vous conduisent là où vous vouliez aller. En général, cela veut dire : qu'elles vous ramènent là d'où vous étiez parti.

Confucius — si c'est bien de lui qu'il s'agit — a raison : rien n'est plus difficile que de chercher un chat noir dans l'épaisseur de la nuit.

Et surtout si, de chat, il n'y en a pas.

C'est pourquoi, sans doute, le Maître avait pris le parti, rapporte-t-on, de ne pas parler des phénomènes étranges au nombre desquels on compte les rêves et les spectres, toutes les choses immatérielles et incertaines dont s'enchante la crédulité effarée des hommes.

Il avait bien raison.

La sagesse exige que de ce qui n'est pas il ne soit pas question.

Pourtant, que chercherait-on sinon ce qui n'est pas, qui vous manque, à la réalité de quoi, sans doute, l'on ne croit pas mais qui demande cependant qu'on lui prête par hypothèse une certaine sorte d'existence? Ne serait-ce qu'afin d'avancer un peu, et même sans s'imaginer du tout que l'on aille ainsi vers où que ce soit, dans le noir de la nuit.

On peut chercher un chat dans le soir. Et surtout si l'on sait qu'il n'y en a pas. Bien conscient que c'est autre chose que l'on cherche à sa place. Que l'on ne trouvera pas davantage. Feignant de croire à toutes formes de fables auxquelles on n'entend rien ou à peu près, dans lesquelles on a peu de confiance mais dont on sait qu'il ne s'agit pas d'avoir foi en elles mais foi en la foi qu'on paraît leur porter, simulant des convictions éminemment douteuses et plutôt impénétrables, sans espoir et même sans intention de les faire siennes, bien averti qu'on ne les comprendra jamais, mais ne désespérant pas, grâce à elles, de comprendre autre chose que ce qu'elles disent. Et même si cette « autre chose », au bout du compte, n'est rien du tout sinon la révélation de cette vérité vide à laquelle tout se rapporte enfin.

« Faisant comme si… » à la manière des enfants qui, couchés dans leur lit, lorsque l'ombre les entoure, qu'elle investit l'espace et le temps, inventent les créatures auxquelles au fond ils ne croient pas mais dont la présence les visite et avec lesquelles ils donnent la forme qu'il leur faut à la nuit.

« Une expérience de pensée », disent les savants, ne prétendant nullement que par elle ils accèdent à la réalité du réel, mais, jouant avec des hypothèses, de préférence les plus insensées, bricolant d'abstraites et impossibles propositions de vérifications pour celles-ci, expérience avec laquelle ils spéculent et travaillent pour se convaincre eux-mêmes que ne serait pas définitivement insoluble l'énigme irrésolue du monde.

On peut dire aussi : un conte, une fable, un roman.

Une histoire, n'importe laquelle, insignifiante, sans queue ni tête, où rien ne se passe, mais qui suffit à faire entendre au sein du grand silence du temps la vieille formule du « Il était une fois » par laquelle, sans fin, tout recommence.

Le chat, je ne l'ai jamais revu depuis cette dernière fois dont j'ai parlé. En admettant qu'elle se soit déroulée ainsi que je l'ai dit. De l'année qu'il a passée auprès de moi, « l'année du chat », je n'ai rien gardé qui puisse être considéré comme une preuve tangible de sa présence. J'aurais pu avoir tout inventé : le récit que j'ai fait de lui, le long conciliabule de quelques anonymes voix de femmes et d'enfant dans le noir, les souvenirs de ma vie, de la vie de quelqu'un que l'on prendra pour moi, que j'ai mêlés à tout cela, et jusqu'aux bribes de théories très savantes dont il serait très imprudent d'imaginer qu'elles se rapportent à quelque état exact de la philosophie ou de la science.

De toutes ces choses-là, cela va de soi, je ne sais rien. J'en connais aussi peu sur la mécanique quantique que sur ma propre vie. L'une ne m'est pas moins inintelligible que l'autre. C'est tout dire. Alors, faisons comme si j'avais tout inventé. Ce soir — qui fut celui de la première ou de la dernière fois — où, pour distraire mon chagrin, j'ai imaginé que quelque chose, sous mes yeux, dans l'ombre d'un jardin, se manifestait *sous forme de chat.*

Je vais encore me promener souvent du côté de la mer. Toujours quand la nuit est tombée. Je prends la route sur la droite et puis le petit sentier de sable qui conduit jusqu'à la plage. Je reste longtemps à regarder les vagues et les nuages, tout le ciel d'encre sur lequel flotte le disque de la lune et où se réverbère la lueur des étoiles. Et puis je rentre, passant parmi les villas vides aux volets fermés. Nulle part il n'y a trace de vie. Je regarde à droite et à gauche, au cas où je verrais un signe se former dans le noir, le sourire de quelque chose s'épanouissant dans le vide.

Je suppose que je n'ai pas tout à fait cessé de croire à l'histoire que j'avais inventée. Si je n'y crois pas, qui d'autre le fera à ma place? Et si personne n'y croit, alors qu'en restera-t-il?

Je suis là, marchant vers la maison, cette maison qui n'est pas la mienne, sous ce ciel très obscur qui pèse et qui aplatit tout, tournant dans ma tête quelques idées idiotes, me disant que si une chose peut être et n'être pas, si tout ce qui apparaît est voué à disparaître, il n'y a pas de raison que l'inverse ne soit pas vrai aussi bien.

Dans le noir de la nuit, je cherche un chat

Qui n'existe pas.

Ou bien : si.

Œuvres de Philippe Forest (suite)

BEAUCOUP DE JOURS. D'APRÈS ULYSSE DE JAMES JOYCE, coll. « Le livre/la vie », *Éditions Cécile Defaut*, 2011.

ÔE KENZABURÔ, LÉGENDES ANCIENNES ET NOUVELLES D'UN ROMANCIER JAPONAIS, *Éditions Cécile Defaut*, 2012.

VERTIGE D'ARAGON, Allaphbed 6, *Éditions Cécile Defaut*, 2012.

Composé et achevé d'imprimer
par CPI Firmin Didot,
à Mesnil-sur-l'Estrée le 3 décembre 2012
Dépôt légal : décembre 2012
Numéro d'imprimeur : 115516

ISBN 978-2-07-013897-5/Imprimé en France

246200